新潮文庫

中庭の出来事

恩田　陸著

新潮社版

8772

中庭の出来事

中庭にて

1

坂道の途中で、コートの上から三番目のボタンが取れていることに気が付いた。

嫌だ、みっともない。いったいどこで落としたんだろう。

女は足を止めて後ろを振り返った。

そういえば、さっき何かが落ちる音を聞いたような気がする。小さなものが、足元で石畳の上に転がる乾いた音を。そうだ、きっとあれがボタンの落ちた音だったのだ。

石畳の上に、飴色《あめいろ》のボタンを探す。

きっと、まだ近くにあるに違いない。

女は茶色のソバージュの髪を掻《か》き上げて押さえながら、地面に顔を近づけて少しずつ後退《あとずさ》りをした。自分の頭の重さに、顔が徐々に鬱血《うっけつ》してくるのを実感する。

だが、心の底では、ボタンを探すのは口実だと気付いている。

今あたしは、少しずつあの店から遠ざかっているのだ。後退りしながら、少しずつ。そうだ、このまま逃げてしまえ。坂道を駆け上り、尻尾《しっぽ》を巻いて逃げてしまえばいい。女は、心の中でそう呟《つぶや》いてみた。自分に向かって、さあ駆け出せ、と声を掛けてみる。

しかし、言葉にしてみると、それが馬鹿げたことであるとはっきりしただけだった。女は鼻を鳴らすと身体《からだ》を起こし、上気した顔で、取れたボタンが目立たないようにコートの上のスカーフを少しずらした。

まあ、いいや。家の中をひっくり返せば、予備のボタンが出てくるだろう。

女は再び歩き出す。

誰だったかしら、予備のボタンは服の目立たない場所に縫い付けておくと言っていたのは？　確かに便利は便利だが、服を買う度に、いちいちそんな面倒なことしてられないわ。だが、その誰かはこう言うだろう。出先でボタンが取れた時はどうするの？　その時に慌《あわ》てることを考えたら、ボタン一つ縫い付ける手間くらい何よ。はいはい、その通りね。

女は見えない誰かに向かって首を振ってみせる。

家のどこかの引き出しに、まとめて予備のボタンを入れておいたはず。あたしはモノが捨てられない女。だが、ボタンを捨てる女がこの世にいるだろうか。あんなに小さいのに役に立つ、あんな可愛《かわい》らしいものを？　学生時代の友人で、自宅のテーブルクロスの端っこに、手に入れた半端なボタンを「飾りだ」と言って縫い付けていた子がいたっけ。あれは、正直言っていただけなかった。まるで、難破船から引き揚げた網に、びっしり貝殻がくっついているみたいだったんだもの。

フジツボの話を知ってる？

今では古典となっている都市伝説を思い出す。そう、彼女は気味の悪い話が好きだった。あたしが彼女のテーブルクロスを貝殻みたいと言うと、さりげなくその話を始めた。いつだって、彼女はこちらが油断している隙《すき》に話を始めているのだ。

ある人がねえ、海で泳いでたんだって。もう夕方になって、帰ろうと思って浜に上がる時に、海の中の岩で膝《ひざ》を切ってしまったの。痛い、と思ったんだけど、大した傷じゃなかったんで、自分で血止めをして、放っておいたのね。傷は数日で治ったんだけど、そのうち膝がむずむずするようになったんだって。膝の内側が痒《かゆ》くて痒くてたまらない。あまりにも痒くて我慢できなくなったんで、医者で切開して診てもらったの。そうしたらね、膝のお皿の内側に、小さな小さなフジツボがいっぱい、びっしりと貼《は》り付いていたんだって——

嫌なことはとっとと済ませてしまおう。

女は、ぶるっと顔を震わせると小さく溜息《ためいき》をつき、足音をあえて高らかに響かせながら、坂道を下りるスピードを速めた。

石畳の下に、小さな明かりが見えてくる。

なんだってこんな時間から明かりが点《つ》いているのだろう。まだ四時ではないか。

女は腕時計と空を見比べた。

空は一応晴れているが光は弱々しく、色褪《いろあ》せたペールグレイに近かった。その空の色と、路地の暗がりでオレンジ色に灯《とも》るランタンとに違和感はない。ふと、懐《なつ》かしい心地がした。この感じ、ルネ・マグリットの絵にあったわね。

だが、そう考えたことも、すぐに頭から消えうせた。

あそこで、あいつが待っている。その事実で頭の中がいっぱいになったのだ。

ずっと会いたくて、会いたくなくて、でも会わなくちゃならなくて——頭の中でぐるぐると言葉が空回りする。

女は無表情になると、再び歩調を緩めた。そっと胸に手を当てて、自分の気持ちを確かめる。あいつはあたしとは違う。違うのだ。

あたしは何も捨てないし捨てられない。何でも取っておく。絶対に使わない、二度と必要にならないと知っているものも、どうしても手放せない。あいつは違う。いろんなものを捨てる。眉毛《まゆげ》一つ動かさず、あっさりとあいつは捨てる。あいつがいらないと決めたなら、次の瞬間、どんなものでもそれはゴミになっている。

女は神経質にスカーフの絹の感触を指先で弄《もてあそ》ぶ。緊張すると、何かをつまんで指先で弄ぶのは昔からの癖だった。そんな時に切符やチケットの半券を持っていると、いつのまにかぼろぼろになってしまう。

分かってる。分かってるわ。今あんたが、どんなに勝ち誇った顔で待っているか。

女はスカーフの先端をいじる。絹が熱を持ち、指先が熱くなる。

あんたが彼を殺したからって、彼を自分のものにしたと思ったら大間違いよ。

踵《かかと》が石畳の上で硬い音を立てる。

あんたは昔からそうだった。捨てる、壊す、殺す。自分の思い通りにならないものは、そうやって自分の意志に従わせてきたのね。そうでしょ？　ほら、昔の少女漫画で必ずいたじゃない、主人公のバレエシューズに画鋲《がびょう》を入れる女が。なぜかたいてい、金持ちで険《けん》がある美人と決まってた。だけど、考えてみれば不思議よね。実際のところは、金持ちで美人の子は性格もよかったじゃない？　少なくともあたしの知ってる子は皆そうだったわ。恵まれた人生を歩んでいれば、性格が悪くなる必要もないでしょう。なのにどうしてそんなことするの？　あたしは当時から、こっそり画鋲を入れる女の気持ちに興味があったのよ。何が彼女に画鋲を入れさせるのかしら。彼女は人生の何が不満なのかしら。彼女は何を求めているのかしら。あんたのことを考えると、あたしはいつも彼女のことを思い出すの。なぜあんたは画鋲を入れなければならないのかしら、って。

女は坂道を下りて、目の前の建物を見上げた。

そこは小さな古いホテルだった。中庭が、隠れ家のようなカフェ・レストランになっているのだ。

蔦《つた》のからまる分厚いドアを開けて、女は中に入る。

一瞬の闇《やみ》に目が慣れない。胎内潜《くぐ》りのような暗い通路の奥に、ぽっかりと開けた小さな中庭が見え、白いテーブルの向こうに女が見えた。

その女は、そこが我が家であるかのように寛《くつろ》いでいた。黒いポロシャツの衿《えり》を立て、小豆色のカーディガンを袖《そで》を通さずに羽織り、ゆったりと赤ワインを飲みながら片手で丸めた雑誌を読んでいる。

茶色いサングラスの奥の表情は読めない。

あたしもサングラスにすればよかった、と女は心の中で舌打ちした。真正面から向き合うのに、ある程度のハッタリは必要だ。

「本日は、お招きありがとうございます」

女は中庭に進み出ると、硬い声で呟いた。

今初めて気が付いたとでもいうように、座っていた女は顔を上げた。

まあこいつ、全然変わってないわ。

目が、女の頬と顎《あご》の線に吸い寄せられる。

いったいどうやったらこんな肌でいられるのかしら、艶《つや》もきめも昔のまま。いったい幾つだったっけ、もちろん物凄《ものすご》くおカネを掛けてることは確かだけど――吸い付きそうな餅肌《もちはだ》じゃないの、嘘《うそ》みたいだわ、化け物ね。

だが、すぐに、自分の目が真っ先に女の肌に行ったことを忌々《いまいま》しく思った。

中庭には四つのテーブルがあった。席は皆埋まっている。女はちらっと中庭を見回したが、誰も自分とこの女のことなど注目していない。

自由業風の二人の男。熟年の夫婦。一人本を読む中年男。

このホテルはほとんど宣伝もしておらず、長期滞在するリピーターが多いと聞いている。こぢんまりしたアットホームな雰囲気と、どことなく秘密めいて隠れ家的なところに存在価値があるらしい。品揃《しなぞろ》えのいいワインに合う無国籍風の料理も、お値打ちだと密《ひそ》かに評判だった。

「来てくれて嬉《うれ》しいわ。来ないと思ってたから」

威圧感があり、それでいて絡《から》みつくような色香を滲《にじ》ませた声が返ってきた。

「座ってもいいかしら」

「もちろんよ。あなたもグラスワインを？　それともビールの方がよかったかしら」

「ううん、あたしもワインでいいわ」

座っている女は「おや」というような表情になる。

「珍しいわね。白を？」

ボーイを呼びながら、女は素直に驚きを声に出した。

「いいえ。あたしにも、鳩《はと》の血みたいな赤をちょうだい」

女はコートを椅子《いす》の背に掛け、腰を下ろしながら注文する。

いつのまにか彼女の後ろに立っていたひょろ長い身体のボーイは、無表情に「かしこまりました」と呟き、さっとお辞儀をして歩み去った。

いったいどこから現れたのかしら、と女はボーイの背中を見ながら考えた。

まるで影みたいだった。呼ばれない時は、石畳の上の影になってるんじゃないかしら。彼女は、その想像が気に入り、小さく笑った。第三の男ね。気を付けなくちゃ。

ボーイや執事や運転手を犯人にするのは推理小説ではご法度《はっと》だけど、実際にお酒やお皿を運ぶのは彼らなのだ。そう、お話が進むように物事を運ぶのは彼ら。まるで黒子のように、影のように、全《すべ》てをお膳立《ぜんだ》てしてくれる。

女はテーブルの上に目を落とした。

綺麗《きれい》なカッティングのロックグラスに、オレンジ色の薔薇《ばら》の花が生けてある。薔薇の向こうには、まだ中身の入ったワイングラスが置かれていた。

「鴨《かも》とチコリのサラダを頼んであるの」

「おいしそうね」

会話の内容とは裏腹に、二人の声はよそよそしい。

テーブルを挟んで、二人の女は微動だにせず向きあっている。

ワインが運ばれてきた。

「乾杯しましょう」

向かいの女が艶然《えんぜん》と微笑《ほほえ》んだ。もっとも、目が笑っているかどうかは分からない。

「何に？」

女はそっけなく尋ねる。

気まずい沈黙が下りた。向かいの女はかすかに顎を上げる。

「あたしたちの再会を祝して、というのは？」

「あたしたちの再会がおめでたいことならね」

「おめでたいことなんじゃないの。すくなくとも、めったにないことではあるわね。二度とないかもしれないけど」

「そうね。じゃあ、この珍しい瞬間に、乾杯」

小さくグラスが合わされたが、そのカチリという音は冷たく耳障《みみざわ》りで、文字通り二人の間にヒビが入ったかのように思えた。二人はその音の気まずさを飲み込むように、顔をしかめて無言でグラスに口を付ける。

「早速本題に入らせてもらうわ」

ソバージュの髪を掻き上げ、女は低い声で切り出した。

「あたしが、あなたと楽しくワインを飲むためだけに、わざわざここまでやってきた訳じゃないことは百もご承知ね？」

「あら、違うのかしら。旧交を温めるためだと思ってたわ」

うっすらと軽蔑《けいべつ》を込めた声が返ってくる。

来た来た。女は心の中で苦笑した。

この、「うっすらと」というのがポイントなのだ。彼女は、物事についての自分の意見や感想をはっきりとは口にしない。洗練された会話はいつもゆったりとして、あくまでも穏やかで上品。でも、このかすかな気配、うっすらと言葉の裏に貼り付いている不快なぬめりは、じわじわとこちらの弱いところに染みてくる。最初は平気だと思っていた小さな痺《しび》れが、いつしか大きなダメージになってくるのだ。

それでなくとも、彼女と向き合っていて、自分がいかにつまらない人間であるかということを自覚せずにいるのは難しい。彼女の持つ圧倒的な自信――いったいどこから、何を根拠にこの自信は湧《わ》いてくるのだろう――その自信の前に、まともに向き合うと誰もが萎縮《いしゅく》してしまう。そうして自滅していった弱気で善良なる人々が、彼女の歩んできた道の後ろに死屍累々《ししるいるい》と積み重なっているのだ。

「まあ、聞いてちょうだい」

女は、わざと蓮《はす》っぱな声を出した。彼女の自信に飲み込まれてはならない。

「気の短いあたしが、せっかく普段は飲まないワインを舐《な》めながら話をしようというのよ。これもまためったにない機会でしょ？　話の内容に興味はない？」

向かいの女は、小さく首をかしげてみせた。話を促しているようにも、拒絶しているようにも見えるが、それを無視して話し始める。

「あの日、あなたはわざとゆっくりやってきたわね――」

女の目にその光景が浮かぶ。

あの日もこの中庭。ただ、あの日はもっと大勢の人がいた。小さな中庭が、賑《にぎ》やかなお喋《しゃべ》りで埋まっていた。小さなティー・パーティ。酒の飲めない神谷《かみや》のために催されたパーティだった――

あの日はなんの花だったかしら。

ふっと、鼻の先にぴりっとした香りが蘇《よみがえ》る。鮮やかな花弁が揺れる。

そう、ガーベラだった。彼はガーベラの花が好きだった。背丈の低い、ぱっと開く率直さ、可憐《かれん》さがいいと言っていたっけ。黄色とピンクと白のガーベラがガラスの花瓶に沢山生けられて、淡いブルーのテーブルクロスに映えていた。

彼のくしゃくしゃっとした笑顔が浮かぶ。男であれ女であれ、あの皺《しわ》くちゃの笑顔に魅了されない者がいるだろうか。一見、神谷華晴《かせい》はとっつきにくく、いかにも胡散《うさん》臭《くさ》い。白髪頭を一方向に撫《な》でつけ、一年の四分の三を、アーティスト然とした、お約束の黒のタートルネックのセーターで過ごす。しかし、いったん一対一でその人を食った無邪気な笑顔を見れば、そんな先入観を吹き飛ばされる。毒気と茶目っ気に溢《あふ》れた言動は露悪的にも見えるが、生来の生真面目《きまじめ》な情熱を隠す、彼独特の含羞《がんしゅう》の表れなのだ。

あの日、中庭には音楽も流れていた。いつ聞いても懐かしい感じのする曲。『素敵なあなた』。柔らかく物憂《ものう》げな女声コーラス。

あれも神谷が希望していたのではなかったかしら。それも、テープレコーダーの音は嫌だという神谷のために、わざわざ旧式のレコードプレーヤーを用意し、レコードを掛けていたのだ。

神谷は大の紅茶党。このホテルは常連客のために数種類の上質な茶葉をストックしてあり、それぞれが素晴らしいポットにきちんと作法に則《のっと》って淹《い》れられていたので、神谷はご満悦だった。

「あたし、ずっと考えていたの。でも暫《しばら》く分からなかったわ。いったいどの時点でカップに毒が入れられていたのか」

女は努めてさりげなく話し始めた。

向かいの女は無表情なままだ。

三つのポットは、ずっと中央のテーブルにあった。あの時、中庭には五つのテーブルがあった。今、ここには四つしかない。あの時ポットが置かれていた真ん中のテーブルは、今では植木に変わっている。普段は、この植木が客たちの目隠しの役目を果たしているのだろう。

「あれは自殺だということでけりが付いたでしょ」

そっけない返事。

影のようなボーイが、鴨とチコリのサラダを運んできた。白い取り皿が二枚置かれる。

女は皿を自分の方に引き寄せ、サラダを取り分けた。

「まあいいじゃない。二人でゆっくり彼を偲《しの》びましょうよ。彼が自殺なんかする人かどうかは、あなたがよく知ってるんじゃないの？　さあ、どうぞ。そうそう、カップの問題よ。あら、おいしいわ、この鴨」

そのホットサラダは、鴨の甘さと野菜の苦味の加減が絶妙だった。なるほど、ワインの肴《さかな》にはぴったりだ。女はむしゃむしゃと鴨を味わった。

「何を今更蒸し返そうというの？　あれだけの人が動き回っていたし、神谷も歩き回っていた。みんながポットからお茶を注いでいたからポットの可能性はない。やっぱり彼が自分でカップに入れたとしか思えないじゃない」

その声に滲んだかすかな苛立《いらだ》ちが、こんなに甘美なものに感じられるとは。

今、どんな気分？　次のあたしの言葉をハラハラしながら待つ気分は。あんたが他人の言葉を待つのは、自分を賞賛する言葉が期待できる時だけですものね。

「そう。そうよね。みんな、毒はカップに入っていたと思った。彼が自分で入れたってことになってる」

女は僅《わず》かに身を乗り出した。

中庭を行き交う人々が目に浮かぶ。

あの日は、ボーイたちもかなりの人数で控えていた。ポットの中のさし湯を熱いものに替え、残り少なくなったクリームポットを替え、パンの乾いたキュウリのサンドイッチを下げる。さざめく笑い声。時折上がる歓声。お盆の上に載ったグラスが触れ合う音。

そこに彼女は入ってきた。白い花束を抱えて。

まっすぐに伸びた、凛《りん》としたカラーの花。

テーブルの上に並んでいた可憐なガーベラを見下すように、カラーの白い花弁はつんとした表情で進んできた。

そう、はっきりと目に浮かぶ。あの暗い通路の中から、預言者のように現れた不吉な女の姿が。

テーブルの上に並べられたガーベラ。淡いパステルカラーが揺れている。

その花に埋もれるようにして、ポットや砂糖壺《つぼ》が置かれている。銀の皿を二階建てにしたハイ・ティーのセットや、瑪瑙《めのう》を細工した砂時計や、気取った形のジャムの小《こ》壜《びん》、ヨーグルトのムースが入ったカクテルグラス、レーズン入りのスコーン。あのテーブルには、本当にいろいろなものが置かれていた。緊張のほぐれてきた客たちが、名刺を交換したり一服したりする間に置いたに違いない。まあ、あたしったら、どうしてこんなにはっきりと思い出せるんだろう。まるで、アルバムをめくっているみたいに、全ての場面が蘇ってくる。

誰かが読みかけの文庫本を置いていたわ。銀の万年筆もあった。シガレットケースや、電話番号を書いた手帳の切れっ端まで。

ええと、何の本だったかしら。カバーを外した、茶色の表紙。何度も読み返されたらしい古い文庫本――

「でもあなたはそうじゃないって言うのね」

乾いた声に女はハッとした。

いつのまにか追憶に浸っていたのだ。慌《あわ》てて表情を引き締める。

「ええ。よく思い出してみて。あの日の彼は有頂天だったわ。ほら、門奈《もんな》さんが彼にカップアンドソーサーをプレゼントしたじゃない？　素敵な染付だけど、ちょっとグロテスクな顔の唐子《からこ》模様が入ったやつよ。あの変な顔が面白いって、彼、おもちゃを貰《もら》った子供みたいだったわね。すぐにその場で洗ってもらって、あのカップでお茶を飲み始めた。パーティの間じゅう、ずっと手放さなかったわ」

鮮やかな藍色《あいいろ》だった。染付は、アンティークでも、時々ハッとするような青に出くわすことがあるが、あれもまた、深く、それでいて溌剌《はつらつ》とした藍色だった。

いやあ、さすがにもうお腹がガボガボだよ。

あの茶目っ気に溢れた声が蘇る。

「彼は専《もっぱ》らストレートで紅茶を飲んでいたわ。とにかくひっきりなしに紅茶を注いで、カップを手にして、みんなの間を泳ぎ回るのに夢中だったからね。ミルクを入れる暇も惜しんで、興奮して喋りまくっていたわ」

しかし、パーティも半ばを過ぎた頃、神谷がつかのま喋り疲れた様子でスッと中央のテーブルに近寄っていくのを見た。テーブルの前に立つ、彼の広い背中を。

「何しに行ったのかなあって思ったのよ」

その疑問を解消する暇もなく、神谷はすぐにテーブルを離れ、賑やかなグループに戻っていった。

女の記憶の中の場面はここで止まり、そこから先に進まなくなる。

なぜならば、この先には、神谷が苦しみ、地面でのたうち回る場面が待っているからだ。

それはあっという間の出来事だった。

神谷の手からカップと皿が落ちて、グロテスクな唐子の笑顔もろとも、藍色の破片《かけら》が石畳の上で弾《はじ》け飛んだのだ。

凍りついた場面。

「貰ったばかりだったカップが砕け散って、中の紅茶も飛び散ったわね。あの時のことを思い出すと、あたしはとっても不愉快になった。もちろん、誰にとっても愉快なシーンじゃなかったけどね。だけど、あのひどい場面を見たせいで不愉快になったんじゃないのよ。あたし自身が生理的に不愉快だったの。なぜだろう、何がこんなに嫌な感じなんだろうって、あたしはずっと考えていたわ。嫌な感じがずっと引っ掛かっていたのに、理由は分からないままだった。ところが、この間、朝家を出た瞬間に、あの時と同じ嫌な感じが蘇ったのよ」

女は、上目遣いに向かいの女を見る。

相手はぴくりとも動かない。

「その時もね、嫌な感じがしたの。家を出てからもずっとその感じが消えなくてね。なぜだろう、なぜだろう、って、首をひねりながら歩いていた。この不快感は、あの時の嫌な感じに似ている。そう思ったの。ねえ、なぜだと思う？　その理由をね、バスに乗る時になってようやく気付いたの。実は、その日、あたしはあの日と同じ靴を履いていたのよ」

女は言葉を切り、皿の上に目を落とした。

チコリが棘《とげ》のように、目に突き刺さってくる錯覚を感じる。

「靴の底がべたべたしていたの」

女は抑揚のない声で呟《つぶや》いた。

「ね。靴の底がべたべたしていたの。なぜかしらね。あの日以来、その靴を履いていなかったのよ。割れたカップから零《こぼ》れた紅茶で濡《ぬ》れた石畳を踏んで以来」

女はワインを一口飲んだ。

「彼はあの時、紅茶にジャムを入れたんだわ」

長時間紅茶を飲み続けて、いくら紅茶党といえどもさすがに口の中が渋くなったのだろう。彼は砂糖が好きではなかったので、ホテル自家製のジャムを入れて甘くしようと考えても不思議ではない。

「ジャムの壜に毒が？」

向かいの女が冷ややかな声で呟いたので、否定の意味を込めて小さく笑う。

「まさか。それこそ不特定多数の人が使うものだし、彼は普段は甘いものに手を出さないわ。どちらにしても、彼を狙《ねら》うのならジャムには仕込まないでしょう」

「じゃあどこに」

「あの時、地面に零れた紅茶は、ほとんどジャムが溶けていたわ。見た目ではジャムが入っているとは分からないくらいに」

女はチラリと向かいの女を見た。

「分かる？　誰かがジャムを混ぜたのよ。スプーンでね」

喉《のど》が小さくクッと鳴るのを押し殺す。

「そのスプーンに毒が付いていたんだわ」

とうとう口に出してしまった。

テーブルの真ん中に、重い楔《くさび》が打ちこまれる音が響いたような気がした。

向かいの女は、ちょっとだけ背筋を伸ばして座り直した。

「あの時、現場は徹底的に捜索されたんじゃなかったかしら。あのカップの中以外から毒は見つからなかったはずだけど」

彼女はゆっくりと椅子《いす》の背もたれに体重を掛けた。時間稼ぎか。それとも、大した根拠ではないと踏んだのか。

「そうね。そうだったわね」

女は素直に同意する。

二人は同時にワインを一口飲んだ。

「覚えてる？　あの時、あなたは手に持っていた花束を取り落としたわね」

女は再び向かい側を見た。

「彼が苦しんでいるのを見て動転したのかしら？　きっとそうね。ボーイが二人、駆け寄ってきたわ。一人は神谷を助け起こすため。そして、もう一人は」

石畳の上に、儀式のようにばら撒《ま》かれた白いカラーの花。

それは、どこか瀕死《ひんし》の水鳥が横たわっているような錯覚を起こさせた。

「あなたのばら撒いた花をかき集めるため」

白いカラーの花。

「綺麗な花だったわね。きちんと束ねてなかったのが不思議だけど、思わず目をひきつけられたわ。白くて長い、カラーの花」

女は、こころもち長い間、向かい側の女を見た。

「あの花、筒みたいな花よね」

こころなしか、向かいの女の顔色が変わったような気がした。

ついにリーチか？　女は内心の興奮を押し殺す。

しかし、声に興奮が滲《にじ》むのを完全に抑えることはできなかった。

「あの花、何か細長くて小さいものを入れるのにはぴったりだと思わない？」

テーブルの向こう側の表情の変化は劇的だった。

ビンゴだ。女は心の中で快哉《かいさい》を叫ぶ。

この女の、こんなに青ざめた顔を見られるなんて。しかも、そうさせたのはあたしの言葉なのだ。

「例えば、小さなティースプーンとか」

向かいの女は、かすかに震え始めた。

こんなに効果てきめんだったとは。女は心の中で驚きの声を上げていた。あたしの推理には、多少のハッタリが含まれていたというのに。

「あなたは、毒のついたスプーンで神谷の紅茶をかき混ぜて、こっそりカラーの花に隠したのね。驚いたふりをして、それを地面にばら撒いた。あの騒ぎの中で、凶器は優秀なボーイに始末されてしまったんだわ」

第三の男。影のような男たちに。この世は彼らによって運営されている。名もない彼ら。決して主要登場人物にはならない彼らに。

突然、向かいに座っていた女の顔がぐらりと揺れた。

唇から、赤い糸のようなものが伝っている。

女はあっけに取られて、目の前の光景を眺めていた。

実際、テーブルを挟んで座っていた女は、恐ろしくゆっくりとくずおれていった。

それと同時に、彼女が手にしていたワイングラスもスローモーションのようにテーブルから落ちていく。

赤い液体が優美な曲線を描いて空中に放り出されるさまは、原始的な生物のように見えた。少し遅れて、澄んだ音を立てて、石畳の上でグラスが砕け散る。

その明るい音色は、こぢんまりとした中庭に大きく反響する。

他のテーブルの客たちが、口々に悲鳴を上げて立ち上がる。

まあ、獣みたい。

女は、客たちの視線を感じながらも、地面に倒れた女を凝視していた。

地面に横たわる女は、密林の獣のよう。獰猛《どうもう》でしなやかな獣だった女が、今誰かに仕留められたのだ。

テーブルが、客たちが、中庭が、ぐるぐると音もなく回り始める。

この中庭で、何が起きているのだろう?

旅人たち

1

「――で？　それはどこから思いついた話なんです？」

いつのまにか、うっすらと霧が出てきている。

男はそっと辺りを窺《うかが》うと、声を潜めた。

「まあね――神谷が言うには、実際に彼が遭遇した事件から思いついたと言うんだ」

「実際の事件？　いつ？　どこで？」

「それが起きたのは、高層ビルの低層階にある商店街の中庭でね――彼は、新宿の稽《けい》古場《こば》に行った帰りには、開いていれば必ずそこでコーヒーを飲むんだそうだ。中庭に面したところに、小さいけれど美味いコーヒーを飲ませる店があるらしい――そこでぼうっとするのが彼の習慣だったのさ」

「ふうん。どういう事件なんですか」

「それが、奇妙な話でね」

ぼそぼそした声が、周囲の濃い緑に吸い込まれていく。

喋《しゃべ》りながらも、二人はどこか上の空だった。この無人の大自然の中を、ただ歩いていくにはあまりにも風景は大きく、あまりにも二人は小さすぎた。

まだ時刻は午前十一時を回ったばかりである。

空は厚い雲に閉ざされており、地面には影も映らなかった。かといって、雨の降る気配もなく、黙々と砂利道の上を歩いていると、時間も季節も曖昧《あいまい》になり、どこか遠い夢の中でもさまよっているような気分になってくる。

深い山に囲まれた一本道だ。山の斜面を埋める常緑樹の緑が、二人の行く手に、今にもモコモコと溢《あふ》れ出してきそうだ。凶暴な植物たちは、今にも道に覆《おお》い被《かぶ》さり、塞《ふさ》ぐ機会を狙《ねら》っている。

むせかえるような山の匂《にお》いは、どことなく挑発的で落ち着かない気分にさせられる。かつて、中高生の頃に感じたような、自分でも抑えることのできない、自分の中の獰《どう》猛《もう》な別の生き物が目覚めようとしている予感に似ている。

歩き始めて、もう小一時間が経《た》とうとしている。

体力には自信があったものの、変わらぬ風景の中をえんえんと歩き続けるというのは、達成感がなく疲れるものだ。

「その中庭でね、死者が出たんだよ。若い娘だったそうでね」

「それがよく分からないんだよ。彼が気付いた時には、もう倒れていて、人が駆け寄ってくるところだったそうだ」

「事故？」

「それのどこが奇妙なんです？　あっ、もしかして、衆人環視の中の殺人というやつですか？　だったら、ちょっとは面白そうだけど」

「まあまあ、時間はたっぷりあるんだから、そう急ぐなよ。おまえは、あそこには行ったことがあるかな？　新宿の、Cビルの地下街だけど」

「ええ、あります。あの茶色いレンガ色をしたところでしょう？　吹き抜けになっていて、噴水がある」

「そう。じゃあ、場所はだいたい見当がつくね？　噴水を囲んで、喫茶店やゴルフ用品店や、写真屋なんかがぐるりと並んでいる。噴水の周りに、植え込みがあって、人が座れるようになっている――」

「ええ、分かります。その娘はどこで死んだんです？」

「彼女は、その噴水のところに座っていた。しばらくそこに座っていて、特に誰も気に留めていなかった。お昼どきだったし、天気も良かったから、ＯＬたちが周りに座ってお弁当を食べていた」

「なるほどね。確かに、天気がいいと、あの辺はみんな外で昼ご飯を食べていましたっけね。その娘もお昼を食べていたんですか？」

「いや、その娘は、ただそこに座っていただけらしい。連れもいない。一人でそこに座っていた」

その風景が目に浮かんだ。昼休みの喧騒《けんそう》。明るく輝く噴水の水しぶき。制服を着たOLたちの屈託のないおしゃべり。一服しようとワイシャツのポケットに手を伸ばすサラリーマン。射《さ》し込む日の光が、レンガ色のタイルにくっきりと、影との境界線を作る。

「で？」

男は先を促した。

「それで、昼休みも終わりに近付いた頃、近くにグループで座っていたOLたちが、その娘の異状に気付いた。その娘はきちんとした紺のスーツを着ていて、いかにも初々《ういうい》しい感じだった。彼女が腹を抱え込むようにして俯《うつむ》いていたのを見て、OLたちは、その子は具合が悪いんじゃないかと思ったんだね。親切にも、心配して声を掛けたという訳さ。ついでに、彼女の肩に手も掛けた」

「そうですね、それが身なりの汚い男だったら、声も掛けないでしょうね」

「ああ。そうしたら、その娘はぐらりと前に倒れた。既に絶命していたんだ」

霧は徐々に忍び寄ってきていた。

二人は、口には出さなかったが、霧の気配には神経質になっていた。それとなく、落ち着きのない表情で周囲に視線を走らせている。まるで、霧のどこかから誰かが近寄ってきているのではないかという、根拠のない不安を感じるのだ。

二人の前方にも、濃厚な霧が押し寄せていた。少し前まで風景のほとんどを占めていた緑の山々を、綿飴《わたあめ》のような濃い霧の塊が、ゆっくりと覆いかぶさろうとしている。

足元の行く手に続いていた朽ちかけた枕木《まくらぎ》も、音もなく霧の中に消え始めた。

砂利を踏むざくっ、ざくっ、という音だけが、二人の心臓の鼓動と一緒に霧の中に響いている。この枕木を辿《たど》っていけば道に迷うことはないと分かっているものの、視界の消えていく世界は不安を募らせるばかりである。

「――で？　娘の背中にナイフでも刺さっていたんですか？」

不安を打ち消すかのように、些《いささ》か冗談めかした声で、片方の男が尋ねた。

もう一人はゆっくりと左右に首を振る。

「いいや。話はこれで終わりさ」

「ええっ？　これだけ？　何かオチは？」

あきれたような、がっかりしたような声が山に吸い込まれていく。が、男は、そのあまりにも場違いで無力な自分の声に驚いて、押し黙ってしまった。

「うん。話はこれで終わりだ。神谷は、そこまでしか現場にいなかったからね。彼は、その娘が倒れて人だかりがしているところを見て、約束があったので次の予定地に向かったんだ。そして、彼はすぐにその事件を忘れてしまっていたそうだ。新聞にも載らなかったし」

「ふうん。じゃあ、何かの拍子にそのことを思い出して、使うことにしたのかな」

男は不満そうに呟《つぶや》いた。

「ただね、神谷は、その件で気になる話を聞いたんだそうだ」

「なんだ、やっぱり続きがあるんじゃないですか」

男はホッとしたように表情を緩めた。

「続きらしい続きじゃないんだがね――それから一週間して、神谷は再びそのビルの喫茶店にやってきた。その時、話を聞いたのさ」

もう一人の男は、思わせぶりにチラリと隣の男を見た。

「気になる話って？」

「その吹き抜けの地下街は、噴水を中心とした広場を中心に、ガラス張りの店舗がぐるりと囲んでいる。その一週間前に広場で死んだ娘を、複数の店の店員が目撃していた」

霧の中に、明るい噴水が浮かび上がったような気がした。地下街とはいえ、開放的な雰囲気を醸《かも》し出すために、広場には外光が射し込むようになっている。

真昼のオフィス街の谷間。平日の人工的な中庭に、ビジネスマンたちが行き交う。

「分かるだろ？　あの場所。幾つも喫茶店やレストランが並んでいる。それが、その――神谷の行きつけの喫茶店の店員が言うには、その娘を見た目撃者の証言が、ちょっとずつ食い違っているというのさ」

噴水の前に座っている娘。ざーっという噴水の音。紺のスーツを着て座っている娘。顔は見えない。彼女はじっと、レンガ色をした花壇の縁に行儀よく足を揃《そろ》えて腰掛けている。

娘の後ろ姿。きちんと肩で切りそろえられた黒髪が、つやつやとして日の光に輝いている。時折、髪が風にほつれて揺れる。

「まずね、その店の店員が言うのには、娘は笑っていたんだそうだ」

不意に、背筋がぞっとした。

いつのまにか、娘はこちらを振り返っている。髪の毛が揺れ、彼女の頰の産毛《うぶげ》が光っている。娘はチェシャ猫のような笑みを浮かべ、白い歯を見せてこちらを見ている。

「——笑っていた？」

男は思わず隣の男の横顔を見た。

男は前を向いたまま頷《うなず》く。

「そう。一人で、にんまりと笑っていたというんだ。カウンターの中でコーヒーを淹《い》れながら、ふとその娘の笑顔が目に入ったと。間違いないと。何か思い出し笑いでもしているのかな、とその店員は思ったんだそうだ」

話を聞きながら、無意識のうちに腕をさすっていた。じっとりとまとわりついてくる霧。

こんなに蒸し暑いのに、この肌にまとわりつく霧の冷たさはなんだろう。

「ところが、その店員曰《いわ》く、他の店の店員は、全く異なる証言をしたというんだな。別の店の店員は、彼女が怒っていた、と証言したんだそうだ」

「ええっ？　どうしてだろう」

「とにかく、文字通り、娘は目を吊《つ》り上げて、憤怒《ふんぬ》の表情を浮かべていた、と言った人がいたんだね。それは、向かいの洋食屋のウエイトレスだったんだが」

「怒っているのと、笑っているのとじゃ随分違うじゃないですか。まあ、人によってはあまり表情の変わらない人もいるけど」

「それが、まだあるんだ。神谷の行きつけの店の対角線上に、もう一つ別の喫茶店があるんだそうだ。そっちは、内装もパステルカラーで、ケーキを売りものにした、女性をターゲットにした店らしいんだけどね。その店の店員が、やはり入口でレジを打ちながらその娘を目撃していてね。ところが、彼は、彼女は泣いていた、と証言したんだそうだ。ハンカチで目を拭《ぬぐ》っていた、と」

「そいつはおかしいよ。別の人間を見てたんじゃないのかな」

「だけど、どう考えても同じ娘を見ての証言なんだ。紺のスーツを着て、一人で座っていた娘はその子だけだし、目撃した時間もそんなに変わらない。ほぼ同じ時刻に目撃した三人の証言がここまで食い違うのは不思議だろう？　娘は赤の他人だし、彼らに嘘《うそ》をつく理由なんてないんだから。神谷は、他の店員にも質問をしてみたらしいが、皆それぞれ主張を変えなかったという」

「目撃者の証言なんか当てにならないとはいうけどねえ」

「でも、不思議な話だろう？　神谷はその理由を考えているうちにだんだん奇妙な気分になってきて、妄想《もうそう》を膨らませるきっかけになったんだとさ」

「謎《なぞ》は解けたんですか？」

「いや、結局分からないらしいよ。少なくとも、神谷はそこまでしか事件に関して知らないらしい」

「ふうん。変な話ですね」

「だろう」

いつのまにか、広場の噴水はぐるぐると回っていた。

噴水と一緒に、娘も回っている。娘の肩には、阿修羅《あしゅら》のように、見る角度によって表情の異なる三つの首が並んでいた。

どうなのだろう。能面だって、ほんの少し角度が違えば、表現する感情が違ってくる。人間だってそうではないか。ちょっとした顎《あご》の角度や、視線で、我々は他人の感情を密《ひそ》かに読み取っているはずだ。ならば、彼らもそうだったのではないか。彼らはそれぞれの角度から、その一人の娘の中の、幾重もの感情を捉《とら》えていたのではないだろうか。そう、笑顔だって複雑だ。苦さや苛立《いらだ》ち、諦観《ていかん》や憐憫《れんびん》、安堵《あんど》や妥協など、いろいろなものがそこには含まれているではないか——

「なんだか、あれを思い出したな。古い探偵小説か何かにあったでしょう？　『笑ったライオン』っていうの」

『笑ったライオン』？　知らないな。俺は、神谷やおまえみたいにミステリ好きじゃないからな」

「有名なトリックですよ。サーカスの芸人で、ライオンの口に頭を入れてみせる芸をする男がいる。ある日、いつものようにその芸をするんですが、その日はなぜかライオンがニタリと笑って、その男をがぶりと嚙《か》み殺してしまう。さあ、どうしてライオンは笑ったのか？」

隣の男は訝《いぶか》しげに振り返った。

「どうしてだ？」

「答は簡単です。その芸人を恨んでいる男がいて、舞台に上がる前に、密かに憎い芸人の頭に胡椒《こしょう》を振りかけておいたんですよ。ライオンが笑ったのは、くしゃみをする前兆の表情だったというわけ」

「ふうん。ライオンのくしゃみは笑っているように見えるのか？」

「さあ。俺も見たことありませんからね。でも、なんだか、この話を連想したんですよ。どうです、なんとなく、似ているような気がしませんか？　その娘は本当に笑っていたんだろうか。ひょっとして、くしゃみでもしたかったのかもしれないし、何か別の意味があったのかもしれない」

男の声は、最後の方は独り言のように、更に勢いを増していく霧の中に飲み込まれていった。

中庭にて 2

坂道の途中で、コートの上から三番目のボタンが取れていることに気が付いた。

あら、みっともない。いったいどこで落としたんだろう。

甲斐崎圭子《かいざきけいこ》は足を止め、後ろを振り返ると石畳の上に飴色《あめいろ》のボタンを探した。

人間の知覚というのは馬鹿にならないもの。たった一つのボタンでも、どこかで落ちる音を聞いているはず。まだボタンを落としてからそんなに時間は経《た》っていないはずだ。

だけど、重さって不思議。特に不思議なのは体重だ。食べなければ痩《や》せるし、食べれば太る。この単純な法則が、時に信じられなくなるのはなぜだろう。何日も苦労して食べるのを控えてもちっとも減らないくせに、ほんのちっちゃなケーキを一つ食べただけでもてきめんに体重計に反映されるのはなぜ？　服を脱ぐと体重は減るのに、すっきりお通じがあったあとでも体重が変わらないのはなぜ？　きっと、身体《からだ》の重さには、まだあたしの知らない驚異の神秘があるに違いない。

さあ、ボタンはどこ？ 近くにあるはずよ。

圭子は、パーマの取れかけた長い髪を掻《か》き上げて押さえながら、地面に顔を近づけて目を走らせ、少しずつ後退《あとずさ》りをした。頭の重さに、少しずつ顔が鬱血《うっけつ》してくる。なぜ下を向くとニキビが痛むのだろう。やっぱり、血が下がるからかしら。

けれど、圭子は、鼻の脇《わき》のニキビの痛みに顔をしかめながらも、あの店から遠ざかりつつある自分を自覚していた。

ボタンを探すのは口実だ。あたしは問題を先送りしようとしているに過ぎない。あの店に行きたくない。できるものなら、このまま坂道を駆け上って、尻尾《しっぽ》を巻いて逃げ出してしまいたい。学生時代は短距離が得意だった。今は何秒で駆け上がれるかしら？

圭子は心の中でそう呟《つぶや》いてみた。しかし、言葉にしてみると、それが馬鹿げたことであるとはっきりしただけだった。

今ここで逃げ帰ったからって、どうなるというの？ 何一ついいことなんてありゃしない。たとえ失敗したとしても、今やってみるだけの価値はある。

圭子は鼻を鳴らすと、身体を起こし、取れたボタンが目立たないように、コートの上のスカーフを少しずらした。

まあ、いいや。家の中をひっくり返せば、予備のボタンが出てくるだろう。あたしはものを捨てない。特にボタンは。ボタンを捨てる女がこの世にいるだろうか。あんなに役に立つ、あんなに可愛《かわい》らしいものを？

ボタン、あれはなんともノスタルジックなオブジェだ。最近は何でもジッパーとマジックテープ。ジャッと上げ下げし、ベリベリと剝《は》がす。そりゃ便利かもしれないけれど、あのマジックテープを剝がす殺伐とした音ときたら。

女の子ならば、子供の頃のお気に入りの洋服に付いていたボタンを、ほとんど思い出せるもの。白い貝ボタン、ギンガムチェックの布を巻いたボタン、革を巻いたコートのボタン、林檎《りんご》の形をした木のボタン。ついでに、当時着ていた服まで記憶に蘇《よみがえ》る。妹とお揃《そろ》いで作ってもらった別珍のワンピースの手触りや、レースの衿《えり》のくすぐったい感触までも。

最近ゆっくりとボタンを見たことがあったかしら？　ここ数年、せわしない日常に追われて、出掛けに鏡の前で、取れ掛けているボタンにゾッとしたことしか思い出せない。今日はまさにその日というわけだ。しかも、今日は家を出てしまっている上に、肝心のボタンはもう取れた後ときている。

逆に、それほど今日は緊張していたということだ。コートのボタンをチェックする余裕もなかったほどに。

圭子は背筋を伸ばし、小さく溜息《ためいき》をついた。

さあ、とっと済ませてしまおう。

ぶるっと武者震いをして、再びカッカッと靴音を響かせて石畳の坂道を降り始める。

石畳の下に、こぢんまりとしたその扉が見えた。

思わずその扉から視線を上に移し、空を見上げる。

空は色褪《いろあ》せたペールグレイ。光はどことなく弱々しい。どっしりとした建物の周りの路地の暗がりには、誰かがうずくまっているような気がした。

この景色、どこかで見たことがある。まるで、ルネ・マグリットの古い絵みたい。

あそこであの人が待っている。

そう考えると、その事実で胸がどきんとした。

あの人が。ずっと恐れていた。ずっと会いたかった。

圭子は、見る間に鼓動が速くなっていく自分の胸にそっと手を当てた。

あたしはあの人たちとは違う。あたしは何も捨てない。何も捨てられない。だって、まだ何も持っていないから。これまでにやっと手に入れた数少ないものを失うのではないかと、いつもヒヤヒヤしているのだ。手に入れたからという理由で持っているだけで、何を持っているのかも分からない。だけど、あの人たちは違う。既にいろんなものを手に入れているし、少なくとも周りの人には持っていると思われているから、捨てるのも平気だ。あの人たちは自分に自信があるから、あの人たちが捨てた瞬間、それは本当にゴミになっているのだ。

圭子は、いつのまにかスカーフの先端を神経質に弄《もてあそ》んでいた。緊張している時に、手に持っているものをいじるのは昔からの癖だった。切符を折り畳んだり、チケットを丸めたり。

分かってる。分かってるわ。落ち着いて。あたしは間違えたりしない。これまでだって間違えなかった。どんなに上がってると思った時だって、失敗したことなんかない。

さあ、予定の最初の部分だって、スラスラ言えるわね?

あんたが彼を殺したからって、彼を自分のものにしたと思ったら大間違いよ。

あんたは昔からそうだった。捨てる、壊す、殺す。自分の思い通りにならないものは、そうやって自分の意志に従わせてきたのね。そうでしょ? ほら、昔の少女漫画で必ずいたじゃない、主人公のバレエシューズに画鋲《がびょう》を入れる女が。なぜかたいてい、金持ちで険がある美人と決まってた。だけど、考えてみれば不思議よね。実際のところ、金持ちで美人の子は性格もよかったじゃない？ 少なくともあたしの知ってる子は皆そうだったわ。恵まれた人生を歩んでいれば、性格が悪くなる必要もないでしょう。なのにどうしてそんなことするの？ あたしは当時から、こっそり画鋲を入れる女の気持ちに興味があったのよ。何が彼女に画鋲を入れさせるのかしら。彼女は人生の何が不満なのかしら。彼女は何を求めているのかしら。あんたのことを考えると、あたしはいつも彼女のことを思い出すの。なぜあんたは画鋲を入れなければならないのかしら、って。

圭子はほうっと溜息をついた。

目の前にあるのは古く秘密めいた扉。それは、小さなホテルの中庭に通じる扉だ。この扉の向こうは、隠れ家めいたレストランになっているのだ。

圭子は思い切って分厚いドアを開け、中に入っていく。

一瞬の闇《やみ》に目が慣れない。胎内潜《くぐ》りのような暗い通路の向こうに、ぽっかりと開けた小さな中庭があった。

ぱっと目の焦点が合って、平賀芳子《ひらがよしこ》の姿が飛び込んできた。

黒いポロシャツの衿を立て、小豆色のカーディガンを袖《そで》を通さずに羽織っている。ゆったりと赤ワインを飲みながら、片手で丸めた雑誌を読んでいた。茶色のサングラスの奥の表情は読めない。

あら、サングラスはOKなのかしら。表情が見えないのはマイナスじゃないのかな。それとも、途中で外して何かの効果にしようっていうのかも。

圭子は意外に思いながらも、中庭に進み出ていった。

「本日は、お招きありがとうございます」

頭の中でイメージしていた通り、硬い声で無表情に呟く。

今初めて気が付いたとでもいうように、芳子が顔を上げた。

すごい。噂《うわさ》には聞いていたけど、なんて綺麗《きれい》な肌をしてるのかしら。スクリーンで見たのと全然変わらないわ。お金、掛かってる。メイクも上手だけど、やっぱり地がいいんだ。吸い付きそうな餅肌《もちはだ》。こういうのって、一種のお化けよね。

圭子は内心舌を巻いていたが、自分の目が芳子の肌に引き寄せられたことを後悔した。

そんなところ見てる場合じゃないわ。

自分を叱《しか》りながらも、肌の調子が悪いことや、ゆうべ遅くまでオーディションの台本を読んでいたせいで今朝もやけに化粧の乗りが悪かったことに羞恥《しゅうち》を覚えた。

落ち着いて。出だしは悪くない。

圭子はサッと周囲に目を走らせた。

中庭には四つのテーブルがあった。席は皆埋まっている。誰も、自分と芳子に注目などしていない――いや、しないふりをしている。

自由業風の二人の男は劇場のオーナーと大口のスポンサー。壮年の男女は演出家と美術。そして、一人本を読んでいる(ふりをしている)中年男は脚本家だ。

しかし、随分と手のこんだ、奇妙なオーディションだ。わざわざこんなホテルの中庭を貸切にして演じさせるとは。演出家の芹沢《せりざわ》が完璧《かんぺき》主義なのは知っていたけれど、ここまでくると単なる酔狂というやつじゃないの? お金もかかるし。それに、最終的には何人の女優を使うかまだ決めていないという噂だ。一説には三人とか。それも当てにならない。

「来てくれて嬉《うれ》しいわ。来ないと思ってたから」

威圧感のある、それでいて絡《から》みつくような色香を滲《にじ》ませた声が答える。

さすがだわ、もうしっかり場を作っている。

圭子は唇を舐《な》めた。

「座ってもいいかしら」

「もちろんよ。あなたにもワインを。いいえ、あなたはビールの方が好きだったわね」

「ううん、あたしもワインでいいわ」

芳子がおや、というような表情をしてみせる。

「珍しいわね。白を？」

ボーイを呼びながら、芳子は素直に驚きを顔に出した。

「いいえ。あたしにも鳩《はと》の血みたいな赤をちょうだい」

圭子はコートを椅子《いす》の背に掛け、向かいに座る芳子のサングラスを見据えながらボーイに注文した。どんなふうにしているのか、中庭は暖かい。

鳩の血みたいな。ワインにも、そんな言葉遣うのかしら。通常、ピジョン・ブラッドというのは、いいルビーの色のことを指すんじゃなかったかしら。それとも、単なるあたしの思い込み？

胃下垂《いかすい》らしい、ひょろ長い身体のボーイが、頷《うなず》いて去っていった。

第三の男ね、と圭子はボーイの背中を見ながら考えた。

彼もこのイベントのことを知っているのかしら。ひょっとして、もう何回もやっていて、彼は入れ替わり立ち替わりやってくる女優たちを、心の中で密《ひそ》かに見比べて採点しているのかもしれない。もしかすると、彼も役者だったりして。

そういうゲームはどうだろう。ホテルのワンシーン。さあ、この中には本物のお客、本物のホテルマンに役者が混じっています。誰が役者でしょう？ 当ててごらんなさい。これを見破られるのは、役者にとっては屈辱的かもしれない。ホテルマンっぽい役者！ 役者っぽい役者！ なんて恥ずかしい！

余計なことを考えていたことに気付き、圭子は慌《あわ》てて目の前の女に意識を集中させた。

いけない、あたしの思考があっちこっち行くのは、うんと調子の悪い時か絶好調の時かどちらかなのだ。今日はどっちだろう。

テーブルの上には、綺麗なカッティングのロックグラスに白い薔薇《ばら》の花が生けてあった。

薔薇の向こうに、芳子のワイングラスが置かれている。

「鴨《かも》とアンディーブのサラダを頼んであるわ」

「おいしそうね」

圭子は答えながらも違和感を覚える。

うん？ 確かここの台詞《せりふ》は「鴨とチコリのサラダ」じゃなかったかしら。チコリとアンディーブって、同じだっけ？ 向こうの野菜ってよく分からないわ。まあいいか。

テーブルを挟み、微動だにせず見つめ合う二人。

ボーイが足早にワインを運んでくる。

「乾杯しましょう」

芳子が艶然《えんぜん》と微笑《ほほえ》んだ。

「何に」

圭子が尋ねる。沈黙。

芳子はかすかに顎《あご》を上げる。

「あたしたちの再会を祝して、というのは？」

「あたしたちの再会がおめでたいことならね」

「おめでたいことなんじゃないの。少なくとも、めったにないことではあるわね。二度とないかもしれないけど」

「そうね。じゃあ、この珍しい瞬間に、乾杯」

カチリと冷ややかにグラスが合わされる。

「早速本題に入らせてもらうわ」

圭子は口火を切った。さあ、ここからが勝負だ。

「あたしが、あなたと楽しくワインを飲むためだけに、わざわざここまでやってきた訳じゃないことは百もご承知ね？」

「あら、違うのかしら。旧交を温めるためだと思ってたわ」

うっすらと軽蔑《けいべつ》を込めた声が返ってくる。

素晴らしい。この「うっすらと」込められた軽蔑というのがポイントなのだ。この小さな台詞を、軽蔑されたと感じさせ、相手に本物の不快感を喚起させるのは、やはりうまい。こういう演技に接すると、演技の技術というのが歴然と存在することを思い知らされるのだ。感情が刺激されれば、自然な台詞が出る。自然な台詞が出れば、自然な会話になる。感情のキャッチボールが出来れば、同じ会話を何回繰り返そうと、いつも初回と同じスリリングな場面になるのだ。

いかにも新劇というのは苦手だけども、芳子のような、華と存在感を舞台で出せる役者はなかなかいない。世代も違うし、メソッドも違うのだろう。スターがスターらしい芝居、役者が役者らしい芝居。それこそ、彼らがさっきのホテルのゲームをやったら、真っ先に役者とバレてしまう。彼らはただならぬオーラを出しているからだ。存在感があり、注目されることをアイデンティティとする人たち。一方で、同じ役者でも正反対の人種がいる。現に、あたしはそうではない。最後まで役者だとバレない役者。彼女が役者ですと言われても観客に信じてもらえないような役者。それがあたしの目標なのだ。

「まあ、聞いてちょうだい。気の短いあたしが、せっかく普段は飲まないワインを舐めながら話をしようというのよ。これもまためったにない機会でしょ？　話の内容に興味はない？」

圭子はわざと蓮《はす》っぱな声を出した。

ゆっくりとワインを口に含む。

おいしいワインだわ。

「あの日、あんたはわざとゆっくりやってきたわね――」

圭子は、何度も繰り返し覚えた設定を思い浮かべた。

神谷は、緻密《ちみつ》な設定と構成にこだわる作家だ。よく練られたプロット、細かい伏線、二転三転するクライマックス。つまり作り物の面白さに取りつかれた男なのだ。若い頃からトリッキーな才気走った作品でヒットを飛ばしてきたが、えてしてこういう凝り性タイプはどんどん複雑さがエスカレートして、芝居が窮屈になったり、凝った割に話が小さくなりがちである。しかし、神谷はそうはならなかった。確かに年齢を重ねるごとに徐々にプロットは重層的な複雑さを増したものの、それがプラスになったのである。要するに、「難解さ」という新たな要素が加わったのだ。

難解さというのは、いつの時代も権威や議論を愛する人々に抗《あらが》いがたいフェロモンを発するらしい。これまで神谷の作品を、深みがない、幼稚だ、作りすぎだ、と見向きもしなかった評論家や斯界《しかい》の重鎮たちが、「ようやく彼も演劇たるものの深淵《しんえん》に正面から向き合い始めた」とかなんとか、持ち上げ出したのである。逆に、それまでの彼の明快かつ切り口鋭いブラックユーモアや、きちんと最後に腑《ふ》に落ちる、カタルシスのある筋の面白さを支持していた役者やファンたちは不満と不評を呈していた。彼らは、神谷が芸術家になることは望んでいなかったのである。

そうした波紋を広げながらも、最近の神谷の作品が新たな世界を見出《みいだ》し、新たな魅力を付け加えたのは疑いようのない事実だった。その証拠に、ジャンルを超えたあらゆる分野、あらゆる世代の役者たちが彼の芝居をやってみたいと熱望している。それはまた圭子も例外ではない。

ほんの二、三年前までは、彼の作品に登場する役者は、単にプロットを説明し分担する歯車に過ぎなかった。しかし、ここ数年に発表された作品では、主要登場人物が代名詞として残りそうな魅力のあるキャラクターに進化した。演じ方によって幾つにも解釈でき、それによって芝居の見方も変わってくるという、演技者としてはおおいに食指を動かされ、いつかは自分が、と思わせられるような役ばかりなのだ。

そのせいなのかどうかは分からないが、神谷の作品自体に不思議な雰囲気が漂い始めていた。寓話《ぐうわ》めいた香り。隠されたまなざし。芝居が終わった時の、予想した着地点との幻惑的な「ずれ」。

「最初、あたしにもよく分からなかったわ。いったいどの時点でカップに毒が入れられたのか」

圭子は、努めてさりげない声で喋《しゃべ》り続けた。

彼らにはちゃんと聞こえているかしら？

「あれは自殺だということでけりが付いたでしょ」

そっけない返事。

鴨とアンディーブのサラダが運ばれてきた。取り皿が二枚置かれる。

圭子は皿を手に取り、サラダを取り分けた。

「まあいいじゃない。二人でゆっくり彼を偲《しの》びましょうよ。彼が自殺なんかする人かどうかは、あなたがよく知ってるんじゃないの？　そうそう、カップの問題よ。あら、おいしいわ、この鴨」

それは本心と重なった台詞だった。そのホットサラダは、酸味と甘味が絶妙なバランスを保っていた。圭子は、自分が空腹だったことに思い当たった。

「なんで今更カップなの？　毒は、神谷が自分で入れたことは分かりきってるじゃない」

その声を聞いた時、唐突に、昔深夜にTVで見たドキュメンタリーを思い出した。いわゆる「やらせ」が問題になっていた時期のものである。

それは、飛び込みで住宅地を回る車のセールスマンと、それを追うTV番組制作会社のディレクターを追ったドキュメンタリーだった。日本の高度成長期を支えてきた自動車産業の最前線のセールスマンが、何を考えながら歩いているのか、その平凡な一日を丹念に追う——という設定だと思って見ていたら、次の瞬間、カメラはぐいっと大きく後ろに下がる。

実は、そのセールスマンもディレクターもプロの役者。飛び込みで入った家の主婦はTV局社員の家族、ということが明かされる。要するに、その番組は、「やらせのドキュメンタリー」を作っているところのドキュメンタリーだったのである。しかし、圭子はその前半部分に完璧《かんぺき》に騙《だま》されていた。それくらい、演技もカメラも自然で「ドキュメンタリー」っぽかったのである。いったん引いたカメラは、そのまま、セールスマンとディレクターを演じる二人の役者の奮闘を追っていく。二人は、あくまで「日本経済を支えるセールスマンの一日」というドキュメンタリーを作らなければならないのだ。それらしい台詞や、それらしい場面、最後に自然と思われるまとめや問題提起もしなければならない。その「やらせのドキュメンタリー」を撮る、本物のディレクターの試行錯誤を見ているのは面白かったのと同時に、プロが本気で「やらせ」をしたら、視聴者には絶対に分からないなと思ったことを覚えている。

「そう。そうよね」

しかし、口はちゃんと動いていた。

「みんな、毒は最初からカップに入っていたと思った。彼が自分で入れたことになってる」

圭子は語尾を強めるようにわずかに身を乗り出した。

うまい役者と台詞をやりとりしている時の心地よさは、他のものにはたとえにくい。世界の秩序が自分たちの内側にある、自分たちが今まさに世界を構築しているという確信が持てるのだ。うまい役者にもいろいろあって、他を圧倒したりねじ伏せたりするタイプもいるが、相手を自分のレベルまで引き揚げてくれる人もいて、そうすると自分までうまくなったような気がするし、実際いつもより数段良い出来になるのだから不思議なものだ。

芳子はどのタイプかは分からないが、うまいことは確かだし、今も自分がいいほうに引っ張られているという高揚感がある。

「ええ。よく思い出してみて。あの日の彼は有頂天だったわ。ほら、門奈さんが彼にカップアンドソーサーをプレゼントしたじゃない？　素敵な染付の、ちょっとグロテスクな唐子《からこ》模様の入ったやつ。彼、おもちゃを貰《もら》った子供みたいだったわ。ずっとあのカップを手放さなかったもの」

神谷はあのカップをモデルにしたらしい、と圭子は思い当たった。

あのカップの藍色《あいいろ》は、本当に鮮やかで綺麗だった。アンティークだという話だったが、確かに染付は、骨董品《こっとうひん》でも時々ハッとするような青に出会うことがある。

「彼はあの日、専《もっぱ》らストレートで紅茶を飲んでいたわ。ミルクも何も入れずにね。それもそうね、彼はあのカップアンドソーサーを両手にしっかり持ってみんなの間を泳ぎ回るのに夢中だったから」

圭子はちょっと間を置いた。

どこからともなく少しだけ風が吹いて、芳子のつけている香水の香りがかすかに漂ってきた。

何だろう。何かの花の香りね——少し薬臭いような——何の花だったかしら。

圭子は口を開いた。

「何しにいったのかなあって思ったのよ」

ここの部分は、本番ではどうやって見せるのだろう。神谷が一人で中央のテーブルに近付いていったということを、観客に説明しなければなるまい。そして、一人で再びみんなのところに戻ってきたという部分も。まあ、演出はあの芹沢だ。きっと奇抜な方法で見せようというのだろう。その次に、神谷が毒を飲んで倒れる場面があるはずだ。そもそも、ここは全体ではどの辺りの場面なのだろう。今回のオーディションで使う台本を渡された時に、その説明はなかった。もしかすると、あくまでオーディションのためのもので、実際にはこの場面はないのかもしれないと朝倉さんは言っていたっけ。説明なしでいきなり緊迫した場面から始めて観客の注意を喚起し、徐々に遡《さかのぼ》って説明していくという神谷の好きなパターンかもしれないし。

「あの時、カップが砕け散って、中の紅茶が零《こぼ》れたわね。あのシーンを思い出すと、あたしはなぜかとても不愉快になるのよ。もちろん、誰にとっても愉快なシーンじゃないけど。でも、それとは違うの。なんだか生理的に嫌な感じ。あたしはずっと、その嫌な感じが引っかかっていたの。なぜかは分からなかった。でもね、この間、朝家を出た時にやっと分かったのよ」

圭子は上目遣いに芳子を見た。

相手はピクリとも動かない。張り詰めた空気。

芳子も相当にこの役を欲しがっていると聞いている。いや、絶対にこの芝居に出たいと思っているに違いない。それはあたしだって同じだ。ただ、あたしと彼女では微妙に目的が違う。彼女は、神谷の芝居に出ることで、より若い世代に認知されたがっているのだ。彼女の往年の映画ファンである、中高年の男性だけでは先細りだし、あきたらないのだろう。違う世代のファン層を広げたいのだ。

「その時もね、嫌な感じがしたの。家を出てからもずっとその感じが消えなくてね。なぜだろう、なぜだろうって首をひねりながら歩いていたの。ねえ、なぜだと思う？　そのわけを、バスに乗る時に気付いたのよ」

圭子は小さく息を吸い込んだ。

「その日、あたしはあの日と同じ靴を履いていたのね」

パッと言葉を切る。

皿の上のアンディーブが棘《とげ》のように、目に突き刺さってくる錯覚を覚える。

「靴の底がべたべたしていたの」

圭子は抑揚のない声で呟《つぶや》いた。そう、練習通り。

「ね。靴の底がべたべたしていたの。なぜかしらね。あの日以来、その靴を履いていなかったのよ。割れたカップから零れた紅茶で濡《ぬ》れた石畳を踏んで以来」

圭子はワインを一口飲んだ。

「彼は、紅茶にジャムを入れたんだわ」

もう少し。焦《あせ》っちゃ駄目。

「でも、あの時、地面に零れた紅茶は、ほとんどジャムが溶けていたわ。あんな短時間の間にね」

ちらりと視線を前に向ける。

「分かる？　誰かがジャムを混ぜたのよ。スプーンでね」

喉《のど》がクッと小さく鳴ってしまった。いけない、聞こえたかしら。

「そのスプーンに毒が塗ってあったんだわ」

圭子はちょっとだけ背筋を伸ばした。

芳子が口を開く。

「あの時、現場は徹底的に捜索されたんじゃなかったの？　あのカップの中以外に毒は見つからなかったはずよ」

芳子は椅子の背もたれに体重を掛けた。

圭子はその時、かすかな違和感を覚えた。二人がその上で手を取り合ってダンスしていたはずの長い糸が、揺らいだような気がしたのだ。

「そうね」

圭子は鷹揚《おうよう》に頷《うなず》いた。

「きっと気のせいだわ。

「でも、あの時、あなたは手に持っていた花束を取り落としたわ。彼が倒れて苦しみだしたのに驚いたと見せかけてね。すぐに二人のボーイが駆け寄ってきた。一人は神谷を助け起こすため。そしてもう一人は」

視界の隅で、芳子が顔を歪《ゆが》めたような気がした。

落ち着いて。ここが決めの台詞《せりふ》なんだから。

「あなたのばらまいた花を掻《か》き集めるためよ」

ここの花は、カラーという設定だった。カラーと言ってパッと目に浮かぶ観客がどれくらいいるかしら。ここも、本物の花を見せるべきね。

「あの花――筒のような花よねえ」

圭子はゆっくりと呟いた。しかし、さっき感じた違和感は消えない。

芳子の顔色が変わったような気がするが。

「何か小さなものを入れるのには、ぴったりだと思わない？」

圭子は効果を狙《ねら》って、芳子の顔を正面からひたと見据えた。

「例えば、小さなティースプーンとか」

芳子がかすかに震え始めた。

演技にしては、ちょっとばかり大袈裟《おおげさ》じゃないかしら。そんなト書きがあっただろうか。

圭子の混乱に応《こた》えるかのように、芳子が顔をぎくしゃくと動かす。

突然、彼女は具合が悪いのだと気が付いた。

まあ、こんな時に。どうしちゃったの、オーディションの最中なのに。どうしよう、中断すべきかしら。二人のオーディションはどうなるの？

向かいに座っていた女の顔が、ぐらりと大きく揺れた。

唇から、細い糸のような赤いものが伝う。

二人がダンスをしていた糸がちぎれて、闇《やみ》の中に消えていった。

芳子は、恐ろしくゆっくりとくずおれていった。

それと同時に、スローモーションのようにワイングラスも倒れていく。

赤い液体が花火のように飛び散る。

少し遅れて、石畳の上で澄んだ音を立ててガラスが砕け飛ぶ。

その音が、中庭に、鐘の音色のようにこだまする。

他のテーブルの人間が、悲鳴混じりの声を上げて、次々と立ち上がった。
何だろう、これは。これは何かのやらせだろうか。ディレクターはどこにいるの？
圭子は呆然《ぼうぜん》と立ち上がり、心の中で呟いた。
さあ、この場面に、本物の役者は何人いるでしょう？

中庭にて　*3*

その日、彼は稽古場《けいこば》から帰る途中で、行きつけの喫茶店に寄った。

高層ビルの地下街という場所柄、どの店も客の出入りが激しいが、この店はその中で、唯一《ゆいいつ》ゆったりしたエアポケットのような時間が流れている。

軟派な学生のご多分に漏れず、高校時代から喫茶店に入り浸っていた。煙草《たばこ》にコーヒー、漫画雑誌に文学。路地裏にある、日陰の歳月が染《し》み付いた薄暗い「巣」のような店。よくもまあ、飽きもせず長い時間をそんな場所で過ごしたものだ。そのせいか、自分の居場所を確保できる店を捜し出す嗅覚《きゅうかく》は発達している。知らず知らずのうちに吸い込まれていた店のひとつがここだ。

彼の好きな店は二種類。一人で沈みこめる店か、他人の流れをじっくり観察できる店。

この店は、どちらかと言えば他人の流れを観察できるほうだ。最近流行《はや》りの東京のオープン・カフェは、他人を観察できるが観察もされるという点で居心地が悪い。外国人客をこれみよがしに道路側に座らせている店や、羞恥心《しゅうちしん》のなさを度胸と勘違いしている男女を飾りのように店先に並べているのを見る度に、彼は心の中で冷笑を浴びせた。これは俺の店じゃない。

綺麗《きれい》に磨き上げられたガラス越しに、噴水を中心としたレンガ色の中庭が見える。折りしも、世間はお昼どきであった。いったいどこから現れるのか、それまで人気のなかった場所に、制服を着たOLたちがわらわらと溢《あふ》れてきて、明るい中庭をあっというまに埋めていくのは壮観である。

もし今その中庭を通り抜けたならば、小鳥のような彼女たちの囀《さえず》りがレンガ色の壁に響き渡っているに違いない。お喋《しゃべ》りに興じる彼女たちが膝《ひざ》の上で広げる昼食はどれもつつましい。よくあんな小さなお弁当箱の中身で、長い午後を乗り切れるものだ。そんなに楽な仕事なのだろうか。

陽射《ひざ》しが眩《まぶ》しい。上着を脱いだサラリーマンのワイシャツが白く輝いている。

ふと、彼らが一様に首に締めている布切れの感触を思い出してみる。冠婚葬祭以外、めったに締めることはなくなった。最後にいつ締めたのか、もう思い出せない。ネクタイを締めると、体感温度が三度は上がると聞いたことがある。

のどかな風景である。あと三十分もすれば、また波が引くように人々がビルの中に吸い込まれていくことも知っている。毎日繰り返される、デジャ・ビュのような風景。しかし、ガラス一枚を隔てているだけで、その景色は非常に作り物めいた魅力的なものに見える。

彼が座っている席が中庭よりも少し高いところにあるせいか、中庭を俯瞰《ふかん》する神の視点になるからかもしれない。

中庭は劇場に似ている。事実、今そこに集っている人々も、皆何かを演じている。この空間を共有している彼らは、それだけで何かの事件の共犯者のようだ。閉じているような、閉じていないような空間。いつも外側から誰かに見られている場所。

ふと、首の後ろで何かが蠢《うごめ》く感触があった。慣れ親しんだ、懐《なつ》かしい感触だ。

この瞬間は、いつも不意にやってくる。

田辺聖子のエッセイだったか、それを「猫を撫《な》でるような感覚」と言っていた。手を伸ばしてそっと猫を撫でようとするが、いつもするりと逃げられる。今すぐそこに、手が届くところにアイデアがあるのは分かっているが、下手に手を伸ばすと消えてしまう。猫がそこにいる時は、慎重にことを進めなければならない。猫など気にしていない、何の関心もない、という様子を装《よそお》って、そうっと近付いていくのだ。

彼は、猫の存在を感じていた。

近くにいる。とても近くに、美しい猫が。

頭の中を、あるイメージがよぎる。

暗闇《くらやみ》の中に立つ女。

なんだ、この女は。

彼は自問自答する。

誰なんだ、この女は。何をしているんだ。

彼はじっとしたまま、呼吸すら潜めて自分に質問する。

女優だ。そう別の彼が答える。

当たり前じゃないか、舞台だもの。いや、当たり前ではない。この女は、女優を演じる女なのだ。そうか。それで？

緊張と興奮が全身を駆け抜ける。こういう時はぴくりとも動いてはいけない。まばたきすらも気をつけなくては。さあ、猫がそこにいる。もうすぐどんな猫か見えるはずだ。さあ、他に何が見える？

暗い舞台。とても、暗い。

舞台は真っ暗だ。とてもシンプルな舞台。あまり大きな舞台ではない。小劇場クラスか。

女は一人で何をしている？　彼は闇の中で背伸びをした。

いや、この女は一人きりではない。

他にも誰かが立っている。一人……二人……全部で三人だ。

舞台に立っている、三人の女。そう、三人だ。女が三人。

いいぞ。さあ、それで？　こいつらはこれから何をしようとしているのだ？

彼は冷や汗を浮かべ、テーブルの上で両手を握り締めていた。肩から爪先《つまさき》まで、全身ががちがちになっている。

突然、そこでイメージが途切れた。ぷつりと電気でも消したかのように、何も出てこなくなる。全身から力が抜け、思わず溜息《ためいき》が出た。あまりにも唐突にイメージが消えたので、しばし放心状態になる。

もう少しだったのに。あともう少し。

猫は消えた。周囲の音が身体《からだ》に流れ込んでくる。

その時、彼はその娘に気付いた。

窓の向こうの中庭の風景から、消えたイメージと入れ替わりのように、彼女がすうっと浮かび上がってきたのである。

彼は思わず座り直していた。

明るい中庭の喧騒《けんそう》の中で、その娘は異質だった。彼女の座っているその場所だけが、何かの昏《くら》い重力に満ちているように思えた。

なんだろう、この異様さは。

彼は、それまでとは違う緊張感を覚えていた。

その娘は、こちらに背中を向けていた。

とても若い。紺のスーツの背中に、つやつやした黒髪が輝いている。新卒者、という言葉が頭に浮かんだ。

彼女は一人きりだった。背筋を伸ばして座っていて、ぴくりとも動かない。そばで、噴水の飛沫が明るく弾けていた。

彼は不思議な心地がした。彼女だけが、賑《にぎ》わう中庭ではっきりとした色彩を持っている。周囲の人々は、どこかぼやけて白っぽく、何の色も持っていない。

なぜだろう。バックシャンという言葉があるが、まさかあの背中に惚《ほ》れたとでもいうのだろうか？　確かに姿勢はいいが、どこにでもいる小娘じゃないか。

彼はその背中をじっと見つめた。

さあ、振り向け。振り向いて、顔を見せろ。

彼は根拠もなくそう念じた。実際、彼女がどんな顔をしているのか知りたくてたまらなくなったのだ。

それにしても、彼女はちっとも動かなかった。食事はもう済ませたのか。それとも、何か考えごとをしているのか。あの場所に座ったのは、一人で悩み事に耽《ふけ》るためだったのか。

さあ、こっちを見ろ。ほんの一瞬でいい。

彼は念じ続けた。

昼休みは終わりつつあった。三々五々、人々が腰を浮かせて散り始める。制服を着た娘たちが小さな空の弁当箱を包み直し、スカートを払いながら立ち上がる。

彼は期待した。その娘も、そろそろ移動を始めようと立ち上がるのではないかと思ったのだ。ほら、休憩は終わりだ。次の行動に移るべきじゃないか。これから午後の部が始まるんだから。彼はもどかしく胸の中で娘に話し掛ける。

何人かで連れ立って歩いていたOLの一人が、ふと、彼女の様子に目を留めたようだった。OLが娘のほうにかがみ込み、肩に触れるのが見えた。

おや、知り合いだろうか。

グラリと黒髪が揺れた。

立ち上がるのかと思ったが、黒髪はそのままその場にゆっくりとくずおれていく。
次の瞬間には、動かぬ身体が、うつぶせに噴水の前に投げ出されていた。
彼は反射的に立ち上がっていた。
まるで、自分の視線が彼女を倒してしまったかのような錯覚に陥ったのである。
明るい中庭に、キャーッ、という鋭い悲鳴が上がる。
人々が、離れるのと同時に、また遠巻きにざわざわと集まってくる。
突然、頭の中を閃光《せんこう》のようなイメージが貫いた。
彼は、闇の中に腕を広げ、大の字になって倒れている男を見た。

『中庭の出来事』 *1*

登場人物　女優1
　　　　　女優2
　　　　　女優3
　　　　　男

こぢんまりした暗い舞台。真ん中に置かれている、背もたれの付いた、どこでも見かけるような木の椅子《いす》。椅子の後ろに、手摺《てすり》のある短い階段。階段の上にはドアが見える。

懐《なつ》かしい感じのする、ゆったりした音楽が流れている。

階段の脇《わき》の床を照らし出すスポットライト。

そこには、うつぶせに腕を投げ出して倒れている一人の男。顔は見えない。

やがて、スポットライトは、階段の上のドアに移る。

ノックの音がしてドアが開き、一礼してから女優2が階段をゆっくり降りてくる。

女優2：（椅子の脇に立って）またもう一度頭から？　何度同じことを話せばいいのかしら。ああ、聞いたことがあるわ、何度も同じ話をさせて、どこかに矛盾がないかねっちり調べるんでしょう。そうなんでしょ。ね？　分かったわ、何度でも喋《しゃべ》るわよ。人前で喋るのが商売だけど、これは一文にもならないのね。ちょっとばかしお客さんが少なすぎるのが残念だわ。ちゃんと記録取ってね、何度喋っても同じことなんだけど。あら、これって台詞《せりふ》の練習と一緒ね。

嫌な晩だったわ。びちゃびちゃ雨が降っててね。雨だけならまだ許せるけど、風が強くて。あのくそいまいましいパーティがあって、あたし、こんなひらひらしたジョーゼットのワンピース着て、頭に半日掛かりで「巻き」を入れてたから大変。外に出たら一瞬で、嵐のあとの浜辺に打ち上げられたクラゲみたいになっちゃった。美容院代を浮かすために、極力自分で髪の毛をセットすることにしてるんだけど、慣れない格好するもんじゃないわね。でも、しょうがなかったのよ、あたしの役がそういう役だったんだから。

ほら、『真夏の夜の夢』の制作発表パーティよ。あたしのやるヘレナは、お色気過剰の、金持ちの現代娘って設定だったの。え？　もちろん、シェイクスピアに決まってるでしょ、『真夏の夜の夢』だもの。まさか、知らないの？　ま、いいか、そういうのが流行《はや》ってるのよ。古典を現代に移すとか、翻訳作品を古代日本なんかに置き換えて演出するのが。

あたし、普段はほとんどシャツとジーンズなの。ジョーゼットなんか着てると、このへんがひらひらしてて、足にまとわりついて大変。ほんと、普段より二割くらい歩くスピード落ちるわね、空気抵抗があるから。知ってる？ジョーゼットのワンピースで椅子に座るのって、難しいのよ、裾《すそ》が破れるかと思ったわ、控え室の椅子が、あんたが今座ってるような事務用の椅子でね。そうそう、床の上を滑って移動させられる奴よ。あれが、立ったり座ったりするたんびに裾を嚙《か》んじゃうの。危うく、スカートがラブホテルの暖簾《のれん》になるところだったわ。しかも、靴はあたしの大嫌いなピンヒール。人間の履くもんじゃないわね。あれなら、竹馬に乗って歩いてるほうがよっぽど楽だわよ。東京って、変な敷石だのタイルだのいっぱいあるから、ヒールが挟まってばっかり。会場に着く前に、ミスターミニッツに走ったわよ。

ごめんなさい、そう、あの晩の話よね。風がひどかったわ。吹き降りってやつね。ストッキングも、靴の中もびっちゃびちゃ。セットは乱れるし、気分最悪。そう、それで、あたし、急いでたの。ちょうど、パーティの前に打ち合わせがあって、新橋のファーストホテルで人と会ってたのよ。そこから劇場までって、タクシーに乗るような距離でもないのね。とても半端な距離。どうせひどい雨でタクシーもつかまらないし、もう濡《ぬ》れちゃってるし、仕方ない歩きましょうってんで、レインコート着て、頭にスカーフ巻いて必死に歩いていったわけ。

そう、傘さして歩くのがやっとだったし、視界は極端に悪かったわね。だから、あの女にぶつかった時も、ぶつかるまで全然気が付かなかったわ。アンバーホテルの前よ。どーん、と思いっきりぶつかっちゃって。痛かったわ。痛いって、思わず大声で叫んじゃった。

すみません、って相手が叫んだの、あれ、知ってる声だって思ってね。見ると、河野《こうの》百合子《ゆりこ》じゃない。間違えっこないわ、サングラス掛けてたけどね。足元にハンドバッグが落ちてて、中から口紅とコンパクトが飛び出してたわ。でも、彼女のほうはあたしだと気付いてたかどうかは怪しいわね。とにかく、あの女、ひどく慌《あわ》てていたもの。すみません、すみません、ってお題目みたいに唱えながら、落ちてたものを掻《か》き集めるとバッグに突っ込んで——そう、濡れてるのにも構わずによ——あたしの顔を見ないように、いえ、自分の顔を見られないようにかしら、逃げるように走っていっちゃった。あたし、暫《しばら》くあっけに取られて彼女のこと見送ってたの。

これだけのことよ。あたしも急いでたし、我に返って劇場に駆け込んだわ。着いたのは、記者会見の四十分前。三時二十分頃よ。ええ、時計見たし、他のスタッフに聞いてもらえば分かると思うけど。

見間違いじゃないかって? 河野百合子を? このあたしが? 間違えないわよ、あたしは昔からあの女を知ってるんだから。あの声、背格好、絶対に間違えっこないわ。

ねえ、なんであたしがあの女をよく知ってるか、教えてあげましょうか。知りたい? そう、じゃあ教えてあげる。なぜって、あの女は、あたしが、この世で一番憎んでる女だからよ。

女優2、踵《きびす》を返して階段を上り、一礼してドアの向こうに消える。

再び、スポットライトは、階段の脇に倒れている男を照らす。音楽。
ノックの音がして、ライトはドアを照らす。ドアが開き、女優1、階段を降りてきて椅子の脇に立つ。

女優1：また最初からですか？　もうこの話は、本当に何度も——昨日も、別の人に話したし——ええ、分かりました。これで本当におしまいにしてくださいね、本当に。
あたしが嘘《うそ》をついてるとでも？　ああ、分かった、聞いたことがあるわ。同じ話を何度もさせて、ぼろが出ないかどうかじっと見てるんでしょ。お生憎様《あいにくさま》、あたしは自分が見たことしか話せません。いいわ、これっきりだから。はい。
あの夜は——嫌な夜だったわ、季節外れの台風が来てて。いつも週末に来るのね、今年の台風は。風が強くって、あたし、ワンピースの裾ばっかり気にしてた。ちょっと目を離すとひらひら広がって、あられもない馬鹿みたいな格好になってるんですもの。
あたしの知ってる女優さんで、普段からフェミニンな格好をしてる人なんて、ほとんどいないわ。あたしだって、いつもはスウェットかコットンパンツですもの。あたしたち、肉体労働者ですから。派手な衣装や思い切り女っぽい格好はお芝居でできるから、それで満足しちゃうんですよね。だから、飾り気のない格好のほうが普段は落ち着くんですよ。舞台のメイクで肌も疲れてるし。

今は、同性に好かれるのが人気商売の条件。本当は三枚目だとか、実はさっぱりした性格だとか、女性に好かれる女に見せるために、みんなすごく努力してる。

最近、本当にひどいですよね、人気者を作っては落とす、そのやり方が。とにかく、誉《ほ》める時は一斉に誉めるでしょ。それにまた、みんながパッと飛びつく。なのに、飽きたから、鼻についてきたからと言って、かついでいた神輿《みこし》をあっという間に放す。今度は声を揃《そろ》えてバッシング。これがたったの半年くらいの間に起きるんだから、恐ろしいわ。

こっちはいつも真剣ですよ。親の七光と言われてるかもしれないし、恵まれたスタートを切ったとは思うけど、仕事する時は一人の役者です。お客さんの前では誰にも助けてもらえませんからね。毎日必死に仕事してるのに、同じことしても時期によっては百八十度違うこと言われて。気にするな、自分を信じて、と念じてますけど。最近本当にひどいんです。半分ストーカーみたいな記者とか、芸能ライターと称する人とかね。久しぶりに高校時代の友人を訪ねていったのに、夜中にインターホン鳴らしたり、車で張りこんで、カメラ持ってうろうろしたり。友達にも、ご近所の方にも悪くって。せっかく楽しみにしていたのに、めちゃめちゃです。

あの日は、四時から記者会見でした。『真夏の夜の夢』の制作発表。シェイクスピアって、やっぱりやってみたいものなんですよ、役者となったからには。

あたしの役はヘレナでした。現代風にアレンジして、したたかな金持ち娘って設定にしたんです。

新橋ファーストホテルで打ち合わせがあって、それから劇場に向かいました。

ええ、移動は一人でした。あたし、元々一人でいるのが好きなんです。マネージャーはいますが、できれば、自分でスケジュール管理したいくらい。

ひどい天気でした、ほんとに。

午前中いっぱい掛かったセットが乱れたらどうしようって、気が気じゃなかったわ。

しっかりレインコート着て、頭にスカーフ巻いて、劇場に向かいました。ほとんど傘が役に立ちませんでしたね。ヒールの踵《かかと》は壊れちゃうし。

傘を構えて進むのが精一杯で、最初、目の前に人がいることにも気付かなかったんです。あたしも歩くのに必死だったし、いきなりどしん、ですよ。痛いって叫んだんです、思わず。

すみません、って。すみません、ってとても切羽詰った声がしたんです。あれって思いました。知ってる声だったんです。あたし、人の顔や声覚えるの得意なんです。一回会って何時間かゆっくり話せば、大体間違えません。しかも、あの人だったから、絶対間違えるはずがない。

河野百合子さん。あの人がそこにいたんです。サングラス掛けてました。ちょっと変な感じでした。天気が悪い時にサングラスなんて役に立たないしね。すごく慌ててたみたい。あたしの顔を見ないんです。下向いたまま、すみませんすみませんって呟《つぶや》いてました。ハンドバッグが落ちてて、中から口紅とコンパクトが飛び出してた。あたしがぽかんとしていると、落としたものを乱暴に掻き集めて、逃げるように走っていきました。

彼女が、あたしが誰か分かっていたと思うか？　さあ、どうかしら。ひょっとすると気付いていたかもしれないし、気付いていなかったかもしれない。それは分からないわ。でも、あれが河野百合子だったことは確かよ。

人違いじゃないか？　河野百合子じゃないって？　まさか。あたしが彼女を見間違えるはずがありません。ずっと昔から知ってるんですもの。そりゃ、一言声を聞いただけだし、顔を見たのもちょっとだけだけど、あたしは間違えないわ。

なんでそんなに自信があるかって？

教えてあげますよ、あたしがなぜ彼女のことをよく知ってるか。

あたしは、彼女のことが世界中の誰よりも嫌いなんです。

不思議なもので、好きな人が気になるのと同じように、嫌いな人のことも気になるし、どちらもよく観察してしまうものなんですよ。どちらも、あたしにとって強いオーラを発してるってことでは同じだからかしら。あたし、おかしいのかな。実は、嫌いな人観察するの、好きなんです。ああ、この人はこういう人だ、こういう性格だし、こんなことを言う、だから嫌いだ。この人こんなに変な髪の生え際《ぎわ》の形してる、こんな趣味の悪いピアスしてる、こんな服装のセンス信じられない、だから、やっぱり嫌いだ。そうやって、一つ一つ自分で確認していって、嫌悪《けんお》感を味わうのが楽しいの。おかしい？　でも、刑事さんがやってるのも似たようなことじゃないかしら、ねえ。そう思いません？　とにかく、彼女に会ったのは三時二十分頃。間違いありません。

女優1、踵を返し階段を上り、一礼してドアの向こうに消える。三たび、スポットライトは階段の脇に倒れている男を照らし出す。音楽。ノックの音。スポットライトはドアに。ドアが開き、一礼して、女優3が下りてくる。

女優3：もう飽きたわ。あたしはテープレコーダーじゃないのよ。今までに録《と》ったのを再生すりゃあいいじゃないの。
え？　はいはい、分かりました、協力いたしますわよ。オウムのように繰り返させていただきますわ、もう一度、謹んで。

あの日は一日ひどい天気だったわねえ。どの台風だったかしら。毎週来てるから、もうどれがどれだったか分からないわ。でも、どの台風でもいいけど、どの金曜日かははっきりしてるわね。『真夏の夜の夢』の制作発表の日だったから。

あたしの役？　ヘレナよ。あら、不満そうね。若い娘の役はもう卒業だと思ってるんでしょ。どっこい、このヘレナにはいろいろ仕掛けがあるの。それは見てのお楽しみ。

直前まで新橋ファーストホテルで打ち合わせがあったから、そのまま大雨の中、劇場まで歩いていったわ。マネージャーは細かい打ち合わせが残っていたから、一人でね。

スカーフ巻いて、レインコートのベルトもしっかり締めていったのに、脱いだらスカートがびしょぬれだったわ。靴のヒールは駄目になるし、さんざん。靴屋と修理屋が結託してるんじゃないかと思うほど、よくヒールが壊れるわ。おっと、結託してるのは道路会社もかしら。歩道のタイルはハイヒールの敵だもの。

そこでいきなりどしんとぶつかったの。痛いって思わず叫んでしまったわ。

びっくりしたというのもあるわね。ぶつかるまで、目の前に人がいたことに気付かなかった。

記者会見の始まる四十分くらい前だから、三時二十分頃じゃないかしら。

相手はすみません、って叫んだわ。悲鳴みたいな声でね。

おやっと思ったわ。知ってる声じゃないの。

ところで、「すみません」って、嫌な言葉ね。最近つくづくそう思うわ。何が嫌かって、それでおしまいなのよ、「すみません」って言葉は。なんでも「すみません」って言えば済むと思って。そのあとが続いていかないし、説明の余地を与えないわ。あれは、拒絶の言葉なのよ。会話を終了させる言葉ね。五十音の最後の音で終わるし。

あたしが一番嫌なのは、人のうちを訪ねてくる時に「すみません」って言われることなの。いきなり開口一番、人んちに入る時に「すみません」はないんじゃないの？　あら何、あなた、人んちに済まないことをしにきたわけ、って混ぜっ返したくなっちゃうわ。

ちょっと前までは、みんな「ごめんください」って言ってたわよね。最近聞かないわね、「ごめんください」。このほうがずっといいと思わない？　スマートだし、潔《いさぎよ》さがあるわ。そのあとに何かこう、真剣な会話が続いていきそうじゃないの。戸を開けていきなり「すみません」じゃあ、ひょっとしてこの人、うちの門柱に車でもぶつけたのかしらって心配になっちゃうわ。そう思いません？

あら、そんな怖い顔なさらないで。失礼いたしました、話の続きね。

ぶつかった女ね。あの女よ、河野百合子。

あたしがこの世で誰よりも憎んでいる女。だから間違えっこないわ。疑ってるの？　でも、あたしは間違えないのよ、あの女だけは。

分かるかしら、憎しみというのは実に興味深い感情よ。

愛情が暖かい陽射しだとすれば、憎しみは熾《お》き火《び》みたいなものかしら。危険だけれど、魅力的でもあるわ。度を越さなければ、生活に張りが出るわよ。炭は役に立つでしょ。

毎日毎日、火箸《ひばし》でつついて、じっと眺めたり引っくり返したりしていると、じわじわと別のものに変わっていくの。自分のどこかがじりじり焦《こ》げ付いて変化していくのが分かる。

それがただの消し炭になるか、心を奮い立たせるエネルギーになるかの分かれ目は、とても危うい、紙一重のところにあるの。ガスバーナーみたいに、闇雲に憎しみを燃やしてるだけじゃ、憎しみの醍醐味《だいごみ》は分からないわ。大事にしなくちゃね。

自分の目の届く範囲で飼い慣らすのよ、犬みたいにね。いつも身近で観察していないと、いきなり噛《か》みつかれたり、火傷《やけど》したりしてこっちが傷つくわ。飼い犬に手を噛まれたり、毎日お茶を沸かしていた炭で火傷するのは馬鹿らしいでしょ。

分かる？　飼うのよ、犬のように、手間ひまかけて、愛情を込めてね。そうすれば長い間楽しめるし、必要な時には熾き火をつついて、自分を暖めることもできるわ。

ね、分かる、刑事さん。飼うのよ。

女優3、踵を返して階段を上り、一礼してドアの向こうに消える。

ドアが閉まり、暗転。

旅人たち　2

「――女が女をかばうのはどういう時だろう？」

霧の中にトンネルが見えた。

ぽっかりと浮かんだ半円の闇《やみ》は、子宮の入口のようでもあり、覚めかけた悪夢のようでもあった。

隣りを歩く男の独り言のようなぼんやりした声を聞きながら、昌夫《あきお》は、いつかこのような風景を見たことがあるような気がした。遠い日の、モノクロの風景。

あれはどこだったろう。薄くれないの波が揺れていた。

突然、霧の隙間《すきま》に赤いものが見え、彼はぎょっとした。まるで、頭の中の風景を盗まれたような気分になったのだ。

「さあね。利害関係があるからでしょう」

半ば上の空で返事をしたものの、昌夫は遠くの赤いものに気を取られていた。

赤い波――赤い――砦《とりで》。

「じゃあ、それが憎い女だったとしたら？」

男が聞き返す。

「それこそ、強い利害関係があるからじゃないですか」

昌夫は気のない返事をする。男は、咎《とが》める様子もなく「そうかもな」と呟《つぶや》いた。

「神谷は、『偽証』というテーマに興味を持っていたんだ。人が偽証をするのはどんな時か。その理由を突き詰めていく作業の過程で、何か面白い話ができるんじゃないか。彼はそう考えていた」

「『検察側の証人』か」

昌夫は呟いた。

「人間は誰でも嘘《うそ》をつく。保身のため、見栄のため、プライドのため。無関心、嫉妬《しっと》、懐柔《かいじゅう》、慈悲、常識、気まぐれ。どんなものだって嘘をつく理由になるじゃないですか。むしろ、嘘をつかない理由を探すほうが難しいくらいだ」

「そうだな。でも、あくまでも『偽証』だ。当然、罪と罰が絡《から》んでくる。それでも嘘をつくのは、そこに何かのドラマがあるからだろう。Aという女が、常日頃から激しく憎んでいたBという女をかばう。Bを罪と罰から救うために。これは謎《なぞ》だろう」

「Aが恐ろしく倫理的な女だったらどうです。Bが冤罪《えんざい》だと知っていたから」

「違う違う。『かばう』んだから、Bは確かに犯罪を犯しているんだ。だけどAはBをかばう」

「AがBに何か弱みを握られていたか、AはBをかばうことで、もっと大きな利益を得るからじゃないですか」

「まあ、そういうことになるな」

黒い半円は、少しずつ近付いてきた。視界に占める闇の割合がどんどん大きくなっていく。へんな天気だ。蒸し暑いのか、肌寒いのか、よく分からない。

「あ」

昌夫は思わず小さく声を上げた。

霧のカーテンの向こうから現れたのは、無数の彼岸花《ひがんばな》だった。

この赤をなんと形容しようか。血のような赤、心の奥底にしまいこんでいた情念のような赤。

そんな色をした、たくさんの冷めた火花が、トンネルへの花道のように、辺りを彩《いろど》っていたのである。

昌夫は白昼夢を見ているような心地になった。

俺は、この光景を、かつてどこかで見た。遠い時間の向こうで。いったいどこでだったろう？」

「おい、どうしたんだ。幽霊でも見たような顔をして。ひょっとして、暗いところが怖いのか？」

男は怪訝《けげん》そうな、ちょっと揶揄《やゆ》を含んだ声でこちらを振り向いた。

「いや――デジャ・ビュを見たんです、今」

「ほう。どんな」

男は興味を持ったようだ。

「この彼岸花です。彼岸花とトンネル。この組み合わせを見たことがあるという確信がある」

「ふうん。少なくとも、この場所ではないな。この路線が廃止されたのは、五年前だ。こんな景色になったのは、最近だろう。おまえは、ここを歩くのは初めてだと言ってたじゃないか」

「ええ」

男は、灰色の瞳《ひとみ》の目でじっと昌夫の顔を見た。

「おまえにはよく分からないところがある。不定形だ。おまえと知り合ってから随分経《た》つが、未《いま》だにおまえという人間をうまく言い表すことができないな」

「あんたに一言で俺のことを言い表されるのは、きっとあんまりいい気分じゃないですね。誰だって、自分を一言で片付けられるのは嫌だろうけど」

「それもそうだ」

二人はトンネルの中に足を踏み入れた。

たちまち足音が大きな反響となって跳ね返ってくる。

湿って冷たい、どことなくカビ臭い匂《にお》いを身体《からだ》が拒絶し、足が進むことを躊躇《ちゆうちよ》する。

トンネルは直線だった。真正面に、白い半月の出口が見える。

錆《さ》びた二本のレールが、闇の中にそこだけくっきりと浮かび上がっていた。

ぽちょん、とエコーのかかった水滴の落ちる音がした。

足を取られぬように用心しながら、朽ちかけた枕木《まくらぎ》伝いに歩いていく。

「――女の思考回路というのは、時々理解に苦しむ時がありますね」

昌夫は唐突に話し始めていた。なぜ俺はこんな話を始めたのだろう。

「大学時代に、同じサークルにいた女の子の話です。彼女はサークル内でA君とつきあっていた。何年もつきあっていたが、俺には理由は分からないが、まあ破局に至ったと。どちらかが振ったというわけではなく、互いに齟齬《そご》があって、いろいろ話をした上で別れることになった。いよいよ別れるという時になって、彼女は何をしたと思います?」

男が自分の話を聞いているか確かめる。男は、先を促すように首をかしげた。

「俺は、全《すべ》てが終わった段階で、彼女から一方的に話を聞かされたんですけどね。同じサークル内に、A君にはB君という親友がいた。なんと彼女は、A君と別れるにあたって、B君と寝たというんです。俺は呆然《ぼうぜん》としましたよ。『何考えてるんだよ、おまえ。なんでそういう、Aに後ろ足で砂掛けるような真似《まね》するんだよ』とはっきり言った。そうしたら、彼女はこうのたもうた。『あたしのことを嫌いになって欲しかったから』」

昌夫が憮然《ぶぜん》とした顔で答えると、男はくっくっ、と含み笑いをした。

「つまりそれが、ヒロイン願望というやつさ。しかも、彼女は次におまえを狙《ねら》っていたというわけだ」

「まさか」

「女が男に恋愛の相談をするのは、自分が次につきあってもいいなと思っている男か、よっぽど人のいい安全牌《パイ》かどちらかだ。おまえはどう見ても、他人の愚痴の掃き溜《だ》めになる安全牌には見えないからな。彼女は自分と自分を巡る男たちの顚末《てんまつ》をおまえに見せつけることによって、おまえを彼女のドラマチックワールドに誘い込もうとしていたわけだ。いわば、相談はその予告編だな」

「冗談じゃない」

昌夫はいよいよ渋い顔になる。それにひきかえ、隣を歩く男は楽しそうだった。

「結婚する前に、昔の男と会いたがるのも女だな。あれはどうしてだろうな。要するに、自分で自分を惜しんでいるんだな。他の男のものになる自分というものに、感傷的になっているわけだ」

「ああ、身に覚えがある。男なんざ、心のどこかでは、過去の女はみんな自分のものでみんな自分に未練を持ってるに違いないという幻想があるから、昔の女が『会いたい』なんて言ってくると、いそいそと会いに行っちまったりするんですよね。行ってみれば、指輪をキラキラさせて、『あたし、結婚するの』。そりゃおめでとう、と言うと、遠い目をして勝手に昔話をえんえんとするか、式次第を事細かに説明したりする。ありゃ、詐欺《さぎ》ですよ。大迷惑だ」

男は、いよいよ大きな笑い声を上げた。声はくぐもってトンネルの天井に反響していく。

「女は未来に生きる動物だからねえ。彼女たちにとって、昔の男は、しょせん『なかったこと』にしたい過去なんだよな。実際、あいつらと来たら、本当に忘れてるんだものな。リセットどころじゃない、記憶から抹消《まっしょう》されてるよ、俺たちは」

二人でくすくす笑っていると、反響が二倍になった。

昌夫は男の横顔を見た。数々の浮名を流してきた男の色香の名残りを見ようとしたのだが、この闇の中では、かすかに横顔の輪郭が見えただけだった。

「暗いなあ」

昌夫は無意識のうちに呟いていた。

「こんな、照明のない暗いところを歩くのなんて、いつ以来か思い出せないな。子供の頃の、林間学校の肝試し以来じゃないかな」

本当かい？

心のどこかで誰かが冷たく尋ねてきたので、昌夫はぎくりとする。

そんなはずはないだろう。前にも、こんなところを歩いただろう。長い闇の中を、怯《おび》えながら。

声を必死に振り払う。

デジャ・ビュだ。本当に体験したことじゃない。ただ、なんとなくそんな気がするだけなのだ。旅先ではよくあること。気にするな。

「久しぶりと言えば、あんなに沢山の彼岸花を見たのも久しぶりだな」

男が呟いた。

脳裏を薄くれないの波が揺れる。

昌夫はそのイメージを打ち消して、明るい声を出した。

「子供の頃、彼岸花って、摘んじゃ駄目だって言われませんでしたか？」

「言われたな。確か、毒があるんだろう？」

「だからか。そういえば、生け花でも見たことがない」

「死んだ人の魂だから摘むなって教わったな、俺は」

昌夫はふと、ある光景を思い浮かべていた。

「あんた、死んでる鴉《からす》を見たことありますか？」

そう尋ねると、男が首を振る気配が伝わってくる。

「ないな。いっとき、流行《はや》らなかったか、その話題」

「誰も鴉の死体を見たことがないって話でしょう。俺は見たことあります、東京の街中でも」

「ふうん。俺はないけど」

「あれ、嘘ですよ。結構死んでる。でも、鴉の死体があるところには必ず彼岸花が咲いてたって記憶があるんですよね」

「東京でも？」

「東京でも。だから、不思議で。いつも鴉を囲むように咲いてるんです。赤と黒だから、コントラストが印象に残っていたのかもしれない」

「ふうん。鴉が死ぬのは、秋なのかね」

暫《しばら》く二人は無言で歩いた。

鴉の死骸《しがい》を見た時はぎょっとしたが、どの鴉もまだ羽が艶《つや》やかで、眠っているようだったという印象がある。そのそばに、お線香でも立てたように、まっすぐな彼岸花の茎が伸びていて、不思議な美しさのある光景だった。確かに彼岸花とは弔いの花なのだ、と思ったことを覚えている。

「そういえば、俺、見たことがある」

おもむろに男が口を開いた。

「何を？　鴉の死体？」

なかなか出口は近付いてこなかった。結構歩いているはずなのに、白い半月の大きさはちっとも変わらない。二人の足音の残響だけが、少し時間を置いてついてくるだけだ。

「子供の頃、ばあさんの葬式でね——田舎の大きな寺から、田んぼの中を歩きながら帰ってくる時に、畦道《あぜみち》に沿っていっぱい彼岸花が咲いてたんだ。なぜか俺は一人でそこを歩いていて、ぼんやり道端の彼岸花を見ていた」

男の声は囁《ささや》くようになった。

「そうしたら、彼岸花の中に、小さな顔があることに気が付いたんだ」

「えっ？」

昌夫はゾッとした。反射的に後ろを振り向く。もちろん、誰もいない。しかし、後ろの半月も既に遠くなっていた。

男は昌夫の反応に構わず話し続ける。

「うん。並んでる花の真ん中に、どれも小さな顔がある。不思議に思って花を覗《のぞ》き込んだら、ばあさんの顔なんだ。どの花の真ん中にもばあさんの顔があって、ニコニコして俺のことを見てる。最初は何とも思わなかったが、だんだん気味が悪くなってきて、途中から駆け出した」

昌夫はその場面を想像してしまった。

無邪気に顔を寄せる少年。花弁の中にある、皺《しわ》だらけの小さな顔。

ざわっと全身に鳥肌が立った。

「よしてくださいよ、こんなところでそんな話」

「そうか？　別に怪談のつもりじゃなかったんだけどな」

男は不思議そうな声を出した。

昌夫は闇《やみ》の中で苦笑した。こういうところが妙に鈍感な男だ。このシチュエーションでは、怪談以外の何物でもないと思うのだが。

「それ以来、彼岸花を見ると、そこに顔があるんじゃないかって、ついつい探してしまうんだ」

「ふうん。おばあさん以外に見たことあるんですか？」

昌夫は努めて明るい声を出す。

男は返事をしなかった。それはわざとだったのか、それとも、単に質問が耳に届かなかったのかは分からなかった。

「それで、さっきの話の続きだけど」

昌夫は少し声を大きくして、話題を変えた。

「さっきの話？」

今度はちゃんと男が返事をしたのでホッとする。

「『偽証』の話です」

「ああ」

二人の足音が、やけに長い音を引いてトンネルにこだまする。

「Aが、この世で一番憎んでいるBの罪をかばうために偽証する。俺がAだったら、Bに貸しを作るため、という理由ですね」

「貸し？」

「そのことで、Bに対して精神的な優位に立てる。俺だったら、それが嬉《うれ》しいですね。自分が憎い女よりも一生優位に立っていられると思えば、大いに溜飲《りゅういん》を下げられると思う」

「なるほど」

男は素直に頷《うなず》いた。

「精神的優位か。それは面白いね。物理的な理由や、利害関係ではないところが」

「案外、そんな漠然とした理由だったりするんじゃないかな」

昌夫は気をよくして、そう付け加えた。

ようやくトンネルの出口が近付いてくる。

しかし、そのぽっかりと開けた出口は真っ白で、向こう側には何も見えなかった。

あそこにあるのは何だろう。どうして何も見えないんだ？

霧だということは分かっていたが、こうして見ていると、まるで一面の無が広がっているようだ。

　昌夫は恐ろしくなった。

　あそこを出たら、実はそこは高い塔の窓で、一歩踏み出したとたん、何もない空間にまっさかさまに落ちていってしまうのではないか。

　いつのまにか足取りが鈍っている。

　このトンネルを出て行ってはいけない。何か恐ろしいものが待っている。

　声がそう囁く。そんなはずはない。そんなはずは。根拠のない不安だ。

「じゃあ、これはどうだ？」

　男がぼそりと呟いた。

　俺たちは何の話をしていたんだっけ？　一瞬、昌夫の頭の中は真っ白になる。

　男は話し続けている。

　やがてトンネルの闇を出る。視界が徐々に明るくなっていく。しかし、そこには何もない。外で待っているのは、どこまでも続く白い闇なのだ。

　低い声が聞こえる。

「Aは、この世の誰よりも憎んでいるBをかばうために偽証をした。Bがなぜ罪を問われているのかというと、彼女がCを殺したからだ。実は、CはAがこの世の誰よりも愛している男だった。Cを殺したBをかばうために、Aが偽証をするのはなぜか？
これはちょっとした謎じゃないか。どうだい？」

『中庭の出来事』2

舞台、前半分の照明が点《つ》く。

真ん中の椅子《いす》に女優2が座っている。

煙草《たばこ》を吸い、だらしない、投げやりな姿勢でぼんやりした様子。


女優2：（面倒くさそうに身体《からだ》を起こして）え？　あの週のことを説明するの？　やれやれ、やたらとハードなオーディションが終わったかと思えば脚本家が殺されちゃうし、これじゃ完全に労働時間オーバーだわよ。超過勤務手当ってものが欲しいわよねえ。

——（煙草を揉《も》み消して）じゃあ、話したげる。少々長いわよ。話せって言ったのはそっちですからね。

ねえねえ、この際だから、この奇妙な事件を一緒に考えてみない？　あたし、実は推理小説大好きなの。ちゃんとした謎解《なぞと》きがある奴《やつ》よ。

あなた、お芝居とか、観《み》る？　神谷華晴の名前は知ってる？　知らない？

ああ、そう。

今いちばんの売れっ子なのよ。TVドラマも書いてる。『迷宮捜査班』知らない？　アクションシーンが全然ない刑事ドラマで評判になったやつよ。謎解き中心で、いわゆるトレンディ俳優を一人も使わないで、アクの強い役者、それもどちらかといえばずっと脇役《わきやく》をやってきた人たちを一回ごとに順繰りに主役にしてね。そうそう、『太陽にほえろ！』だと、ヤマさんが主役やってた回みたいなやつ。面白い番組だったわ。スター俳優が出なかったから、最初は評判にならなかったけど、尻上《しりあ》がりに人気が出てね。今でもビデオで時々見るの。なにしろうまい役者ばっかり。あの人たちのうまさと言ったら、ほれぼれするわ。

え？　あのドラマは見てた？　さっすが、刑事さん。あなた、どの回が好き？　『錆《さ》びた林檎《りんご》』？　誘拐《ゆうかい》の話よね。うれしい、あたしもよ！　あの長《なが》澤敦《さわあつし》の演技が泣かせるよね！　数人の脚本家で書いてたんだけど、あの回を書いてたのが神谷華晴なのよ。凄《すご》い才能ある人だってのは分かるでしょ。

神谷華晴っていう人は、学生演劇やってた人なの。面白い人なのよね、

「リアルフェイク」っていう小さな劇団の座付き脚本家してたんだけど、大学出ていったん堅気のサラリーマンになった。だけど、また暫《しばら》くして脚本書くようになって、そっちが評判になって、結局会社辞めて、今は脚本家に専念してるのね。最近の充実ぶりは凄いわよ。役者と名のつく人間は、みんなやりたがってるのよ、彼の芝居。もちろん、あたしもその一人ってわけ。

それでまあ、今度の芝居だけど、あたしも所属事務所経由でオーディションの話が来てね。聞いてびっくり、なんと一人芝居だというのよ。神谷華晴の書く一人芝居、それをやれるとなったらそりゃあ嬉《うれ》しいに決まってる。

タイトルは『告白』。

彼にしては珍しくシンプルなタイトルだわね。どちらかといえば、いつも長いのよ。

あらすじがいいの。一人の女優が、最愛の男を殺した女を殺人の罪からかばうために偽証するという話なの。ね、面白そうじゃない？

え？　そうなのよ、「一人の女が」じゃなくて「一人の女優が」なの。女優が女優を演じるのよ。しかも、神谷の希望は、「本人を演じて欲しい」というのよ。こんがらかった？

要するに、脚本に書かれた女優Aを演じるのではなくて、あたしという女優自身がそのまま登場人物になるというわけ。分かった？

でも、それって、すっごく難しい話よ。虚実入り混じりというのはよくあるけど、ほんとの地でやってくれって言われてもねえ。あなた、『迷宮捜査班』で、地のままの刑事やってくれって言われてできる？　できないわよねえ。あたしたちは、普段、別の人物になることに慣れてるし、なるべく自分の地とは離れた人間やるのが面白いんだから、そういうのってかえってやりにくいわけよ。たぶん、役者だったら誰でもそうだと思うわ。

だから、神谷は、今回、プライベートでもつきあいのある女優ばかりに声を掛けたらしいの。つまり、普段の地を知っている連中ね。そうすれば、舞台に上がった時に、彼女が本当に本人を「演じて」いるかどうか分かるから。

考えてみると、なかなか意地悪な企画よね。神谷はもともと悪戯《いたずら》好きな男だけど、今回の企画の趣味の良さにはあきれたわね、さすがに。ああ、神谷は学生時代から知ってるの。同じ大学の別の劇団にいたのよ、あたし。学生時代に直接話をしたことは数えるほどしかなかったけどね。

で、『告白』の話に戻るけど、出演者自身が登場人物なわけだから、年齢も気にしないというの。若かろうが、年配だろうが、どうでもいい。その人の演劇人生をそのまま脚色に使いたい。ね。異色の企画でしょ。ちょっと見にはとてもおいしい企画よ。神谷の新作芝居、舞台の上はあたし一人だけ。お客は最初から最後まであたしに釘付《くぎづ》け。やりたい。これはやりたいわよ。

だけど、冷静になって考えてみれば、これはとても恐ろしい企画だわ。自分の女優人生の回顧なんて、ゾッとするわ。己がどの程度の役者なのか、自分で分析するなんて。しかも、それをそのまま人様にさらけだすなんて。

そもそも、役者自身の人生に興味をもたれるのってどうかなって思う。ベテランの大女優ならともかく、あたしは自分の人生に興味なんか持ってほしくないし、いつも別の人物になっていたい。もちろん、役者本人の人生が充実していないとスカスカの登場人物になっちゃうから、本人の人生が大事じゃないとは言わないけどね。そう考えると、この役に躊躇《ちゆうちよ》する気持ちもある。本当に、役者にとっては博打《ばくち》のような大役。

神谷は、とても慎重に女優を選んでいたわ。時間も手間もかけて。そりゃそうよね、たった一人しか役者がいないんだから。彼にとってもとても大事な企画だったんでしょう。秘密裏にことを進めようとしていたのは確かだわ。神谷くらいになると、制作発表だって大々的になるのよ。贅沢《ぜいたく》に役者を使えるようになるし、スポンサーもついてくれるし、宣伝にもお金を掛けてもらえるわ。でも、彼はひっそり自分で直に連絡を取って、劇団やプロダクションを回って、この一人芝居をやる女優を決めようとしていた節があるわね。その辺りも謎めいているというか、いわくありげよね。今となっては、どういう真意があったのか分からないけどさ。

　女優たちの経歴もじっくり調べたらしいわ。今までそんなこと、気にしたことない人なのに。

　神谷という人は、全く気難しいところのない人なの。

　演出家任せだし、キャストに口出ししたこともない。脚本を現場で直されても、大筋に影響がなければ気にしない。アドリブだって、面白くなれば、大歓迎。とにかく面白くなるんだったら、それで満足なのね。

　うるさい人はそりゃあうるさいのよ。一言一句変えるな、とか。キャストは絶対にこの人でなきゃ駄目だ、とか。

ま、そういう事前審査をして、十人まで絞ったのが先月の末だったと聞いているわ。

その十人で一次審査が行なわれた。

　渋谷の古い劇場を借りて、真夜中に。そんなに珍しくないわ、みんな仕事の時間はめちゃめちゃだから。

顔ぶれを見て唖然《あぜん》としたわね。ほんとに、脈絡がないというか、バラバラなのよ、キャリアも畑も。ＣＦアイドルみたいなのや、アングラ系や、お笑い系もいたわね。

それで、一人ずつ舞台に上げて、いろいろ質問したり、詩を朗読させたり
——それもね、舞台に置いてある何冊かの本の中から選ばせて、読ませるの。あたし？　あたしは何にしたんだっけ、谷川俊太郎だったかな。近代文学はあんまり好きじゃないしね。谷川俊太郎ってさ、あたし、漫画で知ったのよ。スヌーピーとチャーリー・ブラウン。キャラクターは知ってるだろうけど、読んだことある？　昔はペーパーバックみたいなのでいっぱいシリーズが出てたの。意外と難しいのよね、あの漫画。哲学的というか。谷川俊太郎が、その漫画の台詞を翻訳してたのよ。詩人だなんて、ずっと知らなかった。

で、一次審査ね。ほとんど面接よ、面接。五年後に君はどんな芝居をして

ると思うか、とか、家族と君との関係において、演劇はどのくらいの位置にあるか、とかね。『コーラスライン』じゃあるまいし。正直言って、結構退屈したわ。むろん、ベストは尽くしたけどね。

それから三日経《た》って、三人に絞ったという通知よ。

はい、お陰様で、ワタクシは残していただけました。だから今こうしてここにいるわけだけど。

それからがまた大変。

台本を一冊、ぽんと渡されてね。「まだ決定稿じゃないけどね」と言われたものの、まるまる一本、次のオーディションで演じろっていうの。どひゃー、よ。いきなり芝居一本やらされちゃうのよ。次のオーディション？　ちょうど三週間くらい先だったかな。

とんでもないことになった、と思ったわね。マネージャーは乗り気だったけどさ、やるのはこっちなんだから。

でも、台本読むと、結構面白いんだな、これが。構想の六割くらいをホンにしたと聞いてたけど、面白い芝居になりそうだった。だから、やる気は出たの。

だけど、問題は、この台本に宿題が付いてたこと。

あたし、自慢じゃないけど、予習ってもんが嫌いなの。出たとこ勝負っていうのが昔からのポリシー。高校時代の友人なんか、あんたがあんなに沢山の台詞を覚えられるのが未《いま》だに信じられないわってよく言うの。なにしろ、暗記ものが大の苦手だったからね。

だけど、それは違うのよ。台詞だから覚えられるの。キャラクターがあって、話が繋《つな》がってるから次の台詞が出てくるのよ。

宿題の内容？

――なんと、自分のキャリアと実生活の記憶を踏まえて、脚色しろというのよ、台詞を。筋と伏線さえ変えなければ、あとは自由だっていうの。

これには参ったわ。あたし、予習は嫌いだったけど、台詞を覚えるのはそんなに苦手じゃない。なんていうのかな、台本何度か読んでると、自分に取り込める瞬間があるのね。こう、落ち葉の山を両手でがさっと掻《か》き込むような感じ。その瞬間を外さなければ、ぺろっと一本覚えられるの。闇雲に繰り返し読むよりも、丁寧に、緊張しながら数回ゆっくり読むほうが、そういう瞬間をつかみやすい。

でもね、それに自分で何かを加えるとなると話は別よ。ちょこちょこ途中で付け加えようとすると、せっかく掻き込んだはずの落ち葉の山が崩れてしまうのね。いったん崩れちまうと、なかなか積み上げられない。まあ、こんな苦労話してもしょうがないけどさ。だけど、ちっとはあたしの気持ちも察してよ。さんざん苦労したあげく、芝居が中止になりでもしたら、こちとら大損じゃない？

そりゃ、あたしもプロよ。その時々の要求に応じられなければ、挑戦する気持ちをなくしたら、そこでキャリアはおしまい。

だから、悪戦苦闘したわよ、あの台本と。『告白』を「あたしの」芝居にするためにね。

そして、さあお立会い、いよいよオーディションの本番を迎えました。

運命の、あの週の幕開けよ。

暗転。

中庭にて 4

彼は頭の後ろで手を組んで鉄製の椅子《いす》に座っていた。

今、このこぢんまりとした中庭は無人である。

初秋の、薄曇りの朝。空気はひんやりとして肌に冷たい。ホテルの客たちは、まだベッドでまどろんでいるか、ようやく起きてきたところだろう。

彼はこの時間が好きだ。

アイスペールから取り出したばかりの氷が、ゆっくり溶け始めるまでのような、僅《わず》かな空白の時間。テーブルの上には、濃いミルクティーと、開かれたままの文庫本。どのくらいこんな時間を過ごしてきただろう。次の幕が上がるまでの、小さな幕間のような時間。

この場所は素敵だ。とてもお誂《あつら》え向きだ。

彼は満足気に心の中で何度も頷《うなず》く。

白いごつごつした石の壁。壁にひっそりと這《は》う蔦《つた》。石の床。

ここは、心地よく閉じている。

ほぼ正方形の小さな中庭は、外とホテル内への通路はあるものの、いかにもこぢんまりと隠れ家めいていて、どことなく淫靡《いんび》な後ろめたい雰囲気を醸《かも》し出している。通路はぽっかりと黒い穴を開けていて、奈落《ならく》に似ていた。

ここなら、内輪での小さなパーティにぴったりだろう。女たちも喜ぶに違いない。

彼の耳には、きらきらしたざわめきが聞こえてくる。役者たちの集まるところに醸し出される、毒と虚構と華を含んだ、共犯者めいた世界のざわめきが。

さて、ここからいったいどんなドラマが始まるのかな?

彼は紅茶を一口飲む。

この筋書きは緻密《ちみつ》に練り上げられなければならない。今まで自分が書いてきたホンよりもずっと緻密に、慎重に。

ウエルメイド・プレイ、と長らく一種の冷笑を込めて呼ばれてきたものばかり書いてきた。「よくできた」ものがなぜ冷笑されるのかは理解に苦しむところだし、なぜ難解だと高尚なのか分からない。一方で、正直なところ、自分のホンが巷《ちまた》で言われるほどに「よくできている」とは思えなかった。藪《やぶ》の中を掻《か》き分け掻き分けしていくと、いつのまにか明るいところに出ていて、気がつくと収まるべきところに収まっていた。

いつもそんなふうにして彼は書いてきただけなのである。

だが、今回は、そうはいかない。今、彼は本物の「ウエルメイド・プレイ」を書き始めようとしているのだ。相手は、全《すべ》て生身の人間たち。彼の書いた筋書き通りに、彼らが動いてくれるとは限らない。彼らが取り得る行動は無限にある。それらを予測して、この筋書きは書き進められなければならない。

彼は紅茶のカップを取り上げる。紅茶は冷めかけていた。

物憂《ものう》い風情《ふぜい》の、中年男女がひっそりと中庭に入ってきた。

『中庭の出来事』 3

懐《なつ》かしい音楽。

再び、舞台の中の階段脇《わき》に、うつぶせに倒れている男が見える。

階段の上の扉を開けて、女優3が降りてくる。

スポットライトが彼女を捕らえ、彼女は椅子《いす》の後ろに立つ。


女優3：　あたしが最後に彼に会った日ねえ――あれはいつのことだったかしら。彼が殺される一週間ほど前のことね。そうそう、彼の婚約発表の数日後に会ったの。

え？　そう、再婚よ。最初の奥さんとは何年も前に離婚してるから。

ええ、白石貴子《しらいしたかこ》ね、前の奥さんは。あたしの長いお友達。舞台でも映画でも、何度か共演させていただいてますよ。

今度の奥様？　いいえ、ほとんど面識はないわ。みんなで食事をご一緒させていただいた時に、何度か言葉を交わした程度ね。印象？　正直言って、ほとんど残っていないの。意外と地味な人だな、と思ったわ。TVドラマで数回見たことはあったけど。

ほんと、驚いたわねえ。あの河野百合子嬢が彼の再婚相手になるなんて。みんながアッと言ったものよ。あたしもびっくりしました。全く二人のイメージが結びつきませんでしたからね。

そんなに印象の薄かった女が、どうして世界一憎い女で、しかもなぜたった一度ぶつかっただけで分かるのかって？

まあまあ、人の話はゆっくり聞くものよ。せっかちな人ねえ。年寄りの話は前振りが長いもの。その辺りをじっくり聞いて、何かヒントがないか捜していくのがプロのお仕事なんじゃありませんこと？　はいはい、そうカリカリしないでちょうだい。ほんと、若い子にとろいだののろいだの言われるのって我慢ならないわ。あんたたちが速いのって、せいぜい信号の変わり目で走ったり、ラーメン食べたり、キーボード打つのくらいでしょ。ほら、ネクタイ曲がってますわよ。

あたしが河野百合子嬢を嫌いになったのは、彼女が彼と婚約したと知った瞬間からよ。

きっと、他にもそう思った方は大勢いらっしゃるんじゃないかしら。

え？　嫉妬《しっと》？　彼女に？

くっくっくっ、分かった、あなたも彼女のファンだったんでしょう。あの子、若い男の子にとっても人気があったというものね。ほんと、男の子って、昔も今も、自分の手が届きそうな女の子が好き。高嶺《たかね》の花は、最初から対象外なのね。ブランドものなんかはやたらと分不相応なもの身に着けたがるくせに、恋愛に関しては、やけに分相応なわけだ。

はい、失礼いたしました。そんなことは事件に関係ありませんわね――でも、そうなのかしら――なんでもないわ、独り言よ――はい、嫉妬、嫉妬ね。笑わせないでちょうだいよ、あれはなかなか高級な感情なのよ。対象の価値をそれなりに認めないと発生しない感情なんだから。

むしろ、義憤ね。そういう感覚に近かったわ。もしくは、違和感。あまりにも不釣合いだったからねえ、あの子と彼とじゃ。

分不相応よ。互いに惨《みじ》めな思いをするだけよ。あの子、ほんとに何も知らないふうだった。ただの、タレント志望の若い姉ちゃんよ。芝居が好きなわけでも、よく観《み》てるわけでもない。華やかな世界で、何かいいことないかと血眼になってるだけ。あの子を連れて歩いても、彼が馬鹿にされるだけだし、あの子も彼の友人たちの話題についていけないでしょう。ああ、ほんとに、あのきょとんとした、唇をちょっと開いた風の、物欲しげな顔を見る度にゾッとしたわ。あらごめんなさい、あなたはファンだったんだっけ。

ま、そういうわけで、あの時彼女はあたしが最高に憤《いきどお》っていた女だったの。その女とバッタリ会ったんですもの、ここで会ったが百年目、ってな心境だったわね。

やれやれ、やっとここで最初の話題に戻ってまいりましたわよ――最後に彼に会ったあの日。婚約のお祝いを持っていったの。まあ、長いつきあいでしたし。いくら相手が気に入らなくても、礼儀は礼儀でしょう。ちょうど次のお芝居の稽古場《けいこば》が彼の家の近くでね。あの時も雨が降っていたわ――彼女にぶつかった時とは違って、とても静かな、息を潜めて歩かなきゃいけないような感じのする、霧雨がね。

あたしはこうやって、手にお菓子の箱を持って彼の家の前に立ったの――

女優3、くるりと背を向け、階段を上り、扉を開けて去る。

続いて、女優1が出てきて椅子の後ろに立つ。


女優1：最後に会ったのは——先生の婚約発表の翌々日くらいだったと思います。ええ、先生が誰かに殺される一週間ほど前ですね——その頃にお会いしました。

あ、はい。再婚だそうですね。白石貴子さんですよね、前の奥様は。ビデオでしか見たことないんですけど。すごく綺麗な方ですよね、やっぱり、ちょっと前の女優さんって、綺麗《きれい》さの質が違う。

今度の結婚相手？　いえ、全然。テレビドラマでちらっと何度か見ただけです。周りの男の子たちが騒いでたから。みんな、いい、いいって言うんですよ。美人じゃないし、スタイルもよくないけど、なんかいいって。

あたし？　あたしは、ふうんって思っただけ。でも、一目で分かりましたよ。ああ、こういうの、男の子は好きだろうなって。もっとはっきり言えば、絶対同性には好かれないタイプだなあと。あたしの友達もみんなそう言ってました。

昔からいるでしょう、男どうしじゃ全然人気ないけど、女にはやたらともてる人。女にもいます、同性から見ると、なんでこの人があんなに人気あるんだろうって人。いたでしょ、刑事さんだって。え？　刑事さんも好きなんですか？　嫌だなあ。どこがいいんですか、河野百合子の。あたし、大嫌い。前から嫌いだったけど、先生の再婚相手だって聞いた時は、もう絶対許せないって思っちゃった。

なんでよりによって先生が騙《だま》されちゃうの？　前が白石貴子で、次が河野百合子だなんて、あんまりだわ。白石さんに失礼じゃないですか。あたしも、友達も、みんなで憤慨してましたよ。

ああやだ、まさか先生も、あの子犬みたいな目がいい、なんて思ったのかしら？

鳥肌立っちゃう。あの声もいや。ぽつぽつ喋《しゃべ》って、何言ってるんだかよく分からないし、あの上目遣いの涙目でしょ？　しかも、いい年して、握りこぶしを口元に添えるでしょ。

やだやだ、子供じゃあるまいし。

え？　嫌いな割にはよく見てる？　だから言ったでしょ、あたし、嫌いな人って観察しちゃうんですよ、ついつい。精神衛生上悪いと思うんだけど。

ああ疲れた、余計なエネルギー使わせないで下さい。それでなくとも、何度も同じ話させられてうんざりしてるんですから。

でも、ね、これで分かったでしょ。あたしが彼女を絶対に見間違えるはずがないってことがね。

ええと、質問なんでしたっけ。

ああ、最後に先生に会った日ですね。何度も話したはずなのに。

雨の日でしたね。ちょっと肌寒い、しとしとした霧雨。

傘をさしていても、いつのまにか全身が濡《ぬ》れてしまっているような雨。

あたしは、父に頼まれて、お祝いを持っていくところでした。実は、ここだけの話ですけど、父も先生の再婚相手には納得できなかったみたいです。でも、父と先生のおつきあいは昨日今日のものじゃないし、礼儀は礼儀でしょ。あたしの次の芝居の稽古場に行く途中に、先生のお宅があったので、ちょうどいいから渡してきてくれって頼まれた。

だからあたしは、先生のお好きな紅茶に合う、イギリスのビスケットをデパートで買って、先生のお宅を訪ねていったんです。

ああ、ほんとにあの日は肌寒い日だった。全身が冷たくなるような霧雨で、歩いているだけで気持ちが滅入ってくるような天気だったんです。

再婚相手は大嫌いな女だし、あたし、ずっと仏頂面《ぶっちょうづら》だったんです。先生のお宅に行くのが嫌で嫌でたまらなかった。先生のことはとても尊敬してたから、ちょっとジレンマに陥っていたかもしれません。だけど、やっぱり礼儀は礼儀。ここはきちんと挨拶《あいさつ》しなくっちゃ。あたしはなんとか表情を「お祝いモード」にして、先生の家の門の前に立ったんです――

女優1、くるりと背を向けて階段を上り、扉の向こうに消える。

暗転。

中庭にて　5

細渕晃《ほそぶちあきら》がその奇妙な話を聞いたのは、見知らぬ娘がビル街の中庭で倒れた日から一週間後のことだった。しかも、喫茶店の主人から話を聞かされるまで、あの事件のことをすっかり忘れてしまっていた。

「――変なんですよ」

その日、いつもの席は背広を来たビジネスマンに占領されていたため、細渕は、誰も座っていなかったカウンターの隅に腰を降ろした。この場所はこの場所で悪くない。コーヒーを啜《すす》り、稽古場《けいこば》のごたごたが身体《からだ》の中で落ち着くのをずっと待っていると、ちょび髭《ひげ》を生やした主人がスッとこちらに近付いてきて、彼の前でぼそりと呟《つぶや》いたのだ。

「――何が?」

細渕もワンテンポ遅れてぼそりと返事をする。

まだ、身体は練習の空気を引きずっている。稽古場のオーラがまだ全身を膜のように覆《おお》っているのである。現実の世界に戻ってくるまでには、もう少し時間が掛かりそうだったので、彼は主人が遠くに感じた。

「ほら、先週、あそこで若い娘が倒れたでしょう」

主人が顎《あご》で、ガラスの向こうを示した。

「ああ、そういえば」

その瞬間、細渕の頭の中に、あの時の情景がまざまざと蘇《よみがえ》った。

娘の背中。つやつやと太陽が反射する黒い髪の毛。

それと同時に、あの時自分の中に降ってきた舞台の場面も浮かび上がってきて、彼は思わず胸を押さえていた。

そこには、小さな革の手帳が入っている。彼が「アンチョコ」と呼んでいる、脚本や舞台のアイデアのメモだ。中は汚いことこの上なく、ただの単語や記号の羅列に過ぎない。

細渕がちょこちょこメモしているのを見て、誰もが興味を抱くらしく、よく見せてくれと言われるのだが、期待に目を輝かせてページを覗《のぞ》き込んだ人間は、皆一様にがっかりする。他人が見ても、何を意味するのか理解するのは無理だからだ。最近では、みんながっかりするのが面白くて、わざとこれみよがしにページを開いてみせたりする。

実は細渕自身、自分のメモが何を意味するのかをよく分かっていない。

この商売も随分長くなった。アイデア捜しは、第二の天性のようなものだ。普段は意識していないけれど、彼の暗い意識下には、大小沢山の魚が蠢《うごめ》いており、彼は常にじっと暗い水面に糸を垂らして魚が針に掛かるのを待っている。

釣りの常として、時々思いも掛けぬ瞬間に、魚が釣り針に引っ掛かる。むろん、掛かったままでいてくれることなどめったにない。魚の姿をきちんと見ることすら難しい。ほとんどの場合、魚は素早く逃げてしまって、ちっぽけなウロコが申し訳程度に残っているだけだ。彼は、針に残されたウロコを書き留めているだけなのである。

確かに先週、興奮したままこの店を出て、電車の中でメモを書き付けた記憶がある。

暗い舞台に立つ三人の女優。うつ伏せに倒れている男。

そう、そんなふうに書いたはずだ。

細渕は今すぐにでも自分の記憶を確かめたかったが、主人が話を続けていたので、いきなりメモを取り出すのは憚《はばか》られた。

稽古場の空気は、もうどこかに消え去っている。

「――私は先週からずっと考えているんです。どうしてそんな勘違いが起きたのか」

店の主人は、細渕に話しかけながらも、自分の思索に沈んでいるように思えた。彼の薄い目が当惑しているのが窺《うかが》える。この男が、こんなふうに何かに気を取られているのは珍しい。他者に対してのめりこむこともない代わりに、自分にもあまり関心がなさそうな男なのだ。細渕は、目の前の男に興味が湧《わ》くのを感じた。

思わずカウンターの上に身を乗り出す。

「何が変なんだい」

「あの時、細渕さんは、最後まで見届けずに、すぐに帰られてしまいましたね」

主人も声を潜め、少しこちらに身を寄せた。しかし、その目は落ち着きなくガラスの窓の方をちらちら見る。まるで、その向こうにあの娘がいるとでもいうように。

一瞬、細渕もそんな気がした。今窓を振り返ったら、あの黒髪の娘がこちらを睨《にら》みつけ、窓ガラスに両手を押し付けているのではないか。

そんなところを想像したら、背中がスッと寒くなった。

思わず反射的に後ろを振り返る。むろん、そこには誰もいない。

「あの女の子、亡《な》くなったんですよ。救急車が到着するのが間に合わずに、結局、あそこであのまま絶命したんです」

「えっ。本当に？　あんなに若いのに。原因は？」

細渕はギクリとした。

今度は凶暴な恐怖が背中に襲いかかってくる。彼は振り返りたいのを必死にこらえた。

何をこんなに恐れているのだろう。なぜこんなに怯《おび》えているんだ。

彼は激しく動揺していた。指先が冷たいのに気付く。

「心筋梗塞《しんきんこうそく》ですって。まだ大学生だったみたいですよ。就職活動中で、会社を回っている最中だったとか。次の訪問先に行く途中、一休みしていた時に突然発作が起こったらしい。ほら、今、女子学生は大変ですからね。なんでも、もともと身体が弱かったのに、ここんとこ何日も、無理して何社も回ってたらしいですよ。親はたまりませんわな」

あの時の後ろ姿。

細渕の頭の中を、黒い背中がゆっくりと回っていた。

あの時、既に彼女の命は終わっていたのだろうか。あの背中の向こう側にあった瞳《ひとみ》は、もはや何も映していなかったのか。

「それは気の毒に――」

相槌《あいづち》を打ったものの、それがどうして彼の言う「勘違い」に結びつくのか、細渕は内心首をひねっていた。

「あの時ね、私の位置から彼女の顔が見えたんですよ。ちょっとだけこっちを向いた時があったんです」

主人はますます声を潜めた。そして、奇妙な間を置いた。

細渕はじっと主人の顔を見つめた。

役者のようだ、と思った。

日頃プロの役者の顔を見慣れているくせに、時々、市井《しせい》の人々の顔の方がよっぽど役者じみて見えることがある。あまりにも演じる人間ばかり見続けているためか、何の疑いもなく本人を「演じ」続けている普通の人々が、完璧《かんぺき》な演技者に見えてくるのだ。

この男は完璧だ、と細渕は思った。何の破綻《はたん》もなく、キャラクターの確立した自分を「演じて」いる。

おもむろに、主人はその場を離れ、カウンターの端のカード電話の脇《わき》に置いてあるメモ用紙を持ってきた。それを細渕の前に置くと、鉛筆で線を引き始める。

どうやら、中庭の見取り図らしい。真ん中の○印は噴水で、その脇に×印を付けたのは、娘の居た場所ということだろう。彼は噴水を正方形で囲むと、その外側に更に三箇所の×印を書き入れた。

「この三つの×は？」

細渕は、その×印を指差した。

「目撃者の位置ですよ」

主人は窓の外に目をやった。

「なるほど。これがマスターだね」

細渕は、その一つを押さえた。正方形の三つの辺の外に、一つずつ×印が付いている。

主人は小さく頷《うなず》いた。

「私もあの時は、彼女が救急車で運ばれていったことしか知らなかった。先週は、このビルの商店街の年に二度ある大きなイベントの週で、あの事件の起きた夜に打ち合わせがありましてね。その時に彼女の話題が出て、そこで初めて亡くなったと聞いたんですよ。当然、みんなでいろいろあの時のことを話しまして。倒れる直前の彼女を見ていた人間が、この三箇所の店にいたんです」

主人はゴクリと唾《つば》を飲み込んだ。

「それで？　何が変なんです？」

細渕が続きを促す。

主人は逡巡《しゅんじゅん》した。何をそんなにためらうことがあるのだろう。細渕には、その理由が分からなかった。

「――彼女、笑ってたんですよ」

「え？」

思いもつかぬ返答に、細渕はきょとんとした。

「彼女、笑ってたんです」

主人は頑《かたく》なにもう一度繰り返した。

「間違いありません。この目でちゃんと見たんですから。口を開けて、にっこりと笑っていたんです。『あの子、何を一人で笑ってるんだろう。思い出し笑いかな、ちょっと気持ち悪いな』。そう考えたことまで覚えてるんですから」

「ちょっと待った」

細渕は慌《あわ》てて口を開いた。

「死ぬ直前だろう？　心筋梗塞だったんだろ？　あれは、随分苦しいというじゃないか。苦しんでたならともかく、なんで笑う必要があるんだ」

「みんなもそう言うんです。でも、確かに私は笑ってるところを見たんですから」

「それを勘違いと言われたのかい」

「いえ、違うんですよ。話はもっと奇妙なんです」

主人は小さく首を振った。

「他の目撃者の言うことが違うんです。こっちの男は」

主人は別の×印を指差した。

「彼女が泣いていたというんです」

「泣いていた？」

「そう。涙を流しているのを見た。ハンカチで涙を拭《ふ》いていた、と言い張るんですよ」

「ええ？　それじゃあ百八十度話が違うじゃないか」

「でしょう？」

主人は頷きつつも憮然《ぶぜん》とした。

「目撃した時間にずれがあるんじゃないかな。もしかすると、いつ果てると知れない就職活動に疲れて、情緒不安定になってたんじゃないの。若い娘だしさ」

「それが、大して違わないんですよ。ほぼ同じ時間に皆彼女を見てるんです。だいたい、彼女がそんなに長い間あそこに座ってたわけじゃないんだから」

「で、もう一人の目撃者はどうだったの?」

主人は小さく溜息《ためいき》をついた。

「それがね、もっとふざけてるんですよ。まるで示し合わせたみたいに。でも、その子が彼女の一番近くにいたんです。向かいの洋食屋のアルバイトの若いウエイトレスなんですが」

「ということは、ひょっとして」

「そう。彼女は、娘が怒っていたと言うんです。顔を真っ赤にして、一人で悪態をついていたって。信じられますか?」

「そりゃあ変な話だ。なんでそんなことになったんだろうね。三人とも違う。いくら人の目があてにならないとはいえ、そんなに違ってくるものだろうか」

主人にジロリと睨まれ、細渕は口を滑らせたことに気が付いた。慌てて取り繕う。

「いや、その、人によるけどね。ところで、その子はどんな顔だったの? 遠くから見た表情が、そんなにはっきり分かるものかね」

「そうですね、平坦《へいたん》な顔の子だったら、どんな表情か分からなかったかもしれない。だけど、その子は実にはっきりした目鼻立ちの子でね。すごく表情が分かりやすかったんですよ。パッとその子を見た瞬間に『笑ってる』と認識できたくらいだったから。

その点では、他の二人も意見は一致してるんです。目鼻立ちのくっきりした、はっきり感情が顔に出る娘だったってことはね」

「ますます不思議だ。別の人間と勘違いしてるってことはないわけだね」

「ええ。だからね、三人とも譲らないんですよ。みんな、自分ははっきり見たって言い張ってね」

「ふうん」

細渕は、主人の書いた見取り図にもう一度目を落とした。

広いことは広いが、表情が見えないほど広い中庭ではない。今の話が本当だとすると、いったいなぜそんなことになってしまったのだろう。

現実は、時として理由のない悪戯《いたずら》をする。これもその一つかもしれない。

細渕は、新聞の三面記事を読むのが好きだった。隅っこの、見逃してしまいそうな小さな記事。どんなに忙しくても、朝は新聞の三面記事にじっと目を凝らす。旅先でも、地方新聞やスポーツ新聞を後ろから開いて、小さな記事から順に読んでいく。

いったい何をそう熱心に読んでいるんですか？

時々不思議そうに聞かれるが、自分でも何を捜しているのかよく分からない。

今はもうなくなってしまったが、大橋巨泉《おおはしきよせん》が司会を務めたＴＶ番組の「クイズダービー」が面白かったのは、全《すべ》て現実に起きた事件をクイズにしていたからだろう。あれは、純粋に問題が面白かった。素朴に「なぜ？」と答が知りたくなるような問題ばかりだった。しかも、明かされた解答をよく考えてみると、確かに論理的に辿《たど》り着ける解答なのである。当時の回答者たちが、新聞の三面記事を毎日隅々まで読んでいたというのを聞いて、細渕もいつのまにかそうするようになっていた。「クイズダービー」がなくなってしまっても、その習慣だけが今も続いている。

世の中には、「なぜ、こんなことが」というような奇妙な事件が、大事件ではなくとも、世界のあちこちで起きているものなのだ。理由も意味もなく、説明もつかないおかしなことが。

細渕はわけもなく、「これだ」と思う記事を収集していた。何が「これ」なのかは説明できないのだが、そう思う記事に度々出くわすのである。

交通事故で死亡した遺体を解剖してみたら、衝突する前に病死していた。著名な作家の記念館の天井に浮き出たシミが、彼の作中人物そっくりだった。見ず知らずの赤の他人と瓜《うり》二つだったため、拘留《こうりゅう》されてしまった主婦。

世界は、グロテスクな企《たくら》みに満ちている。本気とも冗談ともつかぬ、その場限りの小さな事件に。

主人は、細渕に話してスッキリしたのか、いつものポーカーフェイスに戻ると、ウエイターの注文に頷き、コーヒーを淹《い》れ始めた。

しかし、細渕は一人カウンターで、残されたメモをくいいるように見つめている。

『中庭の出来事』4

舞台、前半分の照明が点《つ》く。
真ん中の椅子《いす》に、女優3が座っている。
リラックスしているが、有無を言わせぬ貫禄《かんろく》がある。

女優3：（リラックスした姿勢のまま）神谷さんは、代表作を作りたくなったんじゃないかしらねえ。最近の彼を見ていて、凄《すご》くそう思ったわ。ただの代表作なら、彼はもういっぱい持ってるんだけどね——ま、失礼な言い方をさせてもらえれば、「残る」作品を作りたかったんじゃないかしら。
もちろん、彼の作品は素晴らしいわよ。面白いし、わくわくするし、ウィットとイマジネーションに溢《あふ》れている。でも、だからといって「残る」かといえば、決してそうじゃないのよ。彼が生きていて、神谷という人間のオーラやキャラクターを芝居の裏にみんなが感じているからこそ彼の芝居が面白いのであって、彼のパワーが現在進行形であるからこそ、それを体感したくてお客は劇場に足を運ぶんだわ。果たして数十年先、今という時代の状況でなかったら、幾ら彼の作品がよくできた芝居だからといって、その時の人々が上演したいと思うかといえば、そうじゃないと思うの。やはり、舞台と現実は表裏一体。ちっぽけな虚構であっても、現実の一部。常に時代と共に並んで走っている、それがお芝居。彼は今だからこそ旬《しゅん》なのよ。

「残る」芝居ねえ。実際、なんでこんなつまらない芝居が残ってるのかしら、と若い頃はあたしも思ったわ。『わが町』とか、『人形の家』とかね。古臭い、の一言で片付けてたし、古典だからやっとかなくちゃ、という程度だった。テネシー・ウィリアムズも、チェホフも、正直興味なかったわ。もっと不遜《ふそん》なことを言わせてもらえば、かのシェイクスピア翁《おう》だって、よその国の古い古い話なんだもの、面白いと思えというほうが無理じゃなくって？

でもね、やっぱり、今まで残っているものって、それなりに理由があるのよ——要するに、骨格ね。シンプルな骨格を持っているもの。もしくは、人類が存在する限り、不変の構図を持っているもの——まあ、おしなべてシンプルなものが「残る」のね。言い換えれば、余白のあるもの——いろいろ解釈の余地のあるもの、ね。

もうお分かりでしょ、その点で、神谷の芝居にはジレンマがあるのよ。かっちりとできあがった話であるだけに、せいぜい演出で目新しい見せ方をするくらいで、役者や客の想像力を介入させる余地が少ない。そのことは、神谷自身が誰よりもよく知っていたはず。

そこで、彼が考えたのがこの『告白』なのね、きっと。もちろん、筋はかっちりと作るけれども極力シンプルに。そして、演じる者によってがらりと芝居が変わる――なぜなら、演じる女優自身が主人公だから。

これは博打《ばくち》だわ。考えようによっては、役者に責任転嫁《てんか》したと言ってもいい。

実に危険な賭《か》けであることは確かだけど、うまくいけば「残る」ことが可能だわ。そちらに彼は賭けたんでしょう。

リアルな自分で、虚構の筋を演じる。

難しい。とても難しい。

でも、やってみたいわね。こうして、現にあたしもオーディションを受けたわけだし。自分の女優人生が豊かであればあるほど、それが役に直接大きく跳ね返ってくるなんて、素敵じゃない？　あたしだって、いろんな役者がやっているところを観《み》たいわ。どこか一つの小劇場で、毎年違う役者で何年も続けるとか、一つの公演を日替わりで違う役者にやらせるとか、企画もいろいろできそうじゃない？

ええ、やりたかったわ、この芝居。

自分の女優人生を盛り込めと言われて、実はもういろいろなアイディアを考えていたの。

今までにやったいろんな芝居のワンシーンをちりばめてみようかとか、あたしの好きな古典の台詞《せりふ》を回想シーンのようにして並べて、あたしの長年のファンが見た時に懐《なつ》かしくなれたらいいなとか——なにしろ、舞台に立ってた時間だけは長いわけだし、自分でもこれまでの舞台をアルバムのように封じ込められればいいな、なんて勝手なことも考えてましたね。

今、こうして、神谷がいなくなってしまって、あたしが『告白』を演じられるのか、舞台そのものがあるのかどうかも分かりませんけどね。

え？　まあ、あたしの『告白』を観てみたいですって？

ありがとう、刑事さん。そんなことおっしゃってくれるなんて、嬉《うれ》しいし驚いたわ。

あたしが演じるかどうかはともかく、なんとか公演だけは実現してほしいものだわね。

ふう。

それにしても、いったいぜんたいどうしてこんなことになってしまったのかしら。

神谷に長生きして一本でも多く芝居を書いてほしいと願いこそすれ、彼を殺したいと思うような人間がどこにいるのかしらね。彼は、人格的にも全く問題のなかった人ですよ。それをなんでまた——しかも、毒殺だなんて——だけど、実際に殺したいと思っていた人物が、そしてそれを実行に移した人間がいたんだわ。


暗転。


再び、舞台前半分の照明が点く。

椅子には女優2が放心したように座っている。

女優2、緊張した面持ちで煙草《たばこ》に火を点ける。

女優2：そう、あの週——といっても、まだ先週の話よね。なんだか遠い昔みたい。オーディションって、いっつもそうだわ。受ける前は、本当に嫌なものなのよ。

緊張して不安で不安で、吐き気がするくらい。ずっと熱に浮かされたような非日常の状態が、終わるまで続く。嫌で嫌で、逃げ出したくてたまらない。あたしの場合はそう。

だけど、終わってしまうと懐かしいの。いとおしいの。ああすればよかった、こうすればよかったって、別れた恋人のことみたいに、ずっと終わったオーディションのことを考えているの。そして、また受けたいって思うの。自分でベストだったと思ったことなんて、一度もない。

不思議なもので、自分ではよかったと思った時は、必ず落ちているの。ほら、学校の試験でもそうね。難しかった、出来なかった、っていう時ほど点数がいい。今回、楽勝だったじゃん、なんて思った時は駄目なのね。自分の間違いを指摘できない、自分を客観的に見られない時は、大抵駄目。

とてもハードなオーディションだったわ。なんせ、もうホンは丸々一本入ってる。本番と同じよ。一つの場面だけだったら、可能性を見てくださいと言えるけど、一本演じてみせるんだから、ごまかしがきかない。

その一本の芝居を、通しで一日置きに三回ずつ、最終に残った三人で繰り返すというきついオーディション。しかも、他の二人の芝居を見ていなきゃいけないし、それに対するアドバイスをしろというんだから！

肉体的にも、精神的にも、これまでにないハードなものだった。

一回ごとに上達して、改善していかなければならない。

他の人のもきちんと冷静に見て、適切なことを言わなきゃならない。

ほんと、悪夢のような企画だったわね。でも、あたし、舞台度胸だけは負けないわ。勝算はあった。それに、たとえ落ちたとしても、とても勉強になることは確か。一人芝居をやるのは初めてだったし、自分で脚色したのも初めてだった。今更失うものなんか何もないわと思って舞台に上がったの——

女優2、ゆっくりと立ち上がり、椅子の後ろに立つ。

舞台の照明が消え、ピンスポットだけが女優2に当たる。

女優2：――あたしが最後に彼に会った日？　そうねえ、あれはいつのことだったかしら。

彼が殺される一週間ほど前のことだと思うな。彼が婚約発表をした、翌々日あたりじゃなかったかな。

ええ、再婚よ、あの歳《とし》ですもん。最初の奥さんとは別れてるのね。美人女優の白石貴子。

あんな正統派美人女優、今はなかなかいないわよね。

民主主義の時代だからかしら、今って美しさも均一になってきてると思わない？

みんなお化粧うまくなって、服のセンスもよくなって、顔の造りが美人かどうかより、トータルな印象や、ファッションセンスの方が大事になってきてる。悪いことじゃないと思うんだけど、飛びぬけた美人っていうのがいなくなったわね。

前に読んだ森瑶子《もりようこ》の短編に、こんなのがあったわ。要するに、シンデレラのパロディなの。シンデレラは生まれつきのすごい美人なわけ。腹違いの姉二人は、造形的にはブスなのね。それで、継母はどうするかというと、小さい頃からシンデレラをちやほやするのね。おまえは生まれつき美人でスタイルがよくて、とても幸運で羨《うらや》ましいって、ほめそやして育てるの。それで、シンデレラはすっかり自惚《うぬぼ》れて慢心してしまうわけ。しかも、何でも人にやってもらうことに慣れちゃって、自分では何一つできない女になっちゃうの。シンデレラは自分の美しさにあぐらをかいて、王子様が来るのが当然とタカビーに待ってるの。

一方、継母は、自分の二人の娘には厳しい教育を施すの。手に職を付けさせ、教養をつけさせ、躾《しつけ》とマナーにうるさくして、常識ある有能な人間に育てるわけ。

で、結果はというと、傲慢《ごうまん》で何もできないシンデレラが売れ残って、センスを磨いた二人の姉は玉の輿《こし》。いい話でしょ？

きょうび、美しさと幸福は比例しないのよね。美しさと野心も比例しない。むしろ、何も持っていない人の野心の方が凄いわ。

あたしゃ、あの子を見た時につくづくこの話を思い出しましたねえ。

誰って、もちろん、河野百合子よ。なんだっけ、あの子って、少年漫画雑誌のグラビアアイドルコンテストかデビューしたんじゃなかったっけ。美人じゃないし、芸もない。それでも、幾つかTVドラマに出てたわね。

なんかね、最初見た時にいやーな予感がしたのよ。こういうの、男は好きだろうなって。

妙にひっかかるというか、一種なまめかしいというか。いるのよね、こういう女。一見おとなしそうで、主張なさそうで、誰かの後ろにいつもひっこんでるくせに、必ずいちばんおいしいところをがっちり持っていく女が。あたしなんかと遠慮してるふりして、その実一歩ずつ前に出て行くような女よ。

男って、誤解しちゃうんだなあ。このくらいの女の子だったら自分にも手が届くと思うらしいのね。みんながそう思って声掛けるから、彼女にも誤解させちゃうんだな。ああいう女の子の自惚れは凄いよ。みんながあたしに言い寄ってくるんだから、あたしはきっと可愛《かわい》くて魅力があるんだ。あたしにはこんな男の子たちじゃ全然釣り合わない、もっともっと素敵な人が現れるはずって思ってるよ。

なのに、よりによって神谷が。しかも白石貴子の次だなんて。まあ、仕事柄美人は見慣れてるでしょうけど。だけど。

あーもう、腹立つなあ。

もう、神谷よ、おまえもか、って感じよ。男って駄目ねえ。どうしてあんなのがいいのかしら。あんなO脚の、幼児体型の女。

やだやだ、ほんとやだ、もっと嫌なのは、あたしがあの子のことを僻《ひが》んでると思われることなんだな。ふん、あんたもそう思ってるでしょ？　若いもんね。やっぱりああいうのがいいの？　あ、そう。やっぱり。

でもね、ああいう女の子は決して何事でも一つじゃ満足しないのよ。もっと、もっとと、いろんなものを欲しがる子よ。

ええっと、もういいわ、あの女の話は。

神谷に最後に会ったのは——雨の日だったわ、いやーな霧雨。気分まで落ち込んできちゃうような天気だった。あたしの頭、最近はずっとソバージュにしてるから、すっごく膨らむのよ。特に、霧雨だと雨吸っちゃって。

ちょっと野暮用があって、神谷の家の近くまで行く用事があったから、ほんとは気にくわないけど、一応おめでとうくらい言っとこうかなって。けっこうつきあい長いし、みんな彼の再婚のことをめちゃめちゃに言ってたから、礼儀は見せとこうかってね。

この結婚がいつまで持つか分からないし、ね、ハハ。

彼は荻窪《おぎくぼ》の外れの古い家に住んでいたわ。ご両親の代から使っていた家。白石貴子とは市ヶ谷のマンションに住んでたんだけど、離婚して彼女にマンションを譲って――その頃はまだお母様が一人で荻窪にいらしたのね――そこに戻ってきて、お母様を看取《みと》って。彼、子供はいなかったから。

裏木戸が開いていたの。

あたし、そっち側に彼の仕事場があるの知ってたから、迷わず裏に回ったわ。

彼を知ってる芝居の関係者は、みんな裏木戸から入るのが普通なの。斜面に家が立ってるから、裏から入ると表から見た半地下に当たるのかな。

先客がいるのかな、って思ったわ。

いえ、なんとなく、よ。神谷なら、木戸を開けっぱなしにしとくはずないから。

彼、けっこう几帳面《きちょうめん》なのよ。最近近所で泥棒が多いって言ってたし。

そう、確かに先客がいたの。声がしたわ――男二人で話す声が。どうして入らなかったのかって？

凄く緊迫してたからよ、二人の声の調子が。どう控えめに解釈しても、仲良く談笑してたとは思えなかったからね。

神谷は怒っていたわ。すごく珍しい。彼が声を荒げることなんて、めったにないし、聞いたこともないわ。正直言って、何を怒っているのか、興味を覚えたわ。

窓が少しだけ開いていたの。格子《こうし》の嵌《は》まった、曇りガラスの窓が二十センチくらい開いていた。そこから、男の後ろ姿が見えたわ。神谷じゃない。お客の方ね。もちろん、知らない男よ。綺麗《きれい》に髪を整えた、三十代後半から四十代前半ってとこかしら。なんとなく、堅い勤め人のような気がしたな。糊《のり》の効いた白いシャツの衿《えり》が、グレイの背広の衿元から覗《のぞ》いてた。

首筋に、空豆のような形の赤いあざが見えたわ。うん、そこだけパッと目に入ったのよ。色白の首だったから目立ったのね。

話の内容はよく聞き取れなかったの。それ以上近付くと、部屋の中から見える位置になるから。

お客は、低く抑えた声でぼそぼそ話をしていたわ。落ち着いているけど、凄味のある声でね。声は神谷の方が大きかったけど、そこには怒りと恐怖が混じっていた。あれは、どうみても、お客の方が神谷を圧倒していたわ——ほとんど脅していたといってもいいくらいに。


パッと暗転。すぐにパッとピンスポットが点《つ》くと、女優2のいた場所に女優1が立っている。


女優1：ええ、先客がいたんです。

男の人二人で話す声がしました。片方は、確かに神谷先生でした。

でも、あたし、それ以上近付けなかった。

窓がちょっとだけ開いていました。二十センチくらい。奥に、神谷先生らしき姿がちらっと見えました。それ以上近付くと、あたしの姿が向こうからも見えてしまいます。盗み聞きしてるみたいで——実際、そんな形になっちゃったんだけど——バツが悪かったんです。どうしても、こそこそしちゃって。

それに——それに、なんだか状況は緊迫していました。二人の声の様子から、二人が険悪な状態にあるのがすぐに分かったんです。話の内容はよく分からなかったけど。

とても珍しいことです。先生は大らかで、めったに声を荒げたりしない人なんですから。たいてい、来客がいる時は笑い声ばかり。

なのに、先生の方が激していて、声も大きかった。だけど、その声は虚勢を張っていました——先生は怯《おび》えていたんです。相手の方が落ち着いた低い声で話をしていました。むしろ、ソフトな口調だったと思います——あれは、脅していたのかもしれません、先生のことを。

窓の隙間《すきま》から、お客の頭の後ろが見えました。

勤め人かな、と思いました。スーツの衿元からワイシャツの衿が見えたからかもしれませんが首にあざが——空豆の形をした、赤いあざがあるのが見えたから。

色白な首で、綺麗に髪をとかしつけていたのでパッと目に入ったんです。

そんなに歳はいっていなかったように思います。三十代後半から四十代というところでしょうか。

そんなことを考えていると、座っていたらしいお客がスッと立ち上がるのが見えて、窓から見えなくなりました。

その時、男が吐き捨てるように言った台詞《せりふ》だけが聞こえたんです。

「殺してやる」

再びパッと暗転。すぐにまたパッとピンスポットが点くと、女優1のいた場所に女優3が立っている。


女優3：そう、その男は確かにそう言ったのよ。

「殺してやる」。

あたしは、それを聞いた瞬間、びくっとしました。

なぜなら、その男が本気なのが分かったから。

その声には、本物の殺意があったから。

全身から血がいっぺんに引いて、石になったような心地がしたわ。

暫《しばら》く部屋の中はしんとしていました。そして、誰かの足音がして、その男は見えなくなりました。きっと、表玄関から帰ったのね。

あとで、神谷が何かを壁に投げつけたらしく、乱暴に割れる音が聞こえたの。

あたしは、しばらくその場所から動けませんでした。全身が凍りついたようになって、指一本動かすことができなかったの。

恐ろしかった。

首に空豆のようなあざのある男が言い残したあの台詞が、ずっと頭の中で鳴り響いていたから——「殺してやる」

あの男は本気だった——「殺してやる」——「殺してやる」


暗転。

中庭にて 6

坂道の途中で、コートの上から三番目のボタンが取れていることに気が付いた。

嫌だな、貧乏臭い。いったいどこで落としたんだろう。

細渕は足を止めて、後ろを振り返ると石畳の上にボタンを探した。

暫《しば》くうろうろと歩き回っていたが、かがみこんでいたせいか腰が痛くなってきた。

どうやら、随分前に落としたらしい。決め手となる台詞《せりふ》を考えながら、上の空で歩いていたので気付かなかったのだろう。

細渕は、未練がましく後ろを見ていたが、ようやく肩をすくめて歩き出した。

たかがボタン、されどボタン、だ。ボタンが取れていただけで、やけにその人物がみすぼらしく見えたり、逆に親しみやすく感じたりするものだ。

ボタンが取れていたことに、後で気付く。これはミステリの定番だな。犯人がそのことに気付いて、危険な殺人現場に戻ってくる。そういえば、『刑事コロンボ』にもそういうのがあったな。あれは真珠だっけ、傘の中に落ちていたのは——

俺も、以前鍵《かぎ》をなくしてうろたえたことがあった。

あれは、そぼ降る雨の夜。家の玄関に着いて鞄《かばん》を探ったら、キーホルダーだけが残っていて、肝心の鍵が消えていたのだ。真っ青になってさんざん鞄の中を引っ掻《か》き回し、家の前を捜したのにどうしても見つからず、こりゃ駅までの道を引き返して徹底的に捜すしかないと観念して傘を開いたら、チャリンと鍵が落ちてきたのだ。

このシーン、何かに使えないだろうか。みんなで大事な鍵を捜して大騒ぎする。どうしてもみつからない、さて困った、という時に、目立たなかった登場人物が隅っこで何気なく傘を開くと、舞台の上にチャリンと鍵の落ちる音が響く。一斉に注目する登場人物たち。

ふむ、使えるな。覚えておこう。

石畳の坂道の下に、小さな明かりが見える。

空は色褪《いろあ》せた寒々しいペールグレイの薄曇りだ。

おお、まるでルネ・マグリットの絵のようだ。空は白昼、家は夜。確か、『光の帝国』というタイトルの絵だった。あれはどういう意味なんだろう。何かの本で、マグリットは、意外にゆきあたりばったりな性格で、その場その場で適当に思わせぶりなタイトルを付けていたという話を読んだことがある。

さて、あいつ、ちゃんと来てくれてるかな。

腕時計を見ながら、彼はゆっくりと坂道を降りていく。

もう約束の時間はとっくに過ぎているのだが、どうせあの女はいつも分厚い本を抱えて読んでいるから、俺が遅れていることすら気が付いていないだろう。

そこは小さな古いホテルだった。中庭が隠れ家のようなカフェ・レストランになっているのだ。知名度は低いが、常連客の多い、いいホテルだった。

このホテルを待ち合わせ場所に選んだ理由はただ一つ。

もちろん、ロケハンだ。

蔦《つた》のからまる分厚いドアを開け、彼は中に入った。

一瞬の闇《やみ》に、目が慣れない。胎内潜《くぐ》りのような暗い通路の向こうに、ぽっかりと開けた小さな中庭があった。

そこに、女がいた。

その女は、非常に寛《くつろ》いでいた。

あいつは、時として寛ぎすぎる。というか、全く緊張感がないのである。あのくそ度胸はどこから来るのだろう。鈍感なのか、大物なのか。

そして、思った通り、彼女は完全に読書に没頭していた。黒いパンツを穿《は》いた左足を折って、右膝《みぎひざ》の上に載せている。あれは、彼女が何かに集中している時のポーズだ。それでいて、片手に持ったグラスは離さない。中身は白ワイン。あのうわばみは、恐らくもう三杯は飲んでいるに違いない。

細渕は、すぐには近寄らず、久しぶりに会う楠巴《くすのきともえ》をこっそり観察した。

茶色いふわふわの天然パーマをトウモロコシの毛のように頭のてっぺんで結い上げ、赤い細縁の眼鏡を掛けている。そばかすいっぱいの色白の顔。不機嫌そうな、表情の読めない細い目。針金のようなスレンダーな身体。イギリスの少年小説に出てくる、近所の変わり者のおばさん、といったところだろうか。実際、巴には、どことなく国籍不明のところがあった。ついでに言えば、年齢不詳なところも。

学生時代の同級生である。しかし、学生時代は芝居にほとんど全《すべ》ての時間を捧《ささ》げていたから、同級生との交流などなく、巴の顔も知ってはいたが話したこともなかった。ところが、楠巴というのは不思議な女で、およそ活動的でも社交的でもないタイプに見えるのに、実に顔が広いのである。

細渕は、彼女のことを「あみだくじのような女だ」と思っていた。劇団仲間やゼミ仲間、サラリーマン時代の知り合いなど、それぞれ違う集団の人間から友達の輪を広げていくと、必ずいつか楠巴に行き当たるのだ。全く異なるスタートを選んでも、必ず出口に立っている女。

卒業後も、ついぞ就職したという話は聞かなかった。彼女は既に両親もなく、吉祥寺の外れの古い一軒家に一人で住んでいた。両親の遺産で食べているのではないか、という噂《うわさ》もあったが、科学雑誌などの翻訳をしつつ、日がな一日酒を飲んで暮らしているらしい。そんな隠居のような生活のくせに、顔の広さは相変わらずで、夜ごと誰かが来て宴会を繰り広げているという。

可愛《かわい》げも洒落《しやれ》っ気もない女だと思っていたが、彼女が結婚していると聞いた時には、正直言ってかなり驚いた。純粋な好奇心（もしくは怖いもの見たさ）から、彼女の夫なる男を見てみたいと思ったが、なんでもその男は冒険家（！）なる職業のため、日本に帰るのは数年に一度で、友人たちにもその男を見た者は誰もいないという。そうなると、「楠巴の夫」なる男が本当に存在しているのかどうか疑わしくなるが、当の本人は、友人たちの疑惑を気に掛ける様子も、彼らの好奇心を満たそうなどというサービス精神もなく、ましてや自分から伴侶《はんりよ》の人となり、なれそめなどを説明してくれることなぞ、全く期待できるはずもない。かくて、『刑事コロンボ』のコロンボ言うところの「うちのかみさん」のごとく、友人たちの妄想《もうそう》は果てしなく広がり、「楠巴の夫」なる男は、今やヒマラヤの雪男のように伝説化しているのであった。

このように謎《なぞ》の人物ではあったが、なぜ細渕をはじめいろいろな業界の連中が彼女とのつきあいを止めないかというと、彼女には一つの稀有《けう》な才能があったからである。彼女は驚くほど博識であるのと同時に、世の中を読む野性的な勘があった。利害関係も損得勘定もないため、日々膨大な情報を処理した上で、一切の先入観を持たずに物事を見られるのだろう。平たく言えば、「次に来るもの」「あるものが当たるか当たらないか」を嗅《か》ぎ分ける能力があったということだ。

いつのまにか、細渕は、脚本を書いていて迷った時は、この無愛想な女友達に読ませるようになっていた。知り合いにも、そうしている人間が何人もいることを彼は知っていた。推理小説作家のF、CFディレクターのA、大手飲料品メーカー商品企画部のI、などなど。

「突っ立ってないで、座れば？」

突然、乾いたそっけない声が彼の回想を遮《さえぎ》った。

「あっ、ああ」

やはり、俺に気が付いていたのか。

おかしな女だ。対象に深く没頭するくせに、どこかでひどく冷めた部分を持っている。

巴は、あれだけ集中して読んでいた本なのに、惜しげもなく途中でぱたんと閉じてテーブルの上に置き、例によって無表情な目で細渕を見上げた。

「しばらくね」

「全く変わらないなあ、おまえは」

「あんたもよ」

そうか、変わらないか。巴はお世辞を言う女ではない。なんとなくホッとした。

「何飲む？」

巴はウエイターを呼んだ。

「ビールと——巴、なんか食うか？　じゃあ、この、鴨《かも》とアンディーブのサラダと、スモークサーモンとクリームチーズのカナッペ」

巴は真面目《まじめ》くさった顔で大きく頷《うなず》いた。細渕の選んだメニューに満足したという意味だろう。彼女は大飯喰らいで、食べるものに関しては妥協を許さないのだ。

改めて向き合うと、巴は真っ赤なセーターと金色の輪っかのピアスが似合っていた。彼女はいつも原色の服を着ている。なぜかと聞いたことがあるが、「性格地味だから服でバランス取ろうと思って」と、真顔で返事が返ってきたのを覚えている。

「ところで、何の用？」

巴は単刀直入に尋ねてきた。

「そんなこと分かってるだろうが。脚本読んでくれ」

「またあ？」

「おまえの鑑賞眼を見込んでの頼みだ。光栄だろ」

「いつも送ってくれるじゃん。どうして今日は呼び出したの？」

「今回、まだ叩《たた》き台が出来上がってないんだ」

「あんたの脚本って、話が込み入ってて、考えるの面倒くさいんだよね」

「込み入った話が好きなんだよ」

巴は鼻を鳴らした。

「まだ構想段階ってことか。今回はどういうの？」

「中庭の話だ」

「中庭？」

巴は繰り返してから、自分がいる場所を見回した。

「ここもそうだけど」

「そう。ここをモデルにしてる」

「ここを？　ふうん」

巴はしげしげと中庭全体に目を走らせた。

「いい場所ね。ちょっとした密室じゃん」

ボソリと呟《つぶや》く。

「だろう」

細渕も、まるで自分のもののように頷き、白く閉じた空間を見回す。

ほぼ正方形の小さな中庭。

テーブルは六つ。二十人も座ればいっぱいになってしまう。

「中庭は劇場に似ている」

「何が起きるの、ここで」

「殺人事件だ」

「ふうん。どうやって殺すの」

「毒殺さ」

「クラシカルだね」

「ある舞台脚本家が、新作舞台の女優のオーディションをする。新作舞台は、一人芝居。三人の女優をオーディションに残している。その結果発表と宣伝を兼ねて、彼はここによく似たホテルの中庭で内輪のパーティを開くんだ。そこで、彼は飲んでいた紅茶のカップに毒を盛られて死ぬ」

「キャストの発表の前、それとも後?」

「前だ」

「容疑者は?」

「捜査の結果、オーディションに残った女優三人に絞られる。被害者の脚本家は、その三人のうちの一人を脅迫していたらしい。何度も脅迫されて金を取られていた女優は、耐え兼ねて金を出すのをついに断る。脚本家は、芝居を書く。その女優を告発する芝居を。彼は、その一人芝居をその本人にやらせようとしていたんだ。だから、彼が発表するはずだったキャストが犯人というわけさ」

「ふんふん。だから、殺されるのはキャストの発表前なのね。ワイン頼んでもいい?」

巴はさりげなくウエイターを呼ぶ。話に乗ってきた証拠だ。

「そう。その芝居は巧妙に書かれていて、犯人には分からない、犯人を指摘するヒントが隠されているらしい。そこで、捜査陣は、実際にその三人に問題の一人芝居を演じさせて、誰が犯人かつきとめようとするんだ」

「ふんふん。なるほど、劇中劇ものね」

「うん。実際の女優たちへの取り調べと、彼女たちの演じる一人芝居とが交錯する。その両方から、その一人芝居が誰のために書かれたものか推理していく、という趣向なんだ」

「ふうん。面白そうだわ」

「よしっ」

細渕は小さくガッツポーズを取った。

巴は苦笑する。

「趣向は面白そうだけど、書くのは大変そうだね。読んでみなくちゃ分かんないや。それに、現実に演じる女優も大変そうじゃん」

「現実でも、オーディションをしなきゃならないだろうな」

「こないだの『閉じた窓』だって、ボコボコ穴があったもんね。あたしが指摘するまでどれも全然気が付かなかったくせに」

「ははは、今回もよろしく頼むぜ」

「頭は緻密《ちみつ》じゃないんだから、複雑な話書かなきゃいいのに」

「そういう話が好きなんだよ」

「このワインは、あんたの奢《おご》りだからね」

「分かってる分かってる」

そうなのだ。実は、巴にはもう一つ、才能がある。

生まれながらの探偵である、という才能が。

ふと、細渕は、先日経験した謎のことを思い出した。このホンを書くきっかけになった、あの高層ビルでの中庭の事件だ。

赤ワインをかぷかぷ飲んでいる巴に、細渕は話し掛ける。

「あのさ、話は変わるんだけど」

「なあによ。ここでもう話が変わっちゃっていいの？」

「うん。関係あるといえばある話なんだ。やっぱり中庭なんだけど、こないだおかしな話を聞いたんだよね。巴はどう思うかなと思って」

「話してみれば」

巴は、ワイングラスを傾けながら、横目で細渕を見た。

旅人たち　3

「——彼が誰かを脅迫していたという話は知っているかい?」

　男は、煙草《たばこ》を吸いながら呟《つぶや》いた。

「え?」

　そこは不思議な場所だった。

　もとは駅だったのかもしれない。直方体の石の台があり、その上に、小さな不ぞろいの木の椅子《いす》が二つ投げ出されていた。『ゴドーを待ちながら』のセットに使えそうだな、と昌夫は思った。二人はそこに腰掛け、休憩していたのだ。

　煙草の火を分けてもらいながら、昌夫はぼんやりと周りにそびえる山肌を眺めていた。

　霧は一時よりもかなり薄れていた。

　さっき見た彼岸花が、まだ網膜のどこかで揺れているのを感じる。

　あの悪夢のような赤い波が、皮膚の下でまだざわめいている。

喉《のど》の渇きを覚えた。短い路線とはいえ、まだ目的地まで二時間は歩かなければならない。

何か買っておけばよかった。

ごしごしとまぶたをこする。

「誰を脅迫してたんです？」

「分からん。あの芝居に鍵《かぎ》が隠されているらしい」

「あの芝居に？」

「そうだ。奴《やつ》は、相手にあの芝居を演じさせようとしていたようだからな」

「えっ──じゃあ、あの三人の女の中に、相手がいたってことですか？」

中年男は小さく頷《うなず》く。

「馬鹿な。つまり、あの芝居自体が脅迫だと？」

「ふむ、うまいこと言うな。その通りだ。随分長いこと強請《ゆす》ってたらしい。奴は、『強請りのコツは、少しずつ長く、だよ』と酔っ払って漏らしたことがあった」

「だったら、金づるを追い詰めても何の得もないじゃないですか」

「どうやら、最近金づるとの関係が険悪になっていたらしい。相手が奴に対して逆襲を試みていた節がある。窮鼠《きゅうそ》、猫を噛《か》む、だ。そこで、奴は陰湿な手段に出た。金づるの弱みを告発する芝居を、当の本人にやらせるという一大イベントだ」

「そいつは、ひどい。ひどすぎる。そんなことをしたら、相手も死に物狂いで抵抗するに決まってるじゃないか。奴はそう思わなかったのかな――思わなかったから、殺されてしまったのか」

昌夫は、しきりにぐるぐると頭を回していた。

「ともかく」

中年男は煙草を捨て、踏み潰《つぶ》した。

「あとは配役を発表するばかりだったはずだ。もっとも、わざわざ三人にオーディションを受けさせたが、奴の中では最初からその女に演《や》らせることは決まってただろうし、女の方でも、奴が自分に演らせる気だと分かってただろう」

なんという状況だろう。

彼女はびくびくしていたはずだ。あの白い中庭で、屈託なく笑っている脚本家を、祈るような、呪《のろ》うような気分で見守っていたはずだ――

ふと、昌夫は何かに気付いたように顔を上げた。

「じゃあ、さっきの話は――『偽証する女』は、その女が実際にしたことだっていうことですかね？」

中年男は前を向いたまま、今度は頷かなかった。

「その可能性はある。そうでない可能性もある」

彼は、前を向いたまま、しつこく靴の下の煙草を踏みしだいていた。

「もし、あれが現実にあったことだとして」

昌夫は、隣の男の口元をじっと見詰めていた。

「恐らく奴は、なぜ彼女が偽証をしたのか、どう偽証したのかを知っていたんだろう。何かを隠すために最愛の男を殺した女をかばう女。これを自ら演じさせられる女はたまったもんじゃないだろう」

「しかし、そんな事件があったんですかね。彼女たちの過去に殺人事件が？　そんなの、ちょっと調べてみればすぐに分かりそうな気もしますが」

「そう一筋縄でいく話ではないだろう。とにかく、奴は巧妙に脚本を書いた。もう一度、あの芝居を思い出してみよう。ここに、オーディションで使ったホンの現物もある。どこかにヒントがあるはずなんだ。これは、彼女でなければ分からない芝居のはずだ。奴からしてみれば彼女の隠し事を暴《あば》き立てるのが目的だったとはいえ、あいつはプロだし、傍目から見ればただのフィクションなんだ。普通に観《み》ていれば、彼女の隠し事には気付かないだろう。だが、きっとあったんだ、あの芝居の登場人物を、あの三人のうちの誰かだと特定させる何かが。演じる彼女を震え上がらせた何かが。彼女を脅迫するに足り、彼女に奴の口を封じさせた何かが。でなければ、奴はこんな大勝負に出なかったはずだ。自分が捨身であると、本気で暴露すると、彼女に信じさせなければならなかったんだ。奴は金を必要としていたしな」

「あの芝居の中に？　あの三人の中の誰かだと？　ちょっと待ってくださいよ、それは難しい。だって、ご存知の通り、あの芝居は三人によって脚色されているんですよ。台詞《せりふ》だって、細かいところを少しずつ変えているかもしれない。実際、みんな、めいめい違う台詞を喋《しゃべ》っていたでしょ。あの中からヒントを見つけ出すなんて、無理だ」

昌夫は泣き笑いのような表情になった。

だが、中年男は動じない。

「奴の条件を覚えているか？『大筋を変えずに、自分の演劇人生を踏まえて脚色せよ』。つまり、ヒントは筋の中にあるんだ。脚色するといったって、あれはミステリ劇だ。起こった出来事や、客に予《あらかじ》め教えておかなければならない事実なんかは、そうそう変えるわけにはいかないはずだ。だから、例えば俺だったら――」

男は下唇を舐《な》めた。

タトエバオレダッタラ。

昌夫は、その言葉がやけに作為的に響いたのに違和感を覚えていた。

まるで、わざと強調して聞かせるみたいに。

むろん、そう感じたことなどすぐに忘れてしまったが。

「俺だったら、伏線になる部分や、決めの台詞にそういうものを入れるね。話の構成上、のちのちに繋《つな》がってくる台詞、必ず言わなければならない台詞の中に」

「必ず言わなければならない台詞——」

彼の言葉をぼんやりと繰り返す。

「だから、思い出してみるんだ。あの三人の女たちの共通の台詞の中に、犯人を特定できる鍵があるはずだ」

その中年男の表情からは、それまでの飄々《ひょうひょう》とした雰囲気はいつのまにか消え去ってしまっていた。彼の瞳《ひとみ》には、ゆらゆらと暗く蠢《うごめ》く何かが浮かんでいた。

その瞳を見ていると、昌夫は、再び脳裏を赤い波がかすめるのを感じた。

時間が引き戻され、不安な気持ちになる。

赤い大量の彼岸花の群れ。

あれは、ひょっとして、血に塗《まみ》れた観客たちだったのだろうか。

昌夫はそっと周囲を見回す。

観客たちは死に絶え、舞台の上では二人の男が座って永遠に来ない客を待っている。ここは世界の終わりの劇場なのかもしれない。

「ああ、また霧が出てきたな。まだそんな時間じゃないのに、ずっと夕暮れの中にいるみたいだ」

中年男は、肌寒さを感じたのか、腕をさすった。

彼の言うように、再び霧が忍び寄ってきていた。じわじわと、音もなく。

「そろそろ行こう」

二人は立ち上がり、その場所から逃げるように廃線跡に降り立ち、俯《うつむ》いて歩き出した。

『中庭の出来事』5

再び、懐《なつ》かしい感じのゆったりした音楽。
舞台中央の階段の脇《わき》の床を照らし出すスポットライト。
そこに、一人の男が、うつぶせに、腕を投げ出して倒れている。
流れ続ける音楽。
と、おもむろに、男は客席に背を向けたまま、むくりと立ち上がる。
男は無言で客席に背を向けているが、やがてゆっくりと振り返る。
そこでパッと舞台全体が明るくなり、音楽も軽妙に。
男はスタスタと、舞台前方に歩み出る。

男：（淡々と）さて、これから話すのは、私が知っているある男の話です。
　彼はある晩、いつも通り悪い友人たちと飲んだくれておりました。何軒もハシゴをして、もう夜中の二時を回ったところだったんですが、ぼちぼちお開きということになった。

その日は、こう、しとしとと冷たい雨が降っていたんですね。でも、彼は酔っ払って、もう寒かろうが暑かろうがどうでもいい状態になってまして、最後に残った友人を彼の部屋に引きずりこんで、もうちょっと飲もうということになりました。

彼のアパートは、町外れのこぢんまりした建物です。隣に大家さんの家があって、一階に三世帯、二階に三世帯入っている。どれも1Kの全く同じ間取りで、皆一人暮らしの若者ばかりが入っています。

彼の部屋は、門を入って、一階の一番奥です。

形ばかり郵便受けに手を突っ込んでから、自分の部屋に向かって友人と歩き始めたその時です。

ふと、気が付くと、彼の隣の部屋のドアの前に、一人の髪の長い女の子が傘をさして立っている。

夜中の三時近くです。冷たい雨が降っていて、二階の通路が屋根になっているとはいえ、じっとしているとじわじわ冷えてきます。そんな真っ暗な寒い場所で、彼の隣の部屋、つまり、一階の真ん中の部屋のまん前に、ほとんどドアに顔をくっつけるようにして、若い女の子が身動きもせずに立ってるんです。けれど、その時は、そのことを不思議にも思いません。なんせ、とにかく早いところ暖かい部屋の中に入って、もう一杯やりたいという煩悩《ぼんのう》で頭がいっぱいですから、彼とその友人はろれつの回らない口でわいわい言いながら、彼女の背後を通り過ぎて、自分の部屋に入ったわけです。部屋に入った瞬間、その女の子のことは忘れてしまって、更に飲んで、もうお腹いっぱいのくせに、牛肉の大和煮の缶詰かなんか開けて、がつがつ食べて、大しておかしくもない話題でげたげた大笑いして、明け方には座布団で雑魚寝《ざこね》。

そして、太陽が高く天に昇る頃に、二人はどろどろになって目覚めます。あの、皆さんよくご存知の、自分が人間のくずになったような気がする、いやあな時間を迎えたわけです。あれはほんとにつらいもんですね。

そこで彼らは、水だのウーロン茶だのガボガボ飲んで、二日酔いと戦いながら、ちゃぶ台の前でどんよりと向き合います。そこで、ゆうべの記憶がおぼろげに蘇《よみがえ》ってくる。

あの女の子。隣の部屋のドアの前に、じっと立っていたあの女の子はいったい何だったんだろう。なぜあんな時間に、一人であんなところに立っていたんだろう。

だんだん二人は不思議になってきます。

よぉく考えると、奇妙な話です。彼の記憶によれば、隣の部屋に住んでいるのは若いOL。それも、堅い勤めのOLだと大家に聞いた覚えがあります。その女の子本人だとすれば、なぜ彼女は自分の部屋に入らないんでしょうか。鍵《かぎ》をなくしたんでしょうか。だったら、大家を叩《たた》き起こすとか、誰か友人の家を訪ねるとか、ホテルを捜すとか、なんらかの手段を講じるべきでしょうし、実際大多数の人はそうするでしょう。家の前にじっと立ってたからって、どうにもなりません。

隣人が帰ってくるのを待っていたんでしょうか。でも、隣人はいつ帰ってくるか分からないし、もしかしたら帰ってこないかもしれません。第一、知り合いではないし、いくら隣人とはいえ見知らぬ男の部屋に泊めてもらおうなんていう若い娘はめったにいないでしょう。それに、彼らが帰ってきても、彼女は全く無視していました。

その理由を考えているうちに、二人はだんだん気味が悪くなってきました。

自分たちが見た女性は、いったい何をしていたのか？

気持ち悪いので、いや、実際にひどい二日酔いで気分も悪かったんですが、なにしろ隣の住人のことですから、二人は一生懸命その理由を考えました。

そして、二人の出した、一番納得のいく結論というのは、次のようなものです。

あの時、あの部屋の中には、二人の人間がいたのではないか。

つまり、カップルですね。あの部屋の住人の女の子と、その恋人である男。外にいたのは、男の以前の恋人、もしくは二股《ふたまた》かけていた別の恋人。

彼女は、自分の恋人が浮気をしているのではないかと疑っていた。自分以外の女の気配を彼に感じていた。それが徐々に確信に変わっていき、昨夜、ついに彼女は恋人の後をつけていったのです。そして、疑惑は的中！　彼は他の女と会っている。彼女は更に後をつけていく。そして、自分の恋人が、他の女の部屋に入るのを目撃する。彼女は、呆然《ぼうぜん》とその部屋の前に立ち尽くす。

ね、これなら、筋は通っているでしょう？

それにしても、と、ようやくこの結論に達した二人は顔を見合わせました。

彼女はいつからあそこに立っていたんだろう。そして、いつまで立っていたんだろう。彼女がずっとあそこに立っていたとしたら――男が出てくるまであそこに立っていたとしたら。

ぶるる！　いやあ、これは怖い！　とても怖い！　なんだか他人事《ひとごと》とは思えないくらい怖いですね！　なにしろ、秘密の恋、しかも始まったばかりの新しい恋くらい、この世に楽しいものはないですからね。男のほうからしてみれば、うんと得をしたような気分になっている。自分がすごくついているような、世界は俺のものみたいな気分になっている。

俺って罪な男だな、なんて思いながら玄関で靴を履いて、それまでしっぽりと過した女に見送られてドアを開けたところに、傘をさして青ざめた女が立っている——

うわあ！　思わずその男に同情してしまいますねえ。

本当のところはいったい何だったのか、今でも分かりません。けれど、その出来事をきっかけとして、彼は、そういう小さな謎《なぞ》めいた事件、説明のつかない不思議な事件というのに心惹《ひ》かれるようになったんです。

一見大したことなさそうなんだけど、よくよく考えてみるとおかしい。そういう話が好きでしたね。新聞なんかも、一番後ろから開いて、隅っこの小さな記事から読み始める。そうやって、そういう話を集めるのが、彼にとっては趣味と実益を兼ねることになっていたんでしょうねえ。

彼に言わせると、そのアパートの隣の部屋の女の子というのは、いろいろ奇妙な逸話があって、自分がこんにち脚本家になれたのは彼女のお陰かもしれない、と冗談めかして笑っていたこともありました。

たとえば、黒いビニール袋の話があります。

彼女の部屋には、いつも中がいっぱいに詰まった黒いビニール袋がたくさん積んであったんだそうです。彼は、たまたまドアが開いている時にそれを目撃した。廊下にも、玄関にも、ぱんぱんに膨らんだ黒いビニール袋が、幾つも幾つも口を結わえて積んである。

これも不思議です。隣の女の子は、会社が忙しいらしく、朝早くから夜遅くまで留守にしていて、ほとんど家にいない。どう考えても、家ではあまり食事をしていない。

一人暮らしの人はお分かりでしょうが、家で食事をしないと、生ゴミはおろか、ほとんどゴミは出ません。新聞のチラシが一週間のゴミの全部だったりする。しかも、会社勤めで朝早いのなら、出がけにゴミを出していけばいい。じゅうぶん、回収の時間に間に合います。

なのに、ほとんど家にいない彼女の部屋に、沢山のゴミ袋が積んである。これはなぜなんでしょう？　なぜ収集日に出さないのでしょう？　そもそも、中身はいったい何だったんでしょう？

そのアパートから引っ越してしまい、ゴミ袋が半透明なものになってしまった今でも、彼は時々考えるんだそうです。あの袋の中身は何だったのか――未《いま》だに、納得のできる答は見つかっていないそうです。

音楽が途切れ、舞台の照明が消える。

再び舞台の明かりが点《つ》いた時、中央の椅子《いす》には女優1が座っている。

その後ろに、男が無表情に立っている。

女優1：(男には全く気付かぬ様子で)ええ、知ってます。

あたしが親の七光で仕事もらってるって言われてることくらい。

芸能一家？　まあ、そういうことになるでしょうね。

もちろん、父は偉大な役者だし、あたしは父を誇りに思ってます。

でもね、一つだけ言いたいのは、恵まれない環境に育ったのはその人のせいじゃないし、恵まれてる環境に育ったのもその人のせいじゃないってこと。

これでも、思春期の頃はいろいろ反抗しました。恵まれた環境を呪《のろ》った時期もあった。恵まれていると言われるけど、いつもジロジロ見られて、あの子は特別だとかひいきされてるとか言われ続けるのが楽しいと思います？　何をやったって、あたしの実力とは見なされないし、できて当然だと言われる。

今でも覚えてるけど、どうしても遊びの仲間に入れてもらえないことがあった。

なんでもするから遊んで、って必死に頼んだの。小学校に上がる前だったかな。

そうしたら、近所のグループのリーダーの女の子がどうしたと思います？　はさみを持って来て、あたしのまつげを両方と、おさげにしてた髪の毛を切り落としたの。それ以降は普通に遊んでくれるようになったからあたしはなんとも思わなかったけど、家に帰ってあたしの顔を見た親が仰天してましたね。確か、その頃、コマーシャルの撮影を控えていて、母親が慌《あわ》ててたのを覚えています。メイクさんが、付け睫毛《まつげ》をしてくれたんだったかな。

そういうことを数え上げたら、きりがないわ。

もちろん、得をしたこともいっぱいあるけど。でもね、今は考え方を変えたんです。これもみんなあたしの才能のうちだ、と思うことにしたの。

素晴らしい環境、恵まれた環境に生まれてこられたのはあたしの才能。一流の役者の血を引き継いで、その演技や素晴らしいスタッフの仕事を間近に見られるのもあたしの才能。

今は、立ってる者は親でも使いたい。親のお陰で面白い役ややりたい役が来るものなら、いくらでも使う。一つでもいいキャリアを積みたい。

え？　恋愛？　週刊誌を見た？　ああ、この間の「熱愛」報道ね。いやだなあ、刑事さんまで、芸能記者みたいに。

お友達としておつきあいしてる人はいますよ、そりゃ。どうしても同じ業界の人が多くなっちゃいますね。友達って、本当にありがたいものです。自分がオフの時間にいると実感できるし。

今は、ほんと、お芝居で手一杯。

恋をしていないと駄目って人もいる。恋が芸の肥やしになる、プライベートが充実してると頑張れる、という人もいる。でも、あたしはそういうタイプじゃない。これから変わっていくのかもしれないけど、少なくとも今は、とてもじゃないけどそんな余裕はない。やらなきゃならないことはいっぱいあるんです。技術を身につけることしかか頭にない。

やっぱり、技術なんですよ、役者は。

舞台の隅から客席全部に声が届かなきゃ、自分が何をしているか、どんな気持ちでいるか、見ている人に分かってもらえなきゃ、話が始まらない。個性だの、自然体だの、感覚だのって、それから先の話ですよ。両手の指が回らないのに、ピアノで曲を弾こうとしたって無理でしょう。

え？　おかしなことを聞くんですね。

当たり前でしょう、あたしは一生この道でやっていくと決めてるんですよ。そのためには、あらゆる努力を惜しみません。必要な犠牲は払います。

そうですね――あたしの望みを妨げる人がいたら――あたしのこの夢を邪魔する人、奪おうとする人が現れたなら――どんなことをしてでも、断固戦うと思います。

当然でしょう？

パッと暗くなり、明るくなると、椅子には女優2が座っている。

男は、やはり椅子の後ろに立っている。

女優2：（男には全く気付かぬ様子で）

どういうイメージを持ってるのか知らないけど、そんなに儲《もう》かる仕事じゃないわ。儲けようと思ってやってたら、できない仕事だとも思うし。だいたい、そんなこと考えてやってる人いるのかな。目の前の役をこなしていくだけでいっぱいいっぱいだと思うけど。少なくとも、あたしはそう。器用に複数の仕事なんかできない。純然たる肉体労働だしね。面白い仕事だとは思うわ。うん、やめらんないね。いったん舞台の上でお客さんの拍手貰《もら》っちゃったら。他人の人生を生きる面白さを知ってしまったら。

きっかけ？　何だろう。

うーん。

たぶん、一番最初は、怪人二十面相だと思うのね。意外な人物が、変装していた怪人二十面相だった、っていう驚きがあって、全く違う人間に化けるということに興味があった。

つまり、変身、ね。

仮面ライダーだって、スーパーマンだって、平凡な人間が超人に変身するところが面白い。必殺仕事人だって、普段はうだつの上がらない男。観てるほうは、その落差にわくわくするじゃない？　自分とは全く違う人間になる、というところに興味があったんだと思うのね。

そのうちに、役者という商売そのものに興味が移っていった。

高校時代、名画座で、たまたまビリー・ワイルダーの二本立てをやってたの。

『情婦』と『サンセット大通り』よ。観たことある？

どちらも女優というのが重要なテーマになっていて、強烈な印象があったわ。

女優という仕事が、この世には存在している。ああいう商売をやっている人ってどういう気分なんだろう、と思った。

いっぱい映画を観るようになったのも、内容そのものより女優に興味があって観ていたような気がする。

実際、昔の映画は女優のため、俳優のため、特定のスターを見せるために作ってたものが多かったわよね。最大限に役者の魅力を引き出すために。本物のスターシステム。

逆に、それだけ綺羅星《きらぼし》のごときスターが存在してたってこと。

え？　別に、あの時代に戻れとは言わないわ。スターは時代が生むもの。時代と共にスターに求めるものや、求められる役者が変わってくるのは当然でしょう。今じゃあんなシステムは維持できっこないし。

始めたのは、大学に入ってから。女優という人種に興味はあったけど、別に、大学で芝居やりたいと考えてたわけじゃないのよね。高校時代は硬式テニス部だったし、大学でもテニスサークルに入ろうかと思ってた。

でも、クラスに、当時売り出し中の新しい劇団でバリバリ芝居やってる子がいて、いわばボランティアとして裏方やチケット販売を手伝ったことがあったの。あたしだけじゃなくて、他にも何人か手伝ってたな。大学入ったばかりの頃って、何かに入れ込んでる人が羨《うらや》ましいじゃない？

うん、裏方は性に合ってたのよ。大道具や衣装作るの手伝ったり、チラシ作ったり。

なんでも短期間にやらなきゃならないし、舞台の裏は戦場っていうのが苦にはならなかった。むしろ、忙しくて殺気だってくると燃えるたちなのね。だから、最初は単なる手伝いだったのに、徐々に頼りにされるようになって、そのうち契約社員みたいになって、どっぷり浸《つ》かっていったわけ。最初にあたしを誘った子は、じきに他の劇団に移っていっちゃったから、ミイラ取りがミイラになっちゃった。

元々、映画や芝居を観るのは好きだったから、学生時代はとにかく安くてたくさん観られるのを探して行ったな。映画なら、二本立て、三本立ては当たり前。オールナイトとか、連続上映企画とか、一本でも多く観たかった。哀《かな》しいかな、今はあんなふうに貪欲《どんよく》には観られないわねえ。

自分で演じるようになった理由？

たまたま、なのよねえ。

発声練習や準備運動は、元々スタッフも役者も全員参加だったの。当時のあたしは、このままスタッフの道を行くのかな、と漠然と考えていた。自分が役者になるとは全然考えてなかった。その頃は舞台美術とか舞台監督に興味があって、自分が進むとしたらそっちだと思ってた。だから、役者の練習するのもそれに役立つと思って真面目《まじめ》にやってた。

いろいろと、トラブルがあるものなのよねえ、芝居の本番って。芝居に限らず、何でもそうだとは思うけど。役者が怪我《けが》したとか、主役が演出家と大《おお》喧嘩《げんか》したとか、スタッフがスケジュールを勘違いしてたとか。

あたし、台詞《せりふ》を覚えるのは早かったのね。たぶん、他の役者と比べても早いほうだと思うわ。台詞覚えるのに苦労したことなかった。みんなの役まで覚えてて、プロンプターもやってた。だから、ちょいちょい脇役《わきやく》の代役を務めていたの。まあ、便利屋みたいなもんで、自分が役者やってるなんて自覚はなかったな。

そうそう、紅子って名前の役だった。

初めて、準主役級の代役をやった時の役の名前よ。

まあ、早い話が色恋沙汰《ざた》のせい。

どこの劇団もだいたいそうだけど、劇団内恋愛はご法度《はっと》ってことになってるの。一応ね。だけど、もちろんそんなこと無理な話よね。

うちの劇団も、主宰《しゅさい》兼脚本家兼演出家の男が、恋愛禁止令を出してたわ。

そう言いつつも、彼自身は看板女優の一人とできてたんだけど、すったもんだして、とうとう明日は初日って時に、彼女が失踪《しっそう》しちゃったの。二人が出来てたのは公然の秘密だったし、そのことに対して反感持ってる役者は多かったから、積極的にフォローしようって人間がいなかったのね。むしろ、ほらみろ、って冷ややかな感じだった。だけど、まずいことに、チケットはよく売れてたのね。小劇団の登竜門と言われてるKホールからも出演を打診されてるところだった。経済的なダメージもあるし、延期は許されない。

演出家は開き直って、ダメモトであたしを指名したの。

そりゃ、びっくりしたし、びびったし、断ったわよ。だけど、確かにあたし以外に台詞覚えてる人間がいなかったことも事実。最後は腹をくったの。

無我夢中だったわね。

娼婦《しょうふ》の役だったわ。『日曜はダメよ』のメリナ・メルクーリのような、天《てん》真爛漫《しんらんまん》な気のいい娼婦。普段の自分とは全く違う役だったからよかったんだと思う。ある意味、作りやすい役だしね。

なんていうのかなあ。傲慢《ごうまん》な言い方させてもらえば、自分の居場所はここだ、と思った。

舞台に立ったとたん、自分がすべきことをしているという実感があった。不思議ねえ。今はそういう実感がいい意味でも悪い意味でも当たり前になってしまっているけど、なぜあの時そう感じたのか、今もほんとに不思議に思うわ。

公演は十日間。あっというまだったけど、とても評判になったの。そう、あたしの起用も含めてね。劇団も名前が売れて、次の公演から民間のホールに進出した。数年で、大きなホールでも観客動員できるようになった。以来、役者に転向したってわけ。おかげさまで、今もなんとか役者で食べてるわ。なんだか、夢みたい。

うーん、自分に才能があるのかなんて分からない。自分で判断すべきことでもないし。

わりとそつのない人間だとは思う。バランスは悪くないから、きっと、それなりに他のことでもできたような気がする。

でも、初めて娼婦の役をやった時のような実感は、他のものでは得られたことがないんだなあ。それだけは確か。

大女優やスターじゃないけど、幸せよ。この仕事を選んだことを後悔していないわ。この仕事を続けていけるのなら、他のものは我慢する。何もいらないとまでは言わないけどね。できる努力はするわ。モノにも人にもあまり執着しない方だと思うけど、仕事だけは譲れない。

そうね、唯一《ゆいいつ》の楽しみなのかもしれない。趣味と実益を兼ねた楽しみよ。

結婚？　してるわよ。子供はいません。旦那《だんな》は料理人。麹町《こうじまち》で小料理屋やってるわ。あたしの仕事に関しては何も言わないけど、よき理解者だと思う。家庭はホッとできる場所ね。

え？　さあ、どうだろうな。この仕事を奪われたら。想像できないなあ。でも、物凄《ものすご》く怒ると思う。うん、怒りだね。憎しみというよりも。許さないと思うな、きっと。

いったん許さないと決めたら、あたし、実力行使よ。恨みはらさでおくべきか、なんてね。

パッと暗くなり、明るくなると、女優3が椅子に座っている。

男は、やはり後ろに立っている。

女優3：（男には全く気付かぬ様子で）

出身は近江よ。滋賀の、琵琶湖の近く。

両親は乾物《かんぶつ》の卸《おろし》をやっていたそうなの。でも、生まれてすぐに養女に出されてしまったので、ほとんど記憶はないし、行き来したこともないですねえ。養女に出されたのは、大きな老舗《しにせ》の料理旅館です。恐らく、親どうしで仕事のつきあいがあったんでしょうね。その辺の事情はよく分かりません。養母はとても厳しい人で、礼儀作法や家事には、ほんと物心ついた頃からやかましく言われました。いろいろ芸ごとも習わせてくれましたが、さぼったり真剣にやらなかったりすると、とにかく怖かったですねえ。今でも、母というよりお師匠さんという感じがいたしますですね。甘えた記憶は全然ないんですが、感謝しています。あの教育が、今でもちゃんと役に立っておりますから。

養母に子供はいませんでした。たぶん、あたしのことを、将来女将《おかみ》にでもするつもりだったんじゃないかと思います。まあ、娘を育てるというよりは、一種の英才教育みたいな感じでしたからねえ。

ところが、その母が、あたしが十四の時でしたか、急病で亡《な》くなってしまったんです。帳場や従業員を仕切ったり、おつきあいやなんやかや、実質その料理旅館は母が切り回していて、子供の目から見てもその気苦労は大変なものでしたから、寿命を縮めたんでしょう。子供ができなかったのも、そのせいだったと思うんです。

養父は、悪い人ではないんですが、ちょっとだらしのない、小心なところのある人でね。面倒なことは皆、妻に任せて、自分は逃げるタイプのぼんぼんでした。

養父は暫《しばら》くして後添《のちぞ》えを貰うんですが、考えてみれば、これがあたしの人生の流転《るてん》の始まりでしたね。

彼女の方も再婚でしたが、ほどなく男の子を産んだんです。養父は彼を溺《でき》愛《あい》しました。

そうすると、だんだんあたしの立場が微妙になってきたんですね。もともと、あたしを養女に貰うことを主張したのも、亡くなった養母だったらしいし、あたしとは全く血の繋《つな》がりはない。いざ、自分の正統な後継ぎができたとなると、頭の上がらなかったかつての妻に育てられたあたしが目障《めざわ》りになってきたようです。

新しい母との相性はひどいものでした。この母という人は、よくも悪くも父に似ていました。面倒くさいことや、先のことを考えるのが嫌いなんですね。だから、前妻に躾《しつ》けられたあたしのことは相当煙たかったらしく、何かにつけて意地悪をされました。

今でもよく覚えているのは、弟の誕生日や男の子の節句の時には、お客を呼んで盛大に祝うのに、あたしの誕生日や桃の節句の時は完全に無視されていたことね。弟はいっぱい贈り物を貰うのに、あたしには何もくれなかった。あたしは平気なふりをしていたけど、本当は客間の笑い声が恨めしくって恨めしくって。今でも時々夢を見るんですよ。学校から帰ると、いっぱいお客さんが来ていて、みんなにちやほやされている弟の笑い声を、襖《ふすま》ごしに聞いている夢。あたしは歯を食いしばって、足音を立てないようにして自分の部屋に行くんです。

でも、養母が切り盛りしてる頃から働いていた従業員や仲居さんたちが、いつもこっそりお祝いをしてくれました。それが両親にバレると叱《しか》られるので、本当にこっそりでしたけど。彼らは、亡くなった母のことを尊敬していて、母亡きあとも旅館を支えてくれている人たちでした。彼らはあたしが早く大きくなって、女将になることをずっと望んでくれていたんですが、正直言って、あたしはもう無理だろうと思っていました。二人の間に生まれた男の子がいるんじゃ、どう考えてもあたしがこの家に残るのは無理だろうってね。いつ家出するか、毎日そのことばっかり考えてました。

それでも家を出なかったのには、わけがあります。

実は、再婚した父の後添えには、連れ子がありました。男の子だったけど、身体《からだ》が弱くてね。脊椎《せきつい》カリエスだったかな。肺や心臓も弱くて、学校にも行かず、ほとんど家で寝ていました。この子もあたしと似たような立場だった。

母親は、死んだ夫に似た病気の息子をほとんど構わなかったし、もちろんあたしの父も他の男の子供になんか興味はありません。お医者さんが定期的に来て、お付きのお手伝いさんも頼んでいましたが、ほとんどほったらかしにされてたんですね。あの子はどうせ成人できないから、と母親が言っているのを聞いたことがあります。

同じような立場だったからってわけじゃないんでしょうけど、あたしとこの子はとてもうまが合ったんです。

とても可愛《かわい》い子でね。何より、性格が優しかった。小さい頃からほとんど寝たきりなのに、ねじけたところや世の中を僻《ひが》むところがなかった。あたしだけじゃなく、手伝いをしてる女の人たちにも人気があってね。みんな可愛がってました。なぜこんな性格のいい可愛い子を、母親がほったらかしにしてるのか、あたしはほんと、理解に苦しんだわねえ。やっぱり、死んだ旦那に似てるのが嫌だったんでしょうかね。

誠《まこと》、って名前だったの。

誠は、あたしのことを最初からずっと「ねえちゃん」と呼んでくれました。落語や、本や、お芝居の話が好きでね。あたしも、誠に本を読んでやったりするのが楽しみでした。あたしは声帯模写が得意でね。外で観てきた映画やお芝居を、誠の前で再現してやるんです。誠の喜ぶ顔見たさにね。

ねえちゃんすごいや、ねえちゃんの方が××よりずっと上手だよ。

誠はその時人気のある女優の名前を出して、そうやっていつもあたしをほめて、おだててくれたんです。誠は誠で、あたしが家の中で微妙な立場にいて、両親に冷たくされてることを知ってて、気を遣ってくれてたんでしょう。

そういう優しい子でした。

家を出よう出ようと思っていても、最後のところで決心がつかなかったのは、誠がいたからです。自分にお金があれば、誠を連れて家から出たいと思っていました。

だけど、誠はあっけなく逝《い》ってしまいました。

弟のところに遊びに来ていた男の子から風邪をうつされて、あっというまに肺炎になってしまったんです。高熱を出して、うわごとを言うようになったと思ったら、すぐでした。あたしとお手伝いさんとで、つきっきりで看病しましたが、とうとう意識は戻りませんでした。その間、弟に風邪がうつるからと言って、母親は一度も誠の部屋には来なかったのよ。その弟が連れてきた子が誠に風邪をうつしたっていうのに。

誠のお葬式を済ませたその足で、身の回りのものだけ搔《か》き集めて、あたしは家を出ました。

十七でした。

二度と戻るもんかと思いました。

最初は大阪に出て、死んだ養母の親戚《しんせき》で、やはり料理屋をやっている人を訪ねて、暫《しばら》くそこで住み込みで働かせてもらいました。

けれど、そこでもあたしの始末に困ったんですね。養母の嫁ぎ先に気を遣ったというのもあるでしょうし。ほとんど追い出されるようにして、今度は京都の料理旅館を紹介されて、そこで勤めていたんです。

ところが、その旅館で、偶然、死んだ養母と懇意にしていたお得意さんに出会ったんです。そのお客さんは、養母が亡くなってからはお店に来なくなっていたので、お目にかかったのは本当に久しぶりでした。不覚にも泣いてしまってね。

その時、お得意さんと一緒にいたのが、M座の××先生でした。先生がなぜかあたしを気に入ってくださって、一度遊びにおいでと言ってくだすったんです。お世辞だとは思ったんですが、その後も熱心に手紙をくれて、東京見物のつもりで訪ねていったら、研究生になるように勧められたんですね。奥様が、部屋まで世話してくれて。

それで、役者への第一歩を踏み出したってわけ。

幸運ではあったけど、認められるまでは大変でしたよ。

仲居をしていて先生に拾われたということで、随分馬鹿にされたり、下世話な想像をされたりしましたよ。先輩方の意地悪も、正直、半端じゃありませんでした。だけど、意地悪されるのには慣れてるし、伊達《だて》に養母の英才教育を受けてたわけじゃありません。三味線だって、踊りだって、基礎には自信がありました。むしろ、養母の復讐《ふくしゅう》をするような気持ちで精進しましたね。徐々に役がついて、二十歳で主役を貰《もら》った時には、誰も文句を言いませんでした。

あの時のことは忘れられませんねえ。

初日が終わって、カーテンコールをする時に、誠の声が聞こえたんですよ。

実は、その時まで、無我夢中でやってきましたから、誠のことはすっかり忘れてたんです。むしろ、思い出さないようにしてたのかもしれませんねえ。

故郷のことや、家族のことは捨ててきたような感じでしたし。

本当に、家を出てからちっとも思い出さなかったんです。

ひたすら、前へ前へということしか考えてなかった。というか、帰る場所ももうありませんでしたしね。

なのに、聞こえたんです。

何年も思い出したことのない、誠の声が。

最初は、誰の声だか分からなかったんですよ。客席のお客さんで、やけに響く声の人がいるなと思ったくらいなんです。

ねえちゃん、すごい。

誰かがそう言ってるんです。

やっぱりねえちゃんはすごかった。おれの言った通りだろう？

声はそう言いました。その瞬間、これは誠の声だ、と気付いたんです。

ものすごい衝撃を受けました。花束を貰いながら、お客さんの中を必死に探し回ったんです。誠はどこにいるんだろうと思って。どこで噂《うわさ》を聞いて、あたしを観に来てくれたんだろうって。

さんざん客席を駆け回ったあとで、ようやく思い出したんです。

そういえば、誠はもう死んでるんだって。誠が死んだから、あたしは家を出たんだってね。

でもね、そう気付いても半信半疑でした。なにしろ、本当にはっきり声が聞こえたんですから。

ふふ、信じてないわね？　作り話だと思ってるんでしょう？

仕方ないわね、あたしにしか声は聞こえないんだし。

だけど、あの時、これでよかったんだって思ったの。あたしはこの道に進むべきだったんだって。

あれで、覚悟を決めたような気がするわ。

それからも時々誠が現れたのよ。

不思議なもので、仕事や人生で迷ってる時に現れるの。声がする時もあるし、客席の隅に座ってる時もある。誠はちっとも歳《とし》を取らないのに、あたしはどんどん歳取っていくなあ、と誠が現れる度に思うけどね。

天職、ねえ。

あたし、その言葉嫌いなのよ。運命っていうのも嫌ね。

結局は、自分で選んでるんだもの。天職っていうと、偉い人から貰った、自分が選ばれたって響きがあって、なんだか傲慢《ごうまん》な感じがするのよね。

そうねえ、もう長くなったわね、この仕事も。四十年、ですか。そうやって聞くとぎょっとするわ。我ながら、よくやってこられたなあ、と。

もうこれ以外できないでしょう。

何度か結婚もしたけど、今は一人。そのことを後悔はしていないわ。

このまま、身体が動いて声が出る限りは、死ぬまで続けるんでしょうね。

何も欲しいものはないわ。仕事さえ続けられれば。

ええ？　考えたこともないわ、仕事をやめるなんて。

どんな場合？

ああ、なるほど。もちろん、やめないわよ。邪魔者の方を排除するわ。その人がどんなつもりなのかは知らないけど、負けないわよ。昨日今日始めたんじゃない、こっちは、これしかなくて、ずっと捨身でやってきてるんだから。

誠だって、あたしがやめてしまうなんてことは望まないと思うわ。

さあね、どんな方法でかしらね。

とにかく、あたしは戦うわ。あたしなりの方法で、徹底的にね。


暗転。

中庭にて　7

「——ふうん、なるほど。そういう話か。一人の娘が笑っていて、怒っていて、泣いていたと。それを同時に三人の人間が目撃していたと。誰も嘘《うそ》はついていないと」

楠巴は空になったグラスを手で弄《もてあそ》びながら独り言のように呟《つぶや》いた。

彼女の目はちょっと不思議な色をしている。古いおはじきやビー玉のよう。遠い日、姉が握らせてくれたおはじきは、平べったくて表面に格子《こうし》状の筋がついていた。ひんやりとしたあの感触。ビー玉のスコンと抜けた潔《いさぎよ》い冷たさに比べ、女の子の使うおはじきはどこかもっさりした不自由な冷たさだった。どこまでも転がっていくビー玉と違って、彼女たちの玩具《おもちゃ》は畳や床の上で黙り込むように止まった。

そんなことをぼんやり考えていた細渕は、巴が見ているのに気付いて慌《あわ》てて相槌《あいづち》を打った。

「そう。誰も嘘をつく理由なんかない。少なくともみんな自分の見たものが正しいと信じている」

「自分の見たもの、ね」

巴は無表情に繰り返した。そして、またワインを注文する。

既に何杯も干しているのに、彼女はますます醒《さ》めていくようだった。何かを考え込んでいるのだ。表情には表れていないが、細渕の提示した謎《なぞ》は彼女の興味を引いたらしい。そのことだけでも、彼は満足していた。なかなか彼女の興味を引くのは難しいのである。

「確かにそうね」

巴は一人頷《うなず》いた。

「何が？」

細渕は、しつこく問い質《ただ》したいのをぐっと我慢してさりげなく尋ねる。

「自分の見たものが、実際に起きていたことかどうかは分からないわよね」

巴の返事はそっけない。

「目撃者が見間違ったっていうのかい」

思わず細渕の声も不満げになる。巴は首を振った。

「そうは言ってないわ。自分が見たものの意味を理解できなかったんじゃないかってこと」

「見たものの意味？」

細渕は首をひねった。巴の言うことは、時々よく分からなくなる。

「例えば」

巴は唇を舐《な》めた。赤ワインの色が、唇の皺《しわ》の間に残っている。

「初めてTVを見た人は、それが何だか分からないでしょう。黒いガラス板が嵌《は》まった大きな箱だと思うかもしれない。もしTVが点《つ》いていたら、中に人が沢山入っていて動いていると表現するかもしれない。そんな感じよ」

細渕はますます首をひねった。それと、高層ビルの中庭での出来事のどこが符合するというのか。

「あたしの友達のお兄さんに、関西の人がお嫁に来たの」

巴は、無表情に話し始めた。彼女の口調は淡々としていて、いつも話の始まりを聞き逃してしまう。

「友達の実家というのは、北関東の外れなのね。友達は、お兄さんのお嫁さんを随分神経質な気の弱い人だなあと思ってたんだって。実家に帰る度に、みんなの顔色を窺《うかが》ってびくびくしてたから。友達が、何をそんなに怯《おび》えてるんだろうと思ってある日聞いてみたら、誤解だったってことが判明したのよね」

巴はグラスを傾けて一口飲んだ。

「北関東って、会話の語尾が強いのよね。語尾が上がって、しかも強い。関西から来たお嫁さんからしてみれば、みんな仲が悪くていつも喧嘩《けんか》しているように聞こえたらしいのよ。この家ではいつもみんな怒っていて、罵《のの》しりあいをしているように感じたっていうのね。本当は全然そんなことないんだけどね。誤解が解けたら、彼女もリラックスして、今じゃ、すっかりみんなと同じように、語尾を上げて喋《しゃべ》ってるらしいわ」

巴は再びグラスを傾けた。

細渕もつられてグラスに口をつける。

「目撃者はこう言った。笑っていた、怒っていた、泣いていた。でもそれは、そう見えただけであって、必ずしもそうだったわけじゃないんじゃないの」

「というのはつまり？」

思わず先を促した。巴はいっこうに先を急ぐ気配がない。

「笑っていた、というのはどういう状態なのかな。歯を見せていたとか、口角が上がっていたってことじゃないのかな。怒っていたというのは、目を吊《つ》り上げていたってことかしら。泣いていた、つまり涙を流していたってことだよね」

「つまり、笑ったり怒ったりしていたわけじゃないと」

「うん。そんな気がする」

巴はぼんやりと頷いた。

「例えばよ」

巴はまたしても唇を舐める。その舌の先に目が引き寄せられた。

「こんな話はどうかしら」

舌の先が、唇のワインを舐める。

「ここに、就職活動中の若い女の子がいます。毎日歩き回って、会社訪問に明け暮れて疲れています。今日もはかばかしい返事が貰《もら》えず、彼女は新宿西口の、ビル風の吹くコンクリートジャングルの谷間を一人歩いています」

目の前に、髪の長い娘の姿が浮かんだ。上着を腕に抱えて、重い足を引きずって歩いている娘。左右にそびえる高層ビル。彼女を追い抜いていくビジネスマンたち。誰にも注意を払われない娘。娘自身も、自分がちっぽけで、誰にも気付いてもらえない存在なのではないかという不安に陥っている。

「彼女には元から持病があった。成長してよくなってはいるものの、慣れない会社訪問でここ数日無理をしている。身体の不調は感じているものの、社会人になるのにこのくらい耐えられないようでは駄目だと、自分を叱咤《しった》激励《げきれい》して毎日頑張っている」

休み休み歩く娘。その顔色は悪く、嫌な汗を流している。気ばかり急いて焦《あせ》ってい
るけれど、身体は鉛のように重くて、足が前に出ない。

「ビル街は風が強くて、時折変な方向から気まぐれに吹いてくる」

娘の長い髪が風になびく。娘は身体《からだ》をすくめ、髪を押さえる。

「彼女は目が悪い。コンタクト・レンズをしている。風が砂埃《すなぼこり》を運んできて、彼女の目に入る。目にひどい痛みを感じ、彼女は風から逃げるようによろよろとビルの中庭に逃げ込む。目にとまった噴水のほとりに腰を下ろし、痛みが治まるのを待っている」

娘が顔をしかめて、よろよろと道端を歩いている。

ビルの明るい谷間が目に入り、OLたちが休んでいるのが見える。

彼女はそこで一休みしようと中庭に向かって歩いている。目の痛みは治まらない。懸命に瞬《まばた》きをするが、ひっきりなしに涙が流れてくる――

「そうか、それで涙を流していた、と。泣いていたように見えたわけだ」

細渕は思わず頷いていた。

しかし、巴は彼の声にはとりあわずに淡々と言葉を続けた。

「痛みはいっこうに治まらない。彼女は、いったんコンタクト・レンズを外すことに

する。レンズを外した彼女は、それを洗おうとする。知らない場所だし、洗面所がどこにあるか分からない。ふと、自分が座っている場所が、噴水と池を囲んでいるところであることに気付く。水が清潔かどうかは分からないけれど、ちょっとレンズをゆすぐぐらいだったら大丈夫だろうと思い、彼女は池に手を伸ばし、水に触れる」

赤い目をした娘がきょろきょろと周囲を見回し、洗面所を探している。しかし、通路に表示はない。見知らぬ通路が四方に伸びているが、全く土地勘がないため、彼女は立ち上がろうとしない。ふと、きらきらと光っている噴水の水滴が目に入る。彼女はそっと手を伸ばす――

「例えば――例えば、よ。あたしも何度か通ったことがあるけど、ああいうビル街の商店街は、よくイベントをやっているものなの。福引や、小さなコンサートや、そういったものをしょっちゅうやっているわ。通路を歩いていると、風に乗ってマイクの声が聞こえてくる。スピーカーとハウリングする、キインという音が耳障《みみざわ》りだったりするわ」

巴の声はいよいよ夢心地だったが、その一方でひどく用心深い響きがあった。

「その日も、そういうイベントの準備をしていたとしたらどうかしら。噴水の脇《わき》で、黒いTシャツを着た男が黙々と機材の搬入をしている。長いこと屋外で使われていたの合間に、ケーブルの覆《おお》いが外れて、小さな漏電が起きているかもしれないわ——」

その光景がくっきりと目に浮かんだ。

噴水の向こう側で、黒子のような男たちが黙々と作業をしている。常日頃から屋外の作業に慣れている彼らは、驚くほど目立たないのだ。周りの風景に溶け込み、最初からそこにいたかのようにてきぱきと仕事を続けている。埃にまみれ、あちこち色が剝《は》げている黒いスピーカー。蛇のようにそこここでとぐろを巻いている沢山のケーブル。

「それがたまたま噴水のある池に入りこんでいたとしたらどうかしら」

使い込んだケーブルには、いっぱい傷がついている。

噴水の水滴がキラキラ光っている。

「電気が流れている池に、たまたま手を触れた人がいたらどうなるかしら。心臓に持病があって、過労で弱っている人がそこに手を触れたら」

何気なく手を伸ばした娘。

噴水はキラキラ光っている。

「その瞬間、彼女は何が起こったのか分からなかったでしょうね。自分の身体にどんな異変が起きたのか。何が自分の身体を凍りつかせてしまったのか。その瞬間の彼女の顔は、どんなふうに見えたのかしら。もしかして、笑っているように見えたかも。ショックを受けて、雷に打たれたようになって、彼女の顔の表情も凍りついたように見えたはず。それが、歯を見せた状態だったら、人によっては笑っているように見えたんじゃないかしら」

娘の顔が宙を見ている。目を見開き、口をぼんやりと開けて、その目は遠い空を見ている。確かに、その顔は笑っているように見える。白い歯を覗《のぞ》かせ、口角を上げて、微笑《ほほえ》んでいるようにすら感じられるのだ。

「そして、次の瞬間、彼女の身体は異常を訴える。何か尋常ならざる状態に追い込まれたことに彼女は気付く。彼女は胸を押さえ、苦しむ。突如制御不能になってしまった自分の身体に混乱し、思わず悪態をつく」

真っ青になり、凄《すさ》まじい形相になった娘。

彼女の全身は震えている。自分の内臓が叛乱《はんらん》を起こし、暴走するのを抑えようと声を掛けるが、彼女は自分の身体を制御することができない。

「──それが、怒っているように見えたのか」

細渕はぽつんと呟《つぶや》いた。

ようやく巴は彼を見て、小さく肩をすくめた。

「例えばの話よ。これなら、短時間に彼女が次々と表情を変えたことの説明がつくわ。みんながほぼ同時にそういう表情を見たのならば、その変化もごく短い時間で起きたはず。だったら、こういう説明もありなんじゃないかと思っただけ」

そう言いながらも、彼女は自分の説明にもう関心を失いつつあるように見えた。

「いや、説明がつくよ。なるほど。さすがは巴だ」

「そう思うんなら、もう一杯頼んでもいい？」

巴は空のグラスをちょっと上げてみせた。

無論、細渕には異存はない。自分の分も注文する。

「三人の女優、もう決まってるの？」

巴は思い出したように聞いた。細渕は首を振る。

「三人の女優、というのも、実は今の話から思いついたんだよ。一人の女が見せる三つの顔。それが三人になったわけ」

「意外に短絡的なのね」

「昔からそうだろ。否定はしないよ。ただ、タイプの違う三人の女優にしようと思って。一人は、芸能界のサラブレッドとして子供の頃から活動していた、まだ若くて実力もあるホープ。一人は、学生演劇から始めて小劇団から役がついてきた性格俳優タイプ。一人は、新劇で長年叩《たた》き上げた大女優。そんなふうにイメージしてるんだ」

「犯人は誰？」

「まだ決めてないんだよ」

細渕は、巴の鼻の穴が膨らむのを見ながら苦笑した。ミステリ劇なのに、犯人が決まっていないなんて、と言いたいのだろう。

「誰がいいと思う？」

こうして臆面《おくめん》もなく彼女に解決を振ってしまうのも、相手がこの女だからだ。

巴は気を悪くする様子もなく考え込んでいる。

「順当に行けば、その大女優ってことになるのかな。よくミステリ映画で、配役見ると犯人分かっちゃうことがあるじゃない。大体、一番格が上の女優なんだよね」

彼女はつまらなそうにぼそぼそと呟いた。

「まあ、それはよくあることだ。犯人には終盤に見せ場があるからな」

細渕も頷く。

「だけど、若いサラブレッド女優も、過去という点では有名人の父親を持っているから、その辺りで強請《ゆす》られる原因が見つかりそうじゃないか？　親には知られたくない、とか。もしくは親のスキャンダルが表面化すると自分にも影響がある、とか。立派な殺人の動機になりそうじゃないか」

「もう一人の性格俳優が犯人になるのはどういう理由かしら」

「学生時代の犯罪なんてどうかな。本人は大した罪だと考えていなかったのに、あとからじわじわときいてくるような」

「なんだろう」

巴はグラスを置き、頬杖《ほおづえ》を突いた。

「もしくは、学生時代に同棲《どうせい》していた男が犯罪者だった、とかね。彼女は現在幸福な結婚をしていて、それを旦那《だんな》に知られたくない、なんてどうだ。些《いささ》か陳腐かもしれないが、理由にはなる」

そう言いながら、細渕は、ふと、巴の夫のことを考えていた。

例えば彼女の夫が刑務所に服役しているのだとしたら――だったら長いこと留守にしているだろうし、他人に言う時に夫は冒険家で留守にしていると言うかもしれない。

まさかね。

細渕がそんなことを考えていることなど露知らず、巴はぼそぼそと呟いている。

「三人が共犯だったというのはどう？　実は三人とも強請られていた。誰もが、自分が主演になったら困ると思っている。彼女たちは、さりげなく主役を譲ろうと腹を探り合う。そのうちに、みんなが同じ立場だと気付いて、共謀して彼を殺してしまう」

「うん、それはありだね。実は、みんなが強請られる理由を持っている。三人の罪が、芝居の台詞《せりふ》の中に巧みに織り込まれている、というのは面白い。しかも、三人で犯人を押し付けあうことで、三人のアリバイも成立してしまうというのはどうだろう」

「ああ、そのことも最初から計算済みで、互いを罵り合うとかね。容疑者が特定できなければ、犯罪にはならない。疑わしきは罰せず、だしね」

二人でしばしそれぞれの思考に浸る。

「だけどさあ」

巴がチラッと細渕を見た。

「どうもよく分からないんだけど」

「何が」

細渕は、なぜかその瞬間どきっとした。巴のほんの短い視線が、自分の中心を射抜いたような気がしたからだ。

「その脚本家は売れっ子なんでしょう。なんで強請りなんかしてるの？　何かお金が必要な理由があるのかしら？　実はギャンブル好きだとか、投資に失敗したとか。いろんな人がいるのは分かるし、芸能界にエキセントリックな人がいるのも承知してるけど、どうも今いち、芝居を愛していて、才能が認められていて、しかもいい仕事してる脚本家が女優を強請ってるって構図が納得できないんだけどな」

「うーん」

細渕は唸《うな》った。

「もしかして、その強請りの動機に、隠された秘密があったりしてね」

巴は無表情に呟くと眼鏡を外し、おもむろに布で磨き始めた。

旅人たち 4

霧はいよいよ濃く、身体《からだ》はじっとりと濡《ぬ》れてきていた。

夏なのに、他の季節に紛れ込んでしまったみたいだ。

隣の男の顔を見るが、彼はさっきから黙り込んだまま足元に目を落として歩き続けていた。

本当に、この先に目的地があるのか。その場所を見つけ出すことができるのか。

昌夫はいよいよ不安に飲み込まれそうになりながら、機械的に足を動かしていた。

ここまで来てしまったら、もはや一人で引き返すこともできないし、これまで来た道を一人で引き返すことなど怖くて嫌だ。

まだ会話をしていれば平気だったのに、同行者がこうも黙り込んでしまっていては、心許《こころもと》なくてたまらない。

何か会話をしなくては。話の糸口を見つけなくては。

昌夫は焦《あせ》って唇を動かそうとするのだが、なんだか身体が強張《こわば》ってしまってそれができないのだ。

「──俺には姉が一人いてね」

突然、声がしたので、やっと自分が話し掛けたのだと思っていたら、喋《しゃべ》っているのは昌夫ではなく、隣の男だった。

「へえ。お姉さんが。知りませんでした。初めて聞きましたよ」

昌夫はホッとして言葉を返した。

安堵《あんど》も、周りの霧にたちまち飲み込まれていく。

「うん。小さい頃に、家を出たきりだからね。姉の話を他人にしたことはほとんどなかったよ」

男は前を向いたまま小さく頷《うなず》いた。

「じゃあ、今も音信不通なんですか？」

昌夫は尋ねた。幼い頃に生き別れた姉。この男の姉とはどんな顔をしているのだろう。

男は頷いた。

「うん。全く連絡を取っていない。向こうは俺がどこにいるかなんて知らないだろうな」

「お姉さん、美人だったでしょう」

　お世辞ではなく、そう思った。この男の姉ならば、さぞかし端整な色香がある女なのではないだろうか。

　男は苦笑いをした。

「うん、美人だったよ。もっとも、俺とは血が繋《つな》がってなかったんだけどね」

「えっ」

　昌夫は思わず男の顔を見た。男は相変わらず前を向いたままだ。

「俺の実の父親は小さい頃に死んでしまったので、母親が俺を連れて再婚したんだよ。彼女は再婚相手の娘だったんだ」

「それで、血が繋がってないんですね」

「そうだ」

「会いたいですか？」

　昌夫はおずおずと尋ねた。どうやら、彼の姉の話は彼にとってデリケートな話題らしいと気がついたからである。

　男は、ふと視線を泳がせた。

「そうだねえ。顔は今でもよく見るんだけど、直に会いたいとは思わないね」

「顔はよく見る？」

昌夫は聞き返した。彼の方は、彼女の居場所を知っているということか。

男は昌夫の疑問にじゅうぶんな答えを与えようとはせず、独り言のように続けた。

「俺は、姉貴に憎まれていたからな」

昌夫は再び男の横顔を見た。その口元には、やはり苦笑のようなものが浮かんでいる。

「なぜかな――俺が子供の頃は病気がちで、親に可愛《かわい》がられていたからかな。姉貴は美人だし、華やかで頭もよくて、俺にしてみれば自慢だったんだけど、姉貴の方はなぜか俺には冷たくてね。ずっとその理由が分からなかったんだ。実は、姉貴はうちの母親が再婚した男の実子ではなく、家を継がせるためによそから貰《もら》った養女だったらしいんだね。そのことを知ったのは、随分あとになってからだった。姉貴は、実の親というものを知らないで育ったから、なんとなく俺のことが気に入らなかったんじゃないかなと思うようになったのは、ごく最近のことだよ」

「じゃあ、あなたはお姉さんを慕っていたのに、お姉さんは冷たかったんですか」

「平たくいうとそういうことになるな。切なかったよ、子供心にも。姉ちゃん姉ちゃんと呼ぶたびに、煙たい顔をされてね。俺は姉ちゃんと呼ぶのがとても好きだったのに」

男の溜息《ためいき》が霧に溶けたのが見えたような気がした。

「姉貴が家を出ても、親父とお袋は冷たかったな。勝手に出て行ったんだからとろくに探しもしなかった。俺は淋しくて、よく一人で泣いたよ。姉貴がいなくなったことに対してではなく、姉貴はきっと俺の顔を見ないで済むようになってせいせいしてるだろうって考えると、惨《みじ》めで泣けてきたんだ」

「それ以来全く会っていないんですね？」

「そう、全くね」

男は頷いた。

「不思議と、姉貴がいなくなると俺の身体は丈夫になっていってね。そのことがまた不思議で、残酷な気がした。俺が病気がちだったから、親もちやほやしてくれたんだし、そのことで姉貴に淋しい思いをさせていたんだからね。ひょっとして、俺は心の底では姉貴を妬《ねた》んでいたのかもしれない。美しくて優秀な姉に、優越感を覚えたくて、無意識のうちに親に可愛がられる自分を演出していたのかもしれないんだ」

子供の心というのは単純なようで複雑だ。男の話は、なんとなく理解できるような気がした。

「このところ、よく姉貴の夢を見るんだよ。ずっと見たことなかったのに」

男は遠い目をした。

霧の中に少女の影がよぎったような錯覚を感じた。

「それはやはり、幼い頃に見たままの姿で出てくるんですか」

昌夫はそう尋ねた。男は頷く。

「概《おおむ》ね、そうだ。当時のまま。しかも、とても鮮明にね。夢を見ていて動揺するくらい、細かいところがはっきり見えるんだ」

その時である。

突然、前方に黒い塊が見えた。

それは唐突な出現だった。

霧でところどころが隠されているが、その大きさは充分に想像できた。しかも、異様に禍々《まがまが》しい存在感がある。そんな巨大なものが、本当に、ぬうっと行く手に現れたのだった。

昌夫は思わず立ち止まってしまった。それがまるで生きていて、巨大な獣が蹲《うずくま》っているように感じられたからである。

「まさか、ひょっとして、あれが」

「そう。あれが、我々の目指していた『霧の劇場』さ」

男はのろのろと頷いた。

「本当に存在するなんて」

「存在するよ」

昌夫の呟《つぶや》きに、男はつまらなそうに答えた。

「実際に、今年だって公演があったんだぜ」

「観客は歩いてここまで来たんですか？」

「そういう観客も多かったようだよ。ほとんどの客は、バスで向こうの山を越えてきたらしいが、ここは一本道で歩きやすいからね。ちょっとしたハイキングさ」

話には聞いていた。かつての駅舎や木造校舎を自治体が改装して、ペンションや、市民の交流会場や、地域の特産物を生かした飲食店に作り変えているところがあると。

そして、今二人が見ている建物は、林業で栄えたこの地に作られた大きな駅舎なのだった。

それはかなり大きなもので、ゆうに三階建てのビルに相当する高さがあった。全盛期には、常時駅員や作業員が泊まりこんでいたので、宿泊施設も整っていたらしい。

廃駅になってから長いこと経《た》っていたのだが、自治体の職員に芝居好きな男がいて、ある時この建物が劇場になるというインスピレーションを得た。彼はそれを実現すべく上司に働きかけ、それに賛同した市民の後押しが盛り上がり、建物に手を入れて夏のみ劇場として使うことになったのだ。なぜ夏のみかと言えば、冬は厚い雪に覆《おお》われてしまうからである。黒い瓦《かわら》に覆われた駅舎の屋根が急勾配《こうばい》なのは、雪がひとりでに落ちるようにだ。

「しかし、思っていたよりも大きいですね。こんなに大きいなんて」

昌夫は霧の中から全貌《ぜんぼう》を現した黒い建物を見上げた。

これまで二人が歩いていた線路の先に、大きなプラットフォームが見え、それに隣接して駅舎が建っていた。改札が一つ。

プラットフォームは、それこそ舞台になりそうな巨大な直方体だった。あちこちひび割れているが、まるで王家の墳墓のような荘厳《そうごん》さがある。

昌夫は、改札口から出てくる役者を、プラットフォームの周りで座っている観客が注目しているところを思い浮かべた。しかし、線路の反対側は林が迫っているので、観客が座れるスペースはあまりない。

「舞台は中ですか？　このプラットフォームも舞台に使えそうなのに。ここで『ゴドーを待ちながら』をやったらピッタリだ」

昌夫がそう呟くと、男は口の中で低く笑った。

「確かに。ここで、来ない観客を待ちつつずっと役者が座っている芝居をやったら面白い。もしかしてそれは、俺たちのことかもな」

霧に煙るプラットフォームでじっと待つ二人の男。その二人はゴドーを待つ役者なのか、それとも何かを待つ自分たちなのか――

ふと、昌夫はコートを着た二人の男が駅のベンチに座っているところを見たような気がした。霧の奥を見つめる二人。霧の奥に消える線路。

「中に入ってみよう」

男が先に立って足を速めた。

昌夫は夢想を破られ、ハッとして慌《あわ》てて後に続く。

駅舎の正面に回ると、その堂々とした威容に圧倒された。

歳月に耐えた木造の駅舎は、羽目板が黒光りしていて異形の美しさを湛《たた》えている。

ガラス窓はかすかに波打っていて、年代物の趣があった。

ぽっかり開いた正面の大きな入口から中に入ると、ひんやりした空気が顔を打つ。

入った瞬間は真っ暗に思えたが、薄暗い内部に少しずつ目が慣れてくる。

「なるほど」

昌夫は無意識のうちに頷いていた。

ここならじゅうぶん劇場になる。

実際、あちこちに手を加えてあるものの、元の姿は見て取れ、芝居好きの公務員が「ここなら」と思ったことに納得した。

ここには、劇場特有の、何かの始まりを予感させる空気がある。劇場は、祝祭の場だ。非日常を生み出せる空間でないと、劇場にはならない。

高い天井。立派な梁《はり》。明かり採りの天窓。

内部には、目立たぬように鉄骨を組んで補強してあった。それは、照明を吊《つ》るためのものでもある。よく見ると、幾つかライトがぶら下がっていた。

ふと、吹き抜ける風を感じた。

正面から見て、二十メートルほど先に改札口があり、左右にも出口がある。風はそこから入ってくるのだった。長方形の駅舎の、四つの面それぞれに開口部があるわけだ。

昌夫は国旗を連想した。長方形の国旗の中央に十字があって、二色に色分けされている国旗。この劇場は、ちょうどその十字の部分が通路で、それ以外の部分が客席になっていた。客席は階段状になっていて、十字の交差する部分に視線が集まるようになっているから、そこが舞台の中心になるのだろう。

床はただのコンクリートで、劇場の中では一番低い位置になっていた。客席の下は、倉庫になっているらしく、錠前を付けた小さな扉が見て取れた。

夜になって、ここに明かりが灯《とも》ったら、さぞかし不思議な空間が生まれるだろう。

昌夫は上演しているところを想像してわくわくした。すぐ外が野外だから、たとえば、遠くから松明《たいまつ》を持って役者が近づいてくるとか、建物の周りを役者が取り囲んで声を上げるとか、さまざまな演出ができるに違いない。学生時代に、古い教会で芝居をするのを見たことがあるが、あれもなかなか面白かった。実際に教会の中という設定で、観客は信者の座る長椅子《ながいす》に腰掛け、牧師に扮《ふん》した役者の説教を聞いた。終盤、窓ガラスを外で大勢の役者が叩《たた》く演出に驚かされたのを思い出す。

「面白いところだろう」

客席の最前列に腰掛けていた男が昌夫の興奮をからかうように言った。

「ええ、確かに。これは、想像力を刺激させられますね」

「ここに来た演出家はみんな興奮するのさ」

「ここなら、いろいろできますね。古典劇にもぴったりだし、怖い芝居をやったら、臨場感があって凄《すご》そうだ。プラットフォームにオーケストラやバンドを置くこともできる。逆に、通路に観客を座らせて客席を見上げるというのはどうだろう。通路を挟んで、両側に敵味方を配して法廷劇というのも面白そうだ。音響はどうなのかな」

昌夫は、十字の交差するところに立って「あー」と叫んでみた。

意外に大きく響き渡る。

音が消えるまで耳を澄まし、昌夫は呟いた。

「結構残響があるな。ここでどんな芝居をやったんですか、今年は」

「ふふ、ご想像通り、怪談だよ。『牡丹灯籠《ぼたんどうろう》』をやった。まあ、現代風にアレンジしてあったがね。提灯《ちょうちん》を持った幽霊が、着物を着て下駄を鳴らしてやってくるところは、かなり怖かったよ。遠くにぼんやり提灯の明かりが浮かんで、幻想的だった。客が黙りこくっていると、外の虫の声が聞こえてきて、本物の幽霊が入ってきたみたいで、臨場感たっぷりだったよ」

カラン、コロン、と下駄の音が遠くから近づいてくるところを想像する。

夜。暗い劇場は、虫の声に包まれている。息を呑《の》んで、遠くから近づいてくる提灯を見つめる観客たち。異様な緊張感が彼らを覆っている。

ぼうっと浮かんでいた明かりが、そっと劇場に入ってくる。果たして、その提灯を持っているのは何者なのか。役者なのか、いや、ひょっとしてこの世ならぬものと入れ替わっているのではないか――

「それは観《み》てみたかったな」

「ふ、ふ」

男はなんだか含みのある笑いを漏らした。

「何がおかしいんです？」

昌夫は引っ掛かるものを感じて男に尋ねる。

「実は、わざわざ怪談なんか上演しなくたって、出るんだよ、ここは」

「え？」

「劇場には多いだろ、そもそも」

「何が？」

「幽霊だよ、もちろん」

当然のように言い放つ男に、昌夫は思わず身を引いた。

男は小さく笑った。

「そうびることはないだろう。こういう場所にはつきものさ。なにしろ、ただでさえここは古いし、林業時代にも事故があったらしいし、山奥だし。三拍子揃《そろ》ってる」

何が三拍子なのかは分からないが、確かにそういうものが出てもおかしくない雰囲気が漂っている。

「本当に出たんですか？」

「出たよ」

男はあっさりと頷《うなず》く。

「あなたも見たんですか？　どんな幽霊でした？」

「俺が見たのは、二年前の夏だな。ここで奴《やつ》が公演の仕込みをしてる時に、遊びに来たことがあったんだよ」

「二年前。何の公演でしたっけ？」

不意に冷たい風が周囲を吹き抜けた。

薄暗い駅舎の中に、風の色が見えたような気がした。

「あのう、どうしてここはこのままになっているんですか？」

ふと、昌夫はさっきから感じていた疑問を口にする。こんな、どこも開けっ放しの無防備でよいのか。誰でも入りこめるではないか。

男は首を振る。

「九月になってから閉鎖することになっているんだ。ここんとこ毎日片付け作業が行なわれてたんだが、たまたま今日一日だけ無人になっているんだよ」

だから彼は、わざわざ今日を選んで俺を連れてきたのか。

納得するのと同時に、心細くなる。

こんなところに二人しかいないのに、幽霊話なんかされてはたまらない。

だが、男はお構いなしだった。

「ほら、覚えていないかな。ここで『真夏の夜の夢』をやったんだよ。奴が演出した」

男は楽しそうに言った。

「あ――」

昌夫は記憶のどこかが刺激されるのを感じた。

「そういえば、何かで読みましたよ。新聞だったか週刊誌だったか。『真夏の夜の夢』。真夏の夜の悪夢。真夏の夜の怪。確か、そんなふうな見出しだったはずだ。陳腐な見出しだが、公演の演目をもじったものだというのはすぐに分かった。

山の中の劇場で『真夏の夜の夢』を演じていた俳優たちの間に、ちょっとしたパニックが起きたのだ。

「確か、いつのまにか役者が一人増えていたっていうんじゃなかったでしたっけ。まるで座敷わらしみたいに」

「そう。あの芝居には、ちょっとばかり特殊な演出がなされていてね」

男はうろうろと十字路の真ん中を歩き回り始めた。

「みんなが黒子みたいに顔を隠せるようになっているんだよ。自分の出番でない時には、顔をベールで隠して、その場にいないことになるという趣向になっていた。顔を隠すこと、イコール退場というわけさ。だから、客も顔を見せる役者に自然と注目するという具合になっていた。つまり、役者の出入りはほとんどなくて、みんなが舞台に出ずっぱりになっていたんだ」

「出口はどうなっていたんですか。ここにはドアがありませんよね」

昌夫は、霧に向かって開いている出入り口を見回した。

「そう、ドアはない。吹きさらしのままだ。ただ、夜の公演だと明るいところに虫が寄ってくるんで、各入口には蚊帳《かや》みたいなカーテンを吊っていた。細かい網になったもので、役者はそこを出入りしていた」

「なるほど」

「役者がそのことに気付き始めたのは、公演三日目くらいからだったらしい」

男は声を低めた。

「公演は全部で何日間だったんですか？」

「三週間だよ。最初は誰かが出を間違えたと思っていたそうだ」

「予定外の人物が舞台に立っていたと？」

昌夫がつられて声を低めると、男は真顔で頷いた。

「顔をベールで隠しているんで、誰かは分からない。しかし、女だということで、目撃者の意見は一致していた。小柄で、足元までの長い黒のドレスを着ていたという」

「どの辺りに立っていたんです？」

昌夫は気味悪そうな顔で周囲を見回した。無人の客席がなんとなく怖い。

「日によって異なっていた。出てくる時間帯も違う。ある時は、早い時期に出てきたし、ある時は終盤。しかし、出口の近くでひっそり立っているのはいつも同じだ。そんなに長い時間立っているわけじゃない。長くても一分くらい、目立たないところにじっと立っていたそうだ」

「役者たちはどうしたんです？　演じてても気が気じゃないでしょうに」

「うん。最初のうちは、目撃した役者は誰もが『出番と立ち位置を勘違いしてる奴がいる』と思っていたらしい。ほとんど出ずっぱりといっても、その他大勢の役の俳優の出入りはあるからね。しかし、日が経《た》つにつれて、だんだんみんなが奇妙に思いはじめた。こんなに慣れてきているのに、立っている奴はいっこうに自分の出番を覚える気配はない。ただぼうっと舞台の隅に立っている。あれはいったい誰なのか、ということになって、ある日、舞台がはねたあとで一人の役者がその人物についてみんなにきいたそうなんだ。変な時に変なところに立ってるあのボケは誰かって」

「ところが」

昌夫がそう続けると、男は頷いた。

「そうなんだ。該当者がいない。それどころか、自分も変に思ってた、自分も見たという役者が続出して大騒ぎになった」

「それで、幽霊だということになったんですね」

「しかし、幽霊なのに、なぜちゃんと自分たちと同じ扮装をしているのかという疑問を発した役者がいた」

「なるほど、確かにそうですね」

言われてみればその通りだ。

「だが、悪戯《いたずら》にしては手が込んでいる。わざわざ彼らと同じ格好をして、そっと舞台に入り込むなんて。できないことはない。舞台は外に向かって開いているし、周囲は野外だし、そっと近寄ってきて網のカーテンを開けて中に入りこみ、こっそり出て行って林の中に駆け込めばいい。だが、目的は何なのか。特定の役者の熱心なファンで、自分も同じ舞台に立ちたいと思ったのか、それとも役者志望で、もしかすると自分が役者だと思い込んでいるのか」

「いつも同じ女なんですか」

「目撃者の見た姿は大体一致していた。華奢《きやしや》な身体つきの女という点で。しかし、顔は隠しているし、足まで覆《おお》うドレスを着ているのだから、小柄な男が変装していても分からないという結論になったので、性別は正確には不明だ」

「奇妙な話ですねえ。でも、みんなと同じ衣装を着ているということは、やはり人間の仕業でしょう。幽霊だったら、生前の姿で出てくるはずだし」

「うむ。みんなもそういう結論に達して、スタッフも役者も用心するようになった。そのうちに、熱心なファンの間でもその女の存在は噂《うわさ》になっていた。いったいあれは誰だということになって、あの芝居には幽霊が出るという話が広まったので、後半には幽霊目当てで来ていた観客も結構いたらしい。もっとも、その女は毎日出るわけじゃなかった。二日続けて出るかと思えば、四日くらい出ないこともある」

「スタッフはどうしていたんですか」

「なにしろ、少人数でやってたから、開演中は出口を見張ってる暇もなかったようだ。その女に気付いている人間は何人かいたが、正直、上演してる間はそれどころじゃないというのが本音だったようだ。幕が開いてしまえば暇になるはずの脚本家が、照明の手伝いをやってたくらいだからな」

「でしょうねえ。あの人は、経済的負担の少ない芝居を目指してましたからね。あんまり舞台美術に凝る人じゃなかったですね」

昌夫は男の発言に共感して何度も頷いた。

「だから、だんだん幽霊の噂が大きくなるにつれ、スタッフも焦《あせ》り始めた。評判になるのは嬉《うれ》しいが、幽霊のふりをした悪戯には困る。なんとか幽霊を捕まえなきゃならないと考えるようになったのさ」

「それを実行に移したんですか？」

「そうさ」

「どうやって」

「役所内でボランティアを募ったんだ。この劇場を所有している自治体に頼んで、芝居の間、周囲を見張ってもらうようにお願いしたんだよ」

「なるほど」

「そして、公務員たちが、毎晩交代で、ぐるりとこの劇場を囲んで、開演直前から上演終了まで辺りを見張ることになった。すると、幽霊は出現しなくなった」

「やっぱり生身の人間だったってことですね」

「ところが」

男はそう言っていったん言葉を切った。

「ところが？」

「見張りが続いて、やっぱりただの悪戯だった、よそから来たおかしな人間が役者を装《よそお》って入り込んでいただけだ、という結論になりかかっていたある夜のことだ。千秋楽の前日だった」

「現れたんですか？」

昌夫は声を潜めて尋ねた。

男は頷く。

「現れたんだよ」

昌夫は無意識のうちに辺りを見回していた。

今話題に上っているのはこの場所なのだ。自分が立っているこの場所に、黒いベールをかぶった謎《なぞ》の人物が姿を現していたのだ。

「それが最後になった」

男はそう呟《つぶや》くと、急にすたすたと歩き出した。

昌夫があっけに取られているうちに、彼は駅舎から外に出ていった。

「あのう」

そう呼びかけてみるが、返事はない。

昌夫は、急に恐ろしくなった。この世にたった一人で置き去りにされたような気分になったのだ。

と、突然男が正面入口から中に入ってきた。

声を掛けようとするが、男は前方を見たまま、すうっと中を横切って、するすると改札口に向かって歩いていく。

昌夫がきょとんとしていると、男はたちまち改札口からプラットフォームに出て行った。

今のは何なのだ？

昌夫は、自分が見たものが信用できなくなった。今、彼が通り過ぎていったと思ったのは俺の幻覚か？

すると、ひょいと男が改札口から顔を覗《のぞ》かせ、ぶらぶらと中に戻ってきた。

「何です、今のは」

昌夫はおずおずと尋ねた。

男は肩をすくめた。

「幽霊の真似《まね》さ」

「幽霊の？」

「千秋楽の前日に出たその幽霊は、今と同じような動きをしたそうだ」

「そこを突っ切っていったってことですか？」

「そうだ」

男は大きく頷《うなず》いた。

「終盤にさしかかり、登場人物たちが妖精《ようせい》パックに眠らされて、うとうとしているという場面に、突然女はそこから入ってきた」

男は、駅舎の正面入口を指差した。

「ほんの一瞬の出来事だったそうだ。誰も動けなかったし、誰も捕まえられなかった。女はサーッと素早くこの通路を横切って、あっというまに改札から外に出て行った」

床に座り込み、眠る演技をしている役者たちの間を、黒いベールをかぶった女が駆け抜けていくところを想像して、気味が悪くなる。動く幽霊、それも、スピードの速い幽霊というのは気持ち悪いものだ。

「大勢の観客が目撃していたが、あまりのことに、みんなが絶句していた。自分の見たものが信じられなかったんだな。芝居は続行され、きちんと終わった。しかし、終わってから大騒ぎになった」

「当然ですね」

むしろ、ちゃんと芝居が続行されたことの方が不思議だ。だが、演劇というのは、役者と観客が共犯関係にあり、芝居を終わらせることに協力しなければならないという強迫観念みたいなものがお互いの間に発生する。そういう魔法が解けて初めて、観客たちは自分が見たものについて考えたのだろう。

「ボランティアスタッフはどうしていたんですか？」

「ところが、彼らは何も目撃していないんだ。彼らは、少し遠巻きにして劇場を見守っていたので、見逃しということも有り得るが、それにしても、誰も女が入って行くところ、出てくるところを見ていない」

「そんな馬鹿な」

「誰もがそう思った。役者たち、観客たちのほとんどが目撃しているんだからな。しかし、何度聞いても結果は同じだった。上演中に、誰も舞台に入っていかなかったし、誰も出て行かなかった」

「うーん。どういうことなんでしょう」

昌夫は腕組みをして考えこんだ。

が、頭の片隅に閃《ひらめ》くものがあった。

「自治体の職員が、みんなグルだったんじゃないですか。幽霊も職員だったんですよ」

「どうしてそんなことを?」

男が尋ねる。

「宣伝のためですよ。こういうハコは、なかなか経営が難しいと聞いています。今日び、幽霊が出ると聞けば、むしろ面白がってやってくる人が多い。だから、みんなで一芝居打ったんですよ。彼らなら、周囲の地理にも詳しいし、うまく幽霊役を逃がす方法を知っているはずです。もしかして、劇団員も協力していたのかも。舞台に侵入するんだから、彼らの協力は欠かせませんしね」

「なるほどね」

昌夫の説に、男も頷く。

「なかなか合理的な説だ。それなら説明がつく。だが、実際はそうじゃない。少なくとも、劇団員は協力していなかったし、そんな事実を聞かされてもいなかった。それに、その日はスタッフも何人か見張りに加わっていたんだ。何人か応援に来ていたので、交代できたんだな。しかし、やはり女が出入りしたことには誰も気がつかなかった。外で見ていて、明るい開口部から人が出てきたら絶対に分かるはずだ。だが、目撃者は外にはいなかった」

「やっぱり幽霊だったんですかねえ」

「それっきり、その女は現れなかった。翌日の千秋楽は異様な緊張感が漂ったそうだが、女は現れず、上演はつつがなく終わったそうだ」

「聞けば聞くほど不思議な話ですね」

　昌夫は首をひねった。

「一つだけ俺が確信しているのは」

　男は呟いた。

「奴はあの上演をきっかけに、例の芝居を思いついたということだ。上演中に思いついたのかどうかは知らないが、あの芝居の上演が何らかのヒントになったという気がする」

「確かに例の芝居も『真夏の夜の夢』のオーディションということになっていましたね。その幽霊事件が何かのきっかけになっているというんですか？」

「俺はそう思う」

「舞台を通り抜けた幽霊、ねえ」

昌夫はじっと床の古いコンクリートを見つめた。古くてあちこちにひびが入った床を見ていると、中世の町の石畳でも眺めているような気がしてくる。

「出入りした女を目撃した人物が誰もいなくて、女がどうやって入ってきてどうやって出て行ったかというのはひとまず置いておいて、もしその女が生身の人間だったとします」

昌夫は回りくどい口調で言った。

男は意外そうな顔で昌夫を見ている。

「彼女の目的はいったい何だったんでしょうね。特定の役者の熱心なファンという説と、本人が役者志望だという説を除いて」

「なんでその二つを除くんだい。一番可能性としては高いと思うが」

男は不思議そうな顔をした。

昌夫は曖昧《あいまい》に頷く。

「だからこそ、それ以外の可能性について考えたいんですよ。そこまでして舞台に身を置かなければならない理由に何があるのか。ひょっとしたら、彼もそのことに気付いて『告白』を書いたのかもしれないじゃないですか」

「それは深読みのしすぎじゃないのか。確かに奴は推理小説が大好きだったがね」

「上演中の舞台でなければできないことって何でしょう」

昌夫は、男の意見には構わず話を続けた。

なんとなく、その幽霊話が気に掛かった。何か重要な意味があるような気がしたのだ。

「上演中の舞台でなければできないこと、ね」

男は昌夫につきあうことにしたようだ。

「役者に接触すること、というのはどうだ」

少し考えてから男は顔を上げて言った。

「その女は役者と接触したんですか？」

「いや、そんな気配はなかった。いつも知らないうちに現れて、知らないうちに消えていたわけだからな。いたことすら気付かない、隅っこでじっとしてただけだ。なのに、役者と接触できるはずがない」

男は首を振った。自ら、自説の不備を認めたことになる。

昌夫は黙っていた。男が次の説を考えている様子だったからだ。

二人は、いつのまにか、十字の舞台の交差するところに立っていた。舞台の中心に。

「逆に、観客の顔をじっくり見るため、というのはどうだ」

男は再び顔を上げた。

「そいつは誰かを探していた。その芝居を観に来るはずだという確信はあったが、いつ来るか分からない。来る可能性のある日だけ、舞台の隅でそっと窺《うかが》う。上演中でなければ、全部の観客が着席してることはないわけだし、こういう舞台だと、観客席からは他の観客がよく見えない。だから、わざわざ上演中に舞台に立つという危険を冒したわけだ」

昌夫は感心した。

「それは面白いですね。確かに、ここでは、舞台からの方が観客の顔がよく見える。役者が一番低いところにいるわけだし、座席は階段状になっているし。上演中でなければ全員が着席しないというのも本当ですね」

「だろう」

男は満足そうに頷いた。

「おまえは何か考えつかないのか？」

自説に自信があるらしく、昌夫に話を振ってくる。

昌夫は苦笑した。

「変なことを考えていました」

「変なことというのは？」

昌夫が渋々答えるのを、男は突っ込んでくる。

「明るいだろうなあ、ということなんです」

「明るい？　劇場が？」

「ええ。上演中のこの建物は、全部の照明がついたら、外から見てもさぞかし明るかっただろうなと思ったんです」

昌夫は答えながらも、自分がなぜこんなことを言っているのかよく分からなかった。なんでこんなことを考えついたんだろうか。

「そりゃそうだが——むしろ、上演が終わった時の方が場内は明るくなってるんじゃないか？」

男は怪訝《けげん》そうな顔である。

「ええ。でも、そういう時の明かりは柔らかい、照度の低い明かりですよね。上演中のカッと照りつけるような明るさじゃない」

「で、明るいと幽霊が寄ってくるのか？」

男は茶化すような口調になった。

「そういうわけじゃなくて」

昌夫は口ごもった。

暫《しばら》く頭の中のイメージを整理し、言葉を探す。

「こんな山奥ですよ。外は闇です。だけど、上演中の建物は、不夜城のような明るさだ。その人物は、この場所で、それだけの明るさが必要だったんじゃないかと思ったんですよ。ここで、その明るさでなきゃできないことがあったので、わざわざ舞台に上がったんじゃないかと」

「それは何だ？」

男は低く尋ねた。

昌夫は首を振る。山奥の、真の闇の中に浮かび上がる不夜城。

「さあ。見当もつきません。ただ、なんとなくそんな気がしただけです」

彼は、頭の中のイメージをぼんやりと追っていた。

明るい城。闇の底の不夜城。

『中庭の出来事』 6

舞台の明かりが点《つ》くと、男が舞台の上を掃除している。
ステージの隅で掃いている男は、時々ちりとりにゴミを入れる仕草。
ふと、何かに気が付いたように顔を上げ、観客の方を見る。

男：ジェームス・ディーンの話を？

男、箒《ほうき》とちりとりを舞台中央の椅子《いす》に立てかける。

男：私もファンでね。彼がすねた目で、こんなふうに革ジャンを引っ張って、自分の身体《からだ》を抱くポーズをよく真似《まね》したもんです。彼は永遠に若いまま、スクリーンの中で生きている。若くして亡《な》くなったスターというのは、どこか神話めいたものがありますね。

で、私がしたい話というのは、実は、彼の話じゃなくて彼の車の話です。彼が交通事故で亡くなったのは衆知のところですが、彼の車について聞いたことがありますか？

彼はスポーツカーが大好きでした。カーレースにも出場していました。いかにも当時のヤング・アメリカンらしいですね。

ある日、彼はたまたま通り掛かった家の庭先に置かれている車を目にして足を止めた。そして、たちまちその車に夢中になってしまうんです。彼は持ち主を説得し、ついにその車をゆずってもらうことになりました。彼はその車に「嫌われ者」という名前を付けます。

しかし、その名前のせいかどうかは分かりませんが、その車はディーン以外には評判が悪かった。彼の友人や親戚《しんせき》たちは、その車を見ると「なぜかぞっとする」と言うんですね。けれど、ディーンは車に惚《ほ》れこんでいるので耳を貸さない。

そして、彼はその車に乗って、カーレースに出場するために出かけ、あの事故に遭いました——高速道路で、車線を越えてきた車に正面衝突したのです。ディーンは即死しましたが、不思議と、同乗者や衝突した車の運転手は無事でした。ディーンの車は、部品を転売するために業者に引き取られてゆきました。

ここから、「嫌われ者」の面目躍如《めんぼくやくじょ》です。

まず、車を引き取った業者が倉庫で荷降ろしをしている時に車が落下し、整備工が大怪我《けが》をします。次に、この車から外したエンジンとドライブチェーンを装着した二台の車がそれぞれ事故を起こし、運転していた一人は死亡、一人は命はとりとめましたが重傷でした。

また、二本のタイヤも他の車両に付けられましたが、こちらも運転手が乗るなり両方パンクして路上で事故を起こします。

転売された部品だけではなく、事故車から記念品を持っていこうとしたファンも必ず怪我をしています。

あまりにも不幸が続くので、車の持ち主は交通事故キャンペーンの宣伝に使ってもらおうと、ハイウェイ・パトロールにその車を譲ってしまいます。

しかし、「嫌われ者」の威力は衰えません。車を保管していた倉庫が原因不明の火事になり、他の車は全部焼けてしまったのに、「嫌われ者」だけが無傷で残ります。展示会場ではなぜか台から滑り落ち、見物人に重傷を負わせます。更に、この車を運んでいたトレーラーが衝突事故を起こし、運転手が死んでしまいます。

少なくとも、十件の事故がこの車に関係していると言われているのです。

不思議な話でしょう？　呪《のろ》いの車？　そんな小説がありましたね。

その車がどうなったかって？　実は、行方不明なんです。車を搬送している最中に忽然《こつぜん》と消えてしまったまま、こんにちに至るまで行方は分かりません。どこに行ってしまったんでしょうね。誰かがひっそり持っているんでしょうか。そして、今もアメリカの、どこかの家の庭先に置いてあって、また獲物が通りかかるのをじっと待っているんじゃないでしょうか——

世の中には不思議な話がいっぱいあるもんです。けれど、もっと不思議なものがあります。

例えば、女心とかね。

私には永遠に理解しがたいものの一つですな。

私の郷里の家の近所に、女の子の幼友達が二人いましてね。中学校まで一緒で、子供の頃はよく三人で一緒に遊んだものです。けれど、成長していくに従い、だんだん女の子とは疎遠《そえん》になっていく。男どうしでつるむようになって、女なんかと遊ぶなんて面倒だ、というふうになるんですね。本当は、照れくさいし、恥ずかしいだけなんだけど。

高校生の時です。ある日、偶然、前後して二人の幼馴染《おさななじ》みに会いました。そして、私は続けて二人から驚くべき話を聞きました——二人とも、互いのことがずっと嫌いだったと言うんですね。私はびっくりしました。二人はとても仲良しに見えたし、少なくとも私にはそんな様子はおくびにも出さなかったんです。確かに高校生になって、二人は別の学校になったし、このところ一緒にいるところを見ないな、とは思っていたんですが。

けれど、女の子には往々にしてそういうケースがあるんですね。ニコニコして、いつもくっついている癖に、本当は互いのことをよく思っていない、というのが。もちろん、男だってそういうのはいますよ。いったんグループになっちゃうと、利害が先に立って、個人的な感情だけではなかなかそこから抜け出せないものですし。だけど、男は群れで生きる生き物ですからね。一対一の感情というよりは、群れの中でどう自分のポジションを確保するかというのが問題になる。ところが、女の子はペアで行動しますから、いつも二人きりなわけです。私には、お互いが好きじゃないペア、なのにいつも一緒にいなければならないペアというのがうまく想像できない。

しかも、女の子にとっては、「あの子たち、実は仲が悪い」と言われるのが、どうやら大変な屈辱らしい。なぜか必死に不仲であることを隠したがるし、それを隠すために、ことさら仲が良いふりをしたりする。だから私みたいなのは簡単に騙《だま》されてしまうんですね。どうしてなんでしょう。

我ながらおめでたい、鈍感な奴だと思うんですが、これはかりはなかなか直らない。

ほんと、世の中は不思議に溢《あふ》れている。

そうそう、思い出しました、この間の黒いゴミ袋の話ですが――

男はまだまだ話し続けようとするが、暗転。

明かりが点き、女優1が椅子に座っている。

女優1：煙草《たばこ》吸ってもいいですか？（返事を待って会釈《えしゃく》すると煙草に火を点け、一口吸ってゆっくりと煙を吐き出す）

他のお二人？　ええ、もちろん存じ上げてます。こう申し上げるのも僭越《せんえつ》ですけど、二人ともいいお仕事されてますし。

甲斐崎さんは、個人的に興味持ってます。うまいし、独特の存在感がありますよね。

高校時代に小劇団に嵌《は》まって、いろいろ観てたんですけど、「リアルフェイク」、友達が好きでよく一緒に行ってたんですよ。で、いつも目に付く女の人がいて、どれも全然違う役なんだけど、印象に残る人で、それが同じ人だったのに驚いて、注目してたんです。それが甲斐崎さんだったの。主役も張れるし、バイプレイヤーもできるし、いいですよね、ああいうポジションって。いつも面白い役やってる。『黒と赤の女』がよかったな。シリアルキラーの役なんですけど、まともなのかまともじゃないのか分からない、境界線上にいるキャラクターで、ブラックなユーモアと、不気味さとのバランスが絶妙でしたね。甲斐崎さんの当たり役じゃないでしょうか。

平賀さんは、大先輩で、押しも押されぬ大女優ですから。尊敬してます。華もあるし、技術は素晴らしいし、古典ものから時代劇まで、何をやっても、とにかく大スターですよ。劇場の規模にも、役の重さにも負けない。スターって、そういうことですよね。父とも仲がいいみたいです。子供の頃から、何度かお目にかかったことがありますが、自分に厳しくて、決して現状には満足しない人なんですよね。あたしがあの歳《とし》になって、あんなふうに貪欲《どんよく》でいられるかどうか、自信ないなあ。最近やってらっしゃる、泉鏡花ものもいいですよね。

え？　トラブル？　殺された神谷さんと？　まさか。

（驚いて、ふと何かに気付いた表情になり、ゆっくりと頷《うなず》く）

ふーん。なるほど、そういうわけなんですか。

あたしたち、容疑者なんですね。やけに何度も話をさせられると思ってたけど、あたしも容疑者なんだわ。神谷さんを殺した人間が、あたしたちの中にいるって思われてるんですね？

思い当たることなんてありませんよ。失礼しちゃう。面白い脚本、是非出てみたい芝居を書いてくれる人を殺すなんて。たとえ、もし個人的なトラブルがあったとしても、いいホンさえ書いてもらえるなら、あたしはそっちを優先しますよ。それはきっと、他の二人も同じだと思います。ええ、聞いてみればいいんですよ。きっと同じことを言うと思いますから。

暗転。明かりが点くと、女優2が椅子に座っている。

女優2：　ねえ、煙草吸ってもいいかしら？（返事を待って会釈すると煙草に火を点

け、一口吸ってゆっくりと煙を吐き出す）

他の二人？　オーディションに残った二人ね。もちろん知ってるわよ。挨拶《あいさつ》する程度のお付き合いしかなかったけど。二人はいわば純血種。演劇界の王道を歩いている人たちだから、あたしみたいな学生演劇出身者から見れば、お姫様みたいなもんよ。こちとら、平民という感じで、一緒にいてもつい卑屈になっちゃう。

平賀芳子は新劇出身の、演劇史の一部みたいな大女優でしょ。ああいうオーラのある人って、これからなかなか出てこないでしょうね。格が違うというか。

ほんと、役者っていろいろなのよ。だけど、やっぱ型がある人は強いわねえ。歌舞伎役者とか、宝塚とか、型を叩《たた》きこまれるでしょ。基本形がしっかりしてる人は、そこから外れていってもさまになる。逆に、何をやっても身に付いたカラーが邪魔になっちゃう人もいるんだけどね。平賀さんくらいになると、何やってもサマになるし、自由にやっても役のほうがついてくる、って感じね。あたしはあんなふうにはなれないだろうな。

槙亜希子《まきあきこ》は、言わずと知れた演劇界のサラブレッド。両親とも芸能界の人間で、子供の時から舞台を踏んでて、二十歳そこそこなのに、キャリアはあたしと同じくらい。TVドラマからCM、歌までこなす。ああいう人を見てると、才能って言葉の意味を考えちゃうな。本当に、なんでも最初から持ってる人っているんだなって思う。美人でスタイルもいいし、なんでも当たり前にできちゃう。舞台がまた、達者なのよね。あの子の舞台を見ていると、うまいんじゃなくて、達者だな、って言葉が浮かぶの。舞台で自分が何をすべきかちゃんと心得ていて、その落ち着きぶりたるや、老獪《ろうかい》に感じるほどよ。役者ってもの、舞台ってものをよく分かってるんだなあって思う。あたしなんか、自分のことで精一杯で、まだちっとも全体が見えてないっていうのに。

トラブル？　神谷と？　あたしが？

ははん。（考え込み、暫《しば》くしてゆっくり何度も頷く）

なんだ、そうなんだ。やあね、あたしったら、なんておめでたいの。自分も容疑者なのに、誰が犯人か考えようなんて呑気《のんき》なこと言ってたなんて。

ふん、今更隠さなくたっていいわよ。あたしたち、三人とも容疑者なんでしょ。神谷殺しの。脚本家を女優が殺す。そりゃ面白いわ。動機は何かしらね。いい役くれなかったから？　だったら、殺すよりは、脅して書き換えさせるほうがいいわよね。

槙亜希子が神谷を？　平賀芳子が神谷を？　あたしが神谷を？

全然ピンと来ないわ。トラブルの話なんて聞いたことない。もっとも、あたしごときには、彼ら天上人のプライベートな情報なんて入ってこないから分からないけど。

それに、そもそもあんな面白い脚本書いてくれる人を殺したりしないわよ。もったいなさすぎる。少なくとも、あたしだったら、芝居やってから殺すね。あたしが選ばれてたかどうかはともかく。聞いてごらんよ、他の二人も同じこと言うと思うわ。

暗転。明かりが点くと、女優3が座っている。

女優3：煙草を一本分けていただけるかしら？

ありがとう、ええ、たまに吸いたくなるの。考え事をしたい時とか、気分を変えたい時にね。今は、どっちなのか自分でもよく分からないけど。

（ゆっくりと煙を吐き出す）

他のお二人？　残ったお二人ね。ええ、存じてます。

若い人のお芝居を観るのは楽しいわ。恐ろしいことでもあるけどね。日々新しい役者が登場してくるのは心強いけど、しんどいことだわ。あたしたちは文字通り、毎日走り続けていなけりゃならない。肉体を酷使して、舞台に立って台詞《せりふ》を言わなきゃならない。十六の子でも、六十の女でもね。

人の芝居を観ると、自分が他の役者ではないということをいつも思い知らされるのよ。そのことが嬉《うれ》しい日と、つらい日と、交互にやってくるわね。今でもその繰り返しよ。

甲斐崎さんは、面白い人だわ。息の長い、潰《つぶ》しのきく役者になりそう。いつも気になる役をやっている。とても頭のいい俳優だと思うし、それに身体がついていっている。

亜希子ちゃんは、すくすく育っているわ。変な癖もついていないし、周りに流されないから、このままいってくれるでしょう。あの子はスターだわ。きらきらしてる。TVドラマにも出てるけど、やっぱり舞台の子ね。

一緒にオーディションができて光栄だったわ。少なくとも、彼女たちの勢いには負けてなかったってことだと思って、ちょっと安心したわ。

トラブル？　なんのこと？

神谷さんとの間に？

（無表情に暫く煙草を吸う）

疑ってらっしゃるのね。

とぼけないで、あたしのことよ。いえ、あたしたち三人と言ったほうが正しいかしら。あたしたち三人の中に、神谷さんを殺した犯人がいると考えてらっしゃるわけね。

トラブル。何をもってトラブルと言うかにもよるわね。

甲斐崎さんと、亜希子ちゃんが神谷さんと何かあったって話も聞いたことないわ。あたしの知っている範囲ではね。

あたしたちが神谷さんを、ねえ。

え？　考えてるのよ。どんな動機だったら、あたしが神谷さんを殺してやろうという気になるか。

だって、そうでしょ、前にも言ったとおり、あたしはこの仕事を一生の仕事にしようと決めているの。それを遮《さえぎ》るようなことを、神谷さんがしたかしらって。そうでもない限り、あたしは神谷さんを殺したりしませんよ。なにしろ、仕事をくれる人ですし、あたしはその仕事がとっても欲しかったわけですからね。まともな役者ならば、こんなチャンスをむざむざ逃すことはできないはず。甲斐崎さんも、亜希子ちゃんも、まともな役者です。あたしたちの中に動機を探すのは間違っているんじゃないかしら。むしろ、あたしたちは最も動機のない人間の、上位三人だと思うんだけど。
聞いてみてちょうだいな、あとの二人も同じように言うでしょうから。
そうじゃなかったら、あたしによほど人を見る目がないってことね。

暗転。明かりが点《つ》くと、椅子《いす》の後ろに女優1、女優2、女優3が並んで立っている。それぞれ、互いには気付いていない様子。

女優1：だって、仕方ないわ。あたし、確かにあの時ぶつかったんですもの、記者会見に行く途中で河野百合子さんに。ええ、間違いありません。確かにあの日あの時、彼女はあそこにいたんです。言ったでしょ、間違えっこないって。だから、無理なんです。彼女が先生を殺すのは絶対に無理。だって、あの時間に先生は殺されたんでしょう？

女優２：無理なのよ、彼女には先生を殺せないわ。だって、あの時、あたしにぶつかったんだもの。あの時彼女は新橋にいたのよ。同じ時間に、あの場所にいられるはずはないわ。

女優３：殺したのはあの男よ。首に空豆のような形のあざのある男。あいつ以外には考えられないわ。河野百合子さん？　ええ、残念だけど――あら、残念って、なんだかおかしな言葉ね。でも、残念だわ。彼女が犯人だと立証できるものならしてやりたい。だけど、無理なのよ。あの時、彼女はあたしとぶつかったんですもの、新橋でね。彼女は顔を隠そうとしていたけれど、あたしの目は節穴じゃないわ。ええ、確かにあの子はあそこにいたのよ。だから、無理ね。

女優２：ほんと、あの女が犯人ならそれでオッケーなんだけどね。さっさと逮捕してもらいたいわ。だけど、こればっかりはどうしようもないわ。あの時、彼女はあそこにいたんだもの。不可能よね、あの子があの人を殺すなんて。

女優１：犯人はあの男よ。先生を脅していた、先生を怯《おび》えさせていたあの男。首に空豆の形のあざのある男。あの男を捜して。きっと近くにいるはずよ。今もどこかで自由に泳ぎまわっているんだわ。そんなの、許せない。

女優2：確かに見たのよ、先生の家の裏で、開いている窓からあの首のあざを。あの男が犯人だわ。
女優3：あの男が犯人だわ。
女優1、2、3：犯人はあの男。悔しいけれど、河野百合子じゃない。なぜなら、あの日あの時、あたしは新橋であの子とぶつかったから。

暗転。
明かりが点くと、椅子に男が座っている。
厳しい顔、しかし、感情を押し殺している表情。指を組み、微動だにしない。

男：私は、連日三人の女の話を聞いているうちに、だんだん奇妙な心地になってきました。まるで舞台を見ているような、とでも申しましょうか。
なにしろ、三人とも女優なのです。それも、TVでしか見たことのないような、正真正銘の芸能人が、目の前で話しているのを見ていると、これもドラマの一部であり、自分もドラマの中の一員になってしまったかのような錯覚が強まってきて、どこかにカメラがあるのではないか、これは何かのミステリードラマ、刑事ものドラマではないかと辺りを見回してしまうこともありました。

私が違和感を覚えていたのは、三人が、「地の自分」というものを演じているように感じられたことでした。もちろん、率直に飾らぬ態度で接してくれていたとは思うのですが、果たしてこれが彼女たちの本当の「地」なのかどうかが私には分からないのです。ひょっとすると、彼女たちにもどれが自分の「地」なのか分かっていないのではないか。無意識のうちに、彼女たちがイメージする「自分」を演じてしまっているのではないか。そんなことを考えてしまうのです。

『告白』という、演じられることのなかった芝居は、出演する女優が自分の「地」のままで演じる芝居だったと聞いています。しかし、役者にとって「地」というものがあるのでしょうか。それを舞台に持ち込むことができるのでしょうか。台本があって、舞台に上がっている以上、そこにいるのは「普段の自分」を演じている役者に過ぎないのではないか。私は彼女たちの話を聞きながらも、そんな漠然としたことを頭の隅で考えていたのでした。

しかし、それは不思議な事件でした。

『告白』の台本を読ませてもらいましたが、それは、脚本家がある女優に殺され、そのことを知っている他の女優が、その犯人の女をかばうという話なのです。なぜ彼女がその女をかばったのかという謎《なぞ》が中心になっている一人芝居でした。

そして、『告白』を演じる女優のオーディションを行い、いざキャスト発表という段階になって、実際に、『告白』を書いた脚本家が、あるホテルの中庭で毒殺されてしまったのです。公演は中止。誰が演じることになったのかを、脚本家は他の誰にも教えていなかったからです。

まるで、台本がそのまま現実になってしまったような事件ではありませんか。中庭での毒殺というのも奇妙な話です。被害者の脚本家が飲んでいた紅茶のカップからは確かに毒が検出されましたが、どうやって毒を入れたのかは未《いま》だに謎です。砂糖やミルク、ポットやサンドイッチなど、中庭のテーブルにあったものを徹底的に調べましたが、どこにも毒は入っていませんでした。被害者のカップだけに毒が入っていたのです。

そのため、自殺説というのも考えられましたが、被害者は『告白』の上演に熱意を燃やしていたし、脚本は出来上がっていたし、やる気まんまんだったこの時期に自殺する理由がどうしても思いつけません。

ですから、『告白』の上演を中止させたかった人物が犯人ではないかということになりました。キャストの発表を阻止すれば、おのずと公演は中止になります。

どうしてもこの役が欲しかった女優が、他の女優に決まったのをどこから聞き出して、嫉妬《しっと》したのではないかという説も出ました。だとすれば、容疑者はオーディションに残った三人の女優ということになります。

奇妙な展開になったのは、ある垂れ込みがあってからでした。それは、かなり信憑性《しんぴょうせい》がある垂れ込みでした。

殺された脚本家が、知り合いの女優を強請《ゆす》っていたらしい、というのです。

それはかなりの期間のことで、深刻なトラブルになっており、女優のほうでも逆襲の手段を考えていたらしく、脚本家はイライラしていたようでした。

そして、彼は女優に対する嫌がらせの手段として、『告白』という芝居を書いたというのです。ですから、オーディションに残された三人というのは、彼の強請りの相手の可能性もあるわけです。

こうした理由でも、三人の女優は容疑者となりました。

彼女たちが強請られるようなネタというのは、いったいどんなものなのでしょうか？

我々はさまざまな手段を使って、密《ひそ》かに三人の女優の過去を探りましたが、いっこうにそんなネタは出てきません。三人とも至極真面目《まじめ》な、それこそ仕事一筋に生きてきた女優たちです。後ろめたいような事情は何ひとつ見つからないのです。

それに、被害者となった脚本家本人にも、別に金に困っていた形跡はないのです。ギャンブルもやらず、浪費もせず、せいぜい酒と煙草《たばこ》に遣うくらいで、彼も仕事に全霊を注いでいました。多少天邪鬼《あまのじゃく》の変わり者という人もいましたけれども、人格や仕事に悪い評判は見当たりません。むしろ、今最も脂《あぶら》の乗っている作家の一人であり、もったいないという人がほとんどでした。

なんとも奇妙な話です。容疑者らしき人物は一応存在するけれども、動機がない。逆に、考えれば考えるほど容疑者とは思えなくなっていく。こんな経験は初めてでした。

私は当惑しながらも、彼女たちの話を聞きました。

しかし、何度も彼女たちの話を聞いているうちに、私はある疑惑を感じるようになりました。

なんとなく、似ているのです。

うまく言えないのですが、タイミングが良すぎるような気がするのです。三人が、自分の知っている情報を出すタイミングといいましょうか、彼女たちの意見というのでしょうか、そのトーンがどことなく似ているのです。三人三様のキャラクターではありますが、まるで三人で打ち合わせをして、今日はこの辺りまで、次はここまで話す、というように、それぞれの話をセーブしている感があるのです。

私の気のせいかもしれません。

しかし、彼女たちは女優なのです。演じることが第二のさがになっている人間です。

演じるというのが技術であると、彼女たちを見ていると思い知らされます。目線の向きで、声の調子の微妙な上げ下げで、彼女たちは自分の偽りの感情を他人に読み取らせることができます。感情の変化を伝えることができます。

私は彼女たちのざっくばらんな話を聞きながら、どこかで騙《だま》されているという気持ちが拭《ぬぐ》い切れませんでした。

例えば、この三人が共謀しているとしたらどうでしょう。

三人で脚本家を殺し、互いに知らんぷりしているとしたらどうでしょう。

こちらは、殺害方法も突き止めていないし、動機も見つけていない。この三人は容疑者ではありますが、疑わしきは罰せず、が法の精神です。このままでいけば、三人とも無罪放免になるのは目に見えています。

　根拠のない疑惑なのは分かっています。

私の同僚たちは、私のような疑惑を露ほども感じていません。彼女たちの「地」をすっかり信じてしまっているのです。

　脚本家が殺された中庭には、当然三人とも来ていました。そして、そのあと中庭にいた全員が身体検査を受けています。彼女たちはもちろん毒を持っていませんでした。中庭にいた誰もが毒を持っていませんでした。被害者のカップの中以外には、毒は存在していなかったのです。

　私は自分の直感を信じることにしています。長い歳月の間、直感に随分助けられてきたからです。

　彼女たちは偽証している。

　私はそのことを確信しています。しかし、何を偽証しているのかは、皆目見当がつかないのです。

　彼女たちは偽証している。

　奇《く》しくも、彼女たちの誰かが演じるはずだった『告白』の主人公が偽証をしているように。そのことにも、私は奇妙な因縁を感じます。自分が芝居の登場人物になってしまったかのような気がするのは、そのせいもあるでしょう。

彼女たちは何を偽証しているのでしょう？

なぜ脚本家は殺されたのでしょう？

私はそのことを突き止めたいと思っていますが、形勢は不利です。とりあえず、今は彼女たちの話を聞き続けることしかできないのです――


暗転し、パッと明かりが点くと、椅子の背によりかかるようにして、女優1が背中を向けて立っている。

暫《しばら》く彼女はじっとしたまま沈黙している。

ふと、なにげなく客席を振り向き、見られていることに気付いたかのように慌《あわ》てこちらを向き、背筋を伸ばす。


女優1：あら、ごめんなさい。ぼうっとしちゃって。嫌だわ、いつからそこに？

やだ、もうこんな時間。

何を考えていたかって？

ああ、ちょっと、昔のことを。昔といっても、数年前。高校生の時のことだったんだけど。

どうしてかしら、今急に、変なことを思い出したの。

疲れていたの。その頃。

春に出た舞台で新人賞を貰《もら》って、スケジュールがどんどんきつくなっていった。

知らないところで、あたしの名前がどんどん一人歩きしている感じ。前は町を歩いていても誰にも気付かれなかったけど、その頃は時々声を掛けられるようになっていた。

だけど、あたしは普通の生活を送りたかった。きちんと授業に出たかったし、きちんと高校を卒業したかったから、かなり無理をしていたの。なぜかな。

ちょっと意固地になっていた。芸能人だから、お情けで卒業させてもらったとだけは言われたくなかった。ちやほやされるのが怖かったのかもしれない。こんなはずはない、あたしの実力でこんなにうまく行くはずがない。どこかにそんな恐怖があった。なんだか、毎日必死に何かから自分を守っていた。

さぞ、周りから見たらカリカリしてたんじゃないかしら。

秋の終りだったかな。

日がどんどん短くなっていって、肌寒い、なんだかうらがなしい感じのする夕暮れだったわ。何をやってもうまくいかないような気がしていた。

「あたし、すごく疲れちゃった」と思いながら、とぼとぼ学校からの帰り道を歩いていたの。

不思議ね、あの時の自分が、空から見下ろしてるみたいに見えるの。十七歳なのに、老人みたいに疲れ切っていた女の子。背中を丸めて、髪の毛ぼさぼさで、みっともない。すれ違った人は、誰もあたしが槇亜希子だなんて気がつかなかった。

あまりにも疲れちゃって、途中でベンチに腰を下ろしたの。

公園とかじゃなかった。町の中の、帰宅客でざわざわしている歩道の隅っこに置いてあった、目立たない、古いベンチだったわ。

寒くて、足元から冷えてくるから、早くそこから立ち去りたいんだけど、身体が重くて動けなかった。それほど疲れきっていたのよ。肉体的にも、精神的にも。その週は、確か夜中にドラマの撮影が続いてたんだわ。

どのくらいそうしていたのかな。
辺りが沈むように暗くなっていったわ。
あたしはなんでこんなところに座っているんだろう。こんなに寒いのに。
こんなに疲れているのに。こんなにみじめなのに。
頭はそう考えているのよ。だけど、相変わらず身体はちっとも動かないの。
このまま闇《やみ》に沈んでしまえばいい。このままこの世から消えてなくなって
しまって、誰からも見えなくなってしまえばいい。
半ば自暴自棄な心境だったわね。
その時、どこかから足音が聞こえてきたの。
不思議ね。たくさんの人が、家路を急いでいたの。大勢の人がベンチに座
っているあたしの前を通り過ぎていったわ。だけど、その足音だけが耳に飛
び込んできたの。
たったたったっていう、明るくリズミカルなステップだったからかな。
みんなが疲れていて足を引きずっている中で、その足音だけが笑っている
みたいに響いてきたの。
思わず顔を上げていたわ。

足音の主はすぐに分かったの。

二人の女の子が遠くから走ってくるのが見えたのよ。

中学生かな。紺色のブレザーとスカートだった。

一人はとても短く髪を切った女の子。もう一人は、肩くらいの長さの、さらさらした髪の女の子だった。華奢《きゃしゃ》で、あどけなさを残した二人だった。

その二人が、並んで、頬を真っ赤にして走ってきたの。

二人の顔に、パッと目がひきつけられたわ。

なぜ走っていたのかは分からないの。だけど、二人は楽しそうだった。

子供の時、意味もなく走り出すことがあったでしょ。友達が、急にパッと駆け出して、慌ててそれについて走っていくということが。どうしてかは分からないけど、みんながわあっと駆け出す。ただ走ってるだけなのに、うきうきして、興奮して、きゃあきゃあ叫びながらどこまでも走っていって、あとで胸が潰《つぶ》れそうなほど息切れしたりして。

そんな感じだった。

とにかく、二人は子供みたいにはしゃぎながら走っていた。二人で並んで走ることが楽しくてたまらないというように、顔を輝かせていたわ。

あっというまの出来事だった。

すぐに二人は雑踏の中に消えていってしまったの。

あたしはショックを受けていた。

なぜか、駆け抜けていった二人の女の子に、物凄《ものすご》い衝撃を感じたの。あたし、いつのまにか立ち上がっていたわ。立ち上がって、ぽかんと口を開けて、女の子たちが走っていった方向をぼんやり眺めてた。

何がショックだったのか、今でもよく分からないわ。

だけど、あの夕暮れの、頰を赤くして、目を輝かせて走り抜けていった二人の女の子の姿が今でも時々鮮やかに蘇《よみがえ》るの。

あのあと、あたしはなぜかとても恥かしくなったわ。

一人、顔を赤らめて、こそこそ歩き始めたことを覚えてる。

あたしは最近意味もなく走ったことがあっただろうか。走ることを楽しんだことがあっただろうか。あの子たちのように、走ることそのものに喜びを感じたことがあっただろうか——というよりも、あたしは本当に走っていたのだろうか、嫌々走らされていただけなんじゃないか。どこかで、走ってあげてるんだと思ってたんじゃないか。そんなことを考えながら歩いていたの。

そうしたら、だんだん身体《からだ》が熱くなってきてね。それまで沈みきってたのが嘘みたいに、身体がぽかぽかしてきたの。

なんだかむらむらと、敵愾心《てきがいしん》みたいなのが湧《わ》いてきてね。心って、ほんとうに不思議。

突然、走り出したの。

まるで、誰かから背中を押されたみたいに。

一目散に家に向かって駆けたわ。何も考えずに、ただいっしんに。

周りの人を追い越して、景色がどんどん流れていって。

あの時、決心したの。もう他人に走らされるもんか。ごちゃごちゃ余計なことを考えながら走ったりするもんか。あたしは自分の意志で走るんだ、このスピード感を全身で味わいながら走るんだ、って。

あの時の爽快感《そうかい》が、今も時々身体の中に蘇るの。

人生の転機を教えて下さい、なんてインタビューが来ることがあるのよ。

笑っちゃうわよねえ、たかだか二十歳くらいの女の子に人生の転機、なんて。

いつも、これから来るんだと思います、って答えるの。そんな日があたしにも来るんでしょうねって、笑ってごまかしちゃうんだけど、頭の中ではこの時のことを思い出していたわ。だって、こんなの、話せないもの。学校帰りにベンチに腰掛けていたら、目の前を女の子が二人で走っていきました、なんてね。そんなのがどうして人生の転機なのって思うでしょ。自分でもそう思うし。

だけど、あたしにとっては大事な場面なの。

いつまでも忘れたくない場面なの。

先生も、そんな人だったわ。

天邪鬼で、本音を見せなくて、ちょっと変な人だったけど、いつも本気で、全力で走っていたわ。

猛スピードで動いている車って、見えないでしょ？

横を通り過ぎたら、ひやっとしたり、面食らったりするでしょう。

だから、先生が走っている間は、なんだあれは、とか、いったい何してるんだ、って陰口を叩いてる人もいたし、一緒に仕事していると、自分がどこに向かってるのか分からないこともあった。

だけど、運転手がいなくなって、目の前に置いてある車を見ると、こんなに立派な車だったんだ、とか、あんなに凄いスピードで、あんなに遠いところまで行こうとしていたんだ、とかやっと見えてくる。

尊敬してました。

同じ業界の人間としても、一人の男性としても。

それは、これからも生涯変らないと思います。

女優1、くるりと背を向ける。

暗転。

次に明かりが点《つ》くと、女優2が椅子《いす》の背にもたれかかるようにして立っている。

ぼんやりとした表情。が、我に返ったように姿勢を正す。

女優2：あらやだ、今、完全に別世界に行ってたわね、あたし？

（殴る仕草）

あんたも人が悪いわね、いつからそこにいたの？　声掛けてよ。え？　掛けられる雰囲気じゃなかった？　はは、そんなに飛んでた？　あたし。やーね。

うん、いろいろなこと考えてた。昔の話よ。脈絡もなく、ぼうっとね。

変な男だったなあって。

そう、あの男よ。先生。

（くっと思い出し笑いをする）

ああ、ごめんなさい。変なこと思い出しちゃった。

（笑いながら）こう、初日が近づいて押し迫ってくると、みんな極限状態になるのよね。練習日程に余裕があることなんか、まずないし。そうすると、役者もスタッフもイライラしてくるから、いろいろおかしな癖が出てくるのよ。面白いのよねえ、ああいう癖って。追い詰められると、人間、いろんなことするもんよね。

あたし？　あたしは、田端にある、汚ないラーメン屋に行きたくなるの。

全然そんな、有名店とか行列が出来る店とかいうんじゃないのよ。

そこのメニューに、強烈な辛みそを入れたラーメンがあるんだけど、ずっと駄目出しが続くと、無性にあそこに行きたくなるんだなあ。

公演直前になると、必ず行く。一週間、毎日続けて行ったこともある。

　普段はさ、全然食べたくないのよ、そのラーメン。むしろ、げえっ、辛すぎるよこんなの、匂《にお》い嗅《か》ぐのも嫌よって代物《しろもの》なの。だけど、初日が迫ってくると、あの味を身体が要求するんだなあ。ほんと、禁断症状って感じ。朝までやってるところだから、深夜に練習が終わってても食べられちゃうのが困るの。うん、そりゃ、公演期間中は凄《すさ》まじいカロリーを使うから平気だけど、そろそろ新陳代謝が悪くなってきたから、深夜にあんな刺激物食べるのやめなくちゃと思うんだけどね。

　他にも、いろんな癖あるのよ。

　あたしの知ってる役者で、なぜか手芸がしたくなるって子がいたわね。

　それが、男の子なの。手先が器用な子でね、よく美術さんとか手伝ってた。編み物がしたくなるんだって。舞台に立って練習してないと不安で、じっとしていられない。それで、家に帰っても、何か気が紛れるものっていうと、手を動かしてるのが一番なんだって。公演の度に、凝った柄の手袋とか、帽子とか編んでて、一つずつ増えてくの。あまり実用性のない、アートっぽいのだけど。

　先生はね、洗い物始めるのよ。

あれ、何なのかしらね。

それもさ、仕出し弁当とか、ほか弁とか、みんなと食事したら残骸《ざんがい》が出るでしょ。それを、洗うのが好きなの。

もちろん、洗う必要なんかないのよ、全然。仕出しだったら業者が容器を引き取りに来るし、ほか弁だったらそのままゴミ袋に入れて出せばいい。

だけど、彼はあえてそれを洗うんだね。

いろいろ問題が出てきて、スタッフの間でも膠着《こうちゃく》状態になって、険悪な雰囲気になることがある。一つの公演の準備で、必ず何度かそういうことがあるわね。

そうするとね、聞こえてくるのよ。給湯室の方で、あの人が洗い物始める音が。

きたきた、始まった。

スタッフどうし目配せしたりしてね。

彼と仕事したことある人は、みんなそのこと知ってたから、放っておいたわね。

知らない人は、慌《あわ》てたり、こちらでやります、とか言ったりするんだけど、彼と親しい役者やスタッフはそれが彼の気分転換だと知ってるから口出さないの。

あの人、ぶつぶつ何か呟《つぶや》きながら、洗うのよね。

あそこがこうだ、とか。台詞《せりふ》の一節を繰り返したりとか。突然、手を止めて叫んだりして。かなり怪しいわよ。

通し稽古《げいこ》の時とか、知らないくたびれた親父が夜中に洗い物してるから、警備員とかぎょっとするらしいの。質問されたり、追い出されそうになったこともあるくらい。そりゃそうよね。知ってる人間が見たってかなりおかしいもの。

（また、くすくすと笑う）

役者によっては、神経質になって食が細くなる奴《やつ》もいてさ。だから、弁当箱に食べ物が残ってるのよ。それを、丁寧にビニール袋に一まとめにして、コンビニ弁当のプラスチックのケースがぴたっと綺麗《きれい》に重なるのが嬉《うれ》しいんだって。

それで、あの人、その残飯の入ったビニール袋を持って、どこかに消えるのよね。

最初はどこに消えるのか分からなかったのよ。みんなで大騒ぎして探したこともあったなあ。

どうやら、近所の犬を探して、それを食べさせてくるらしいのね。芝浦の方に古い稽古場があって、そこの裏に、犬飼ってる町工場があったの。公演の練習の度にその犬が太るんで、そのことがバレたんだわね。飼主も、犬の健康に悪いんで、あまり変な時間に餌《えさ》をやらないでくださいって、彼に頼みにきたこともあったわ。

想像すると笑っちゃうでしょ？

夜中に犬探して、手ずから残飯食わせてる親父なんて。

でも、あの気持ち、分かるような気がするわ。

芝居って共同作業だし、一人だけ頑張ってもどうにもならないことが多い。だから、一人で出来て、単純作業で、きちんと片付いて綺麗になるっていうのが嬉しいんだわね。

ね、変な人でしょ。

え？　みんな変だ？　あら、そうかしらね。

（間）

馬鹿よね、あの男。

ほんと、馬鹿だわ。

殺されちゃうなんて。

そりゃ、なんたって悪いのは犯人よ。なんでよりによってあの人を殺すのよ。頼むから、他の人にしてくれって言いたいわ。

だけど、殺されちゃうあの人もあの人よ。

あの人って、今いちメジャーにはなってなかった。どういうわけか、脚光を浴びそうになるとひょいと引っ込んじゃうようなところがあった。せっかくの記者会見の時に盲腸になったり、電車が止まって足止めくらっちゃったり。おかしなところで運がなかった。

いや、その方がよかったのかな。

変に騒がれたり、プレッシャー掛けられたりするより、自分のペースで仕事が出来る方が彼にとっては幸せだったのかも。

だけど、他人の恨みを買うようなことはなかったはず。

二度目の結婚から、何かが狂っていったとしか思えないわ。もちろん、あたしの偏見だとは思うけど。

なんだってあんなおかしな女と関わるようになったのかしら。そういうところでも、最後まで運がなかったわね。考えてみると、運という言葉も残酷ね。

何怒ってんのかしら、あたし。

あはは、混乱してる?

好きだったのかなあ。

やだ、誤解しないで。全然そんな話なかったし、そんなこともなかったし、仕事でしかおつきあいさせてもらったことなかったのよ。あたしじゃとてもつりあわないし。

だけど、ああ、本当に、なんて馬鹿なの。

馬鹿、馬鹿と言って申し訳ないけど、今はそういう感想しか浮かんでこないのよ。

ええ、必ずしも彼のことを言ってるわけじゃない。あたしのことかもしれないし、世間のことかもしれない。

本当は、誰が馬鹿なのか分からない。

(顔を背ける)

ごめんなさい、ちょっと顔洗ってきていいかしら？

かなりの間。

暗転。

明かりが点くと、女優3がぼんやりと椅子の背に手を乗せて立っている。

女優3：えっ？　あら。

(きょろきょろする)

まあ、もうこんな時間なのね。ほんの数分だと思っていたのに。

(かすかに睨《にら》みつける)

そちらもまた、用があるのならお声を掛けてくだされればよかったのに。悪趣味じゃございませんこと、人が放心状態でいるのをじっと見てるなんて。

(聞こえるか聞こえないかの溜息《ためいき》)

ごめんなさい。

溜息ついちゃったわ。

ええ、嫌いなのよ溜息。人に聞かせるのには嫌味だし、自分だと自己憐憫《れんびん》が入っていてこれまた嫌なの。でも、ついつい。

何か、やりきれないわねえ。これから素晴らしい仕事をやり遂げてくれると分かっていた人がいなくなってしまうなんて。まさか私よりも先に逝《い》くなんてね。

惜しいわ。

悔しいわ。

本当に、やりきれない。

え？

先生のことをどう思っていたか、ですって？

まあ、おかしなことお聞きになるのね。長いおつきあいでしたし、最初の奥様とも親しくさせていただいてたし。

え？　貴子さんとあたしが？　先生と三角関係の時期があったのでは、ですって？　先生は当初あたしと一緒になるつもりだった？

あっはは、よくまあそんな馬鹿らしい話が今も残ってるものね。一時期、週刊誌がそんなことを書いたりしましたけど、大昔の、ほんのいっときですよ。その方が話が面白いと考えたんでしょうね、記者の誰かが。だいたいそんなものでしょ、ゴシップって。そうだったらいいな、そうなったら面白いのにな。そういう願望が活字になっているだけなの。そして、活字になると、みんな本当のような気がしてきてしまうのよ。

そりゃ、三人でよく遊び歩いたこともありましたよ。

仲良くさせていただいていた。それは否定しません。

楽しかったわねえ。

みんな若かったたし、芝居に対する情熱があったたし、自分たちが前途洋々に思えて、自信満々だったのよね。まあ、根拠のない自信だったんだけど、若さってそういう根拠のない自信だけでやっていける。

もちろん、先生のことは好きでしたよ。

才能はあるし、毒もあったけど、先生には独特の人間的な魅力がありました。

世の中には、いろんなアーティストがいます。

役者にも、スタッフにも。

だけど、あたしが最終的に信じているのは、その人のクリエイターとしての清潔感なの。

器用で才能があっても、何か最後に信用できないのは、その人に清潔感が感じられない時ね。

あ、あたしの言う清潔感っていうのは、野心や商売っ気を否定してるわけじゃないわ。そういうのとは全然別よ。

きちんとマーケティングをして、根回しをして、かちっと準備して、当たるもので儲《もう》けようという気持ちは、尊いものだと思うの。ショービジネスなら当然のことですからね。有力者や出資者の間をうまく泳いで、のし上がっていきたいと思うのも当然のこと。

しょせん、自分の目標を実現するための手段に過ぎませんもの。どんな手を使おうと、それはその人の自由よ。

だけど、作品そのものに、おかしなものが紛れこんでいる時があるのね。媚《こび》というか、甘えというか、皮算用というか。そうすると、たちまち芝居が濁るの。くすんで、いたたまれないものになる。

計算は必要よ。だけど、甘えは駄目。

ＴＶでも、人気劇団でも、時々お客に対する甘えを感じる時があるわ。分かってくれるよね、ほら、これ、知ってるでしょ？　僕たち、楽しそうにしてるけど、結構大変なのよ。裏で苦労してるのよ。そこんとこ、ファンだったら分かってるよね。

舞台の上の役者から、そんな声が聞こえてくるような気がしてゾッとする。あれくらいみっともないものはないわね。お客の顔色を上目遣いに窺《うかが》いながら作ってるものくらい、みじめなものはないわ。

最近のTVは、キャストに頼り過ぎだしね。ほら、みんな、この人、好きなんでしょ？ 雑誌のアンケートでも五年連続好感度一番だったよ。これ、一位どうしの組み合わせだから、文句ないでしょ。

あれもお客に対する甘えだわ。

作品にそういうものを混ぜてしまう人は信用できないわ。作り手が素行不良だって、人格が破綻《はたん》していたって構わない。舞台の外で汚い手を使っても目をつぶるわ。だけど、作品に対してだけは愚か者でいてほしい。ただの馬鹿でいてほしい。潔《いさぎよ》さを持っていてほしい。

そういう清潔感っていうのは、人は一瞬で察知するものなのよね。

直感としか言えないけど。

先生はちょっと変人だけど、本当に芝居に対しては馬鹿だったわ。清潔感という点では、文句なかったわ。むしろ、潔癖すぎて心配になるほど。

貴子さんもその辺りはよく分かっていた。

だけど、そこに淋しさを感じていたことも事実なのね。

先生が自分を愛していることは知っていたけど、最後のところでは仕事の次の存在でしかないと。女がそう感じさせられるのは、頭では分かっていてもとてもつらいことよ。彼女もその仕事を愛しているから、余計にね。

それに、貴子さんは、華やかな仕事をしていても、本当は地味で家庭的な人だったから、自分も仕事に活路を見出すということにはあんまり興味がなかった。いい女優だったのに、元々人に強制されてなった役者だったから、最後まで仕事を人生の第一の目的にできなかったのね。

どちらが悪いというわけじゃない。どうしようもないことだわ。

彼女はどうだったのかしらね。

河野百合子嬢は。

むしろ、彼女の方が人生の目的を仕事に置いていたんじゃないかしら。だから、先生は二度目の妻に彼女を選んだんじゃないかしら。

彼女は人生に対して野心満々だった。先生のことも、自分のキャリアに対するステップと考えていた節があるわ。逆に、その方が先生は楽だったんじゃないかしら。

少なくとも、彼のせいで彼女が犠牲になることはない。踏み台にされるほうがまだまし。そんなふうに考えていたのかもしれないわ。

先生は、貴子さんが自分のどこに不満を持っていて、何をつらく感じていたか、よく知っていたでしょうからね。そして、そのことを彼もまたつらく思っていたけれども、彼女が二番目であることを変えられないことも、誰よりも先生が承知していたでしょうから。

人が理解してくれることが、何よりもつらい時がある。

それが、好きな人であるならなおさら。

うまくいかないものだわ。

理解できるからその人を好きになることもあるし、理解できないからその人を好きになることもある。人の心は不思議よね。

写真のように思い出す場面があるの。

あたしの郷里は滋賀でね。

まあ、わけあって、家を出てから全然帰ってなかったんだけど、いつだったか、二人をお誘いして、郷里の近くの旅館に行ったことがあったのね。秋だったかしら。季節外れで、たまたまその日はほとんど他にお客さんがいなかったわ。お陰でとてものんびりできた。みんな忙しくて、なかなかそんなにゆっくり時間を過ごせることなんかなかったから、とても貴重な一日だったわ。

何を話したかは思い出せないの。たまの休みで、いろいろお喋《しゃべ》りしたはずなのに、それこそ、一言もよ。

だけど、その記憶の中のあたしたちはとても幸せなの。

美しい夕暮れ。

ちょっぴり冷たい風が、遠いところから吹いてくる。

琵琶湖の湖畔にある旅館の、二階の露台であたしたちは涼んでいるの。

三人とも、じっと湖の方を見ている。

湖といっても、海みたいなのよ。かすかに霞《かす》んだ水平線の向こうが、赤く染まっている。それが少しずつ透き通っていって、夜になるのを待っている。夜になっていく空と湖を、じっと目を凝らして見つめている。

本当に親しい人たち、安心しておつきあいできる人たちの間では、言葉がいらない瞬間がしばしば訪れるでしょ。

あれは、そんな瞬間だった。

湖の水面のように、みんなが同じ高さで心が凪《な》いでいて、満ち足りた気分だった。

みんな、静かに微笑《ほほえ》んでいたわ。誰も何も言わなかったけれど、水平線の向こうに同じものを見ていたような気がするの。

少しずつ時間が過ぎていったわ。

夜が忍び寄ってきて、湖と空の色を変えていく。

その瞬間を見逃すのが惜しくって、ひたすら水平線を眺めていたわ。

でも、いつのまにか夜になる瞬間が来るのね。

夕食を運んできた仲居さんが、露台にいるあたしたちを見て仰天したわ。

おやまあ、そんなに真っ暗なところで、いったい何してらっしゃるんですか、とあきれた声を出したので、あたしたち三人、我に返ったの。

みんなきょとんとしてね。きょろきょろ周囲を見回して、やっと夜になっていることに気が付いた。

子供みたいな顔だったわ。

そして、三人で顔を見合わせてにっこり笑ったの――

あの時の満足感、幸福感。忘れられないわ。

幸せってああいうものなのかもしれない。成功したとか、賞を貰《もら》ったとか、結婚したとか、そういう瞬間の歓《よろこ》びとは違って、あれがあたしの中では、幸せな瞬間としてここに焼きついているの。

あの瞬間だけは、あたしにも、誰にも一生消せはしない。


女優3、胸にこぶしをあて、俯《うつむ》く。

暗転。

中庭にて 8

彼はいつも通り、そこに立って待っていた。

待つのは嫌いではない。

こうして待っている一分一秒がそのまま報酬へと変わっていくのだし、彼はその仕事が結構気に入っていたからだ。

彼はまだ若い。背筋もぴんと伸びているし、髪も肌もつやつやしている。表情もにこやかで、他人に不快感を与えない。目鼻立ちは端整で清潔感があり、お仕着せの黒と白の制服も、ぴしっと身体《からだ》に馴染《なじ》んで、よく似合っている。

制服というのは便利なものだ、と彼は思う。それを着たとたん頭は仕事に切り替わるし、同じ仕事をしている他の仲間との連帯感も生まれる。そして、何より便利なのは、彼が誰からも見えなくなることである。

むろん、姿が消えるわけではないし、顔を覚えて親しく声を掛けてくださる常連のお客もいる。しかし、その空間での彼は黒子だった。お客の席に影のように近づき、カップやグラスをテーブルの上に出現させ、またはそれらを消し去る。お客は当たり前のようにグラスや皿の中身を享受《きょうじゅ》し、それぞれの会話にリラックスして没頭する。テーブルの間を、他の仲間たちが流れるような動きで泳ぎ回っている。

誰も目を合わせないし、ろくに会話も交わさないが、ぴんとした緊張感や連帯感は、常に心の中に共有されている。時々、この感じは、どちらかといえば一緒に犯罪を犯している共犯者の心境に近いのではないか、と思うことがある。

経験の長い、気の合う仲間とそうして泳ぎ回っていると、みんなで気持ちのいいダンスを踊っているような満足感を覚える。だから、たまに、誰かが休んで代わりの者が入ると、なんとなくリズムやテンポが狂って、みんなの動きがぎくしゃくしてしまう。

この空間は、舞台のようだ。

お客が来るのを待ちながら小さな中庭を見ていると、ふとそんな感想が浮かぶ。

やってくるお客は、皆、舞台俳優だ。この小さなステージで、それぞれの役を演じている。

我々は何だろう。文字通りの黒子。演出スタッフ。

都市は、世界は、どんどん劇場になりつつある。

毎年春と秋にこのホテルに滞在する、とある地方の大学教授の言葉を思い出す。人は他人に見られることで綺麗《きれい》になる。女だけではない。男もそうだ。人は、他人の視線によって、第二の自分、外から見た自分というものを作り上げるのだ。人は見られること、演技することが快感なのだ。小説、ドラマ、ゲーム。未《いま》だかつてないほど、虚構が消費されているこの時代、自分を虚構の中の登場人物と見なすことが、大きな娯楽の一つとなったのだ。かつてそれは密《ひそ》かな楽しみだった。映画や小説の中の主人公に感情移入することで、人々は他人の人生を想像した。しかし、今の人々は堂々と他人になることを求める。ドラマの中のヒロインが、かつての大スターから等身大の身近なタイプになるにつれ、自分もヒロインになれるのだと錯覚するようになったのだ。

だから、ステージである都会を見よ。青山、銀座、六本木。若い女性をはじめ、「見られる」ことを求める人々のために、どんどん街は透明化している。商店の壁はガラスになり、やがてはそれすらも取り払われて人々は街路に座り、道行く人を前に会話する。街そのものがステージになったのだ。

逆に、役者が集まるところには観客も集まる。「見る」ことだけが目的で、対象に没入して自分の存在を消してしまいたい者が集まるところは、どんどん不透明化していく。壁を作り、窓を塞《ふさ》ぎ、中を個室化する。風俗やいわゆるオタクたちの集う、歌舞伎町や秋葉原がその最たる象徴だ。

しかし、これは、不特定多数の赤の他人が多く存在する都市部に限られる。「見る」側も「見られる」側も、全く見知らぬ他人であるというところに意義があるのだ。

地方の場合、特に、地縁社会が強固な地域であるほど、日常生活のほうが常に「見る」「見られる」という緊張感にさらされている。リラックスするには、他人の目がない、閉じた場所であるほうが有利なのだ。だから、地域全体が顔見知りであるような場所には、オープンカフェや透明なビルはできにくい。

人々は、見ることで消費する存在であるのと同時に、見られることで消費される存在でもある。見る者と見られる者は、いつなんどきひっくり返っても不思議ではない。外から鑑賞する目と内から鑑賞される目を持ってしまった現代人は、その二つの目に常に引き裂かれたままになっているのだ――

ふと、お客のかすかな動きに、彼の身体が反応した。

こうしていろいろなことを考えていても、目はお客の動きに反射的だ。

一人で来て、本を読みつつお酒を飲んでいる女性客だった。どうやら待ち合わせらしいのだが、あの席に着いてから結構時間が経過している。しかし、そのことを気にする様子もなく、彼女は読書に没頭していた。

静かに寛《くつろ》いでいるが、どことなく気になるお客だった。

最近、本当に女性の歳《とし》はよく分からない。三十代から四十代だろうとは思うのだが、もしかするともっといっているかもしれないし、二十代の終わりだと言われても納得してしまいそうである。

鮮やかな色のセーターが似合っていた。それも、西欧人のようにしっくりきている。最初は、国籍もよく分からなかったが、注文した口調は明らかに日本人のべらんめえ調に近いものだった。

何の仕事をしているのだろう。さりげなく観察する。

自分がお客でいる時にはあまりよく分からないが、こうして従業員として店内を見ていると、お客の細かな動きや仕草というのは結構気になるものだし、誰もこんなところまで見ていないだろうと思うような、かなり小さなところまで見えてしまうものなのである。特に、不自然な動き、こそこそした動きはかえって目立つ。

彼は大学で教職課程を取っていたので、教育実習に行ったことがある。教壇の上で何よりも驚いたのは、クラスの全員が何をやっているかが一目瞭然《りょうぜん》だったことだ。後ろの隅の席で、教師は気付いていないだろうと思っていたことも、みんな丸見えだったのだ。

あまりにも細部が見渡せるので、子供の頃にやったあれこれの恥かしいことが次々と頭に浮かんできて、教壇の上で冷や汗を掻《か》いたことを覚えている。

店もそうだ。動いていても、何をしていても、お客の動きは視界の隅になんとなく入ってくる。お客どうしの雰囲気や、何か頼みたそうな気配も、小さな手の動きや視線で伝わる。だから、お客としてよその店に行った時、たいした広さの店舗でもないのに、お客が手を振って呼んでいても気が付かない店員がいるのが不思議でたまらない。ほとんどは自分の仕事の手順をスムーズにするためにわざと無視しているのだろうが、中には本当に気付いていない店員がいて、そいつは正真正銘の馬鹿だと思う。

彼は鮮やかな色のセーターを着た女をそれとなく眺める。見つめているのではなく、それとなく眺める、というのも彼らの技の一つである。周囲の風景に存在を溶けこませ、見ていないようで見ている状態になるにも、それなりの年季がいる。

平日の昼間である。堅いお勤めではなさそうだ。

でも、その割にはアカデミックな雰囲気も漂っている。それこそ、大学の教授とか、研究者ではないか。まだ若いから、講師か助手というところか。

待っているのは、男か女か。

彼は、待ち合わせの相手を想像するのが好きだった。

このちょっと無機質な雰囲気の女性が待ち合わせするんだったら、同年代の妖艶《ようえん》な美女がいい。もしくは、枯れた感じのダンディな老人。

誰かが入ってくる気配があった。

さっと視線を走らせると、ひょろっとした中年男が入ってきた。

黒いタートルネックのセーターを着て、薄いコートを羽織った、明らかに自由業と思《おぼ》しき男である。

その男がせっかちに手を振りながら、彼女の前に座った。

なるほど。こういう男か。やってきてみると、ぴったりだな。

同年代だろうし、気の置けない間柄なのだろう。彼女のほうは特に愛想を振り撒《ま》くでもなく、そっけなく挨拶《あいさつ》を交わしていた。

男が顔を上げ、こちらを見るタイミングをとらえ、テーブルに近寄る。

「ビールと――巴、なんか食うか？　じゃあ、この、鴨《かも》とアンディーブのサラダと、スモークサーモンとクリームチーズのカナッペ」

頷《うなず》きながらも、耳はその名前を捕らえる。

ともえ。ともえというのがこの人の名前なのか。苗字《みょうじ》なのか、名前なのか。どちらとも取れる。

しかし、その瞬間、彼の頭に過《よ》ぎったのは別のことだった。彼は、目の前の二人ではなく、別のデジャ・ビュをみていた。

なんだろう。これと同じことがどこかであったような。同じようなことを言われ、同じようなことをして、何か大変なことが起きたような気がするのだが。

オーダーを厨房《ちゅうぼう》に通しながらも、彼は頭の片隅で考える。

これはいったい何だろう。

ここと同じ、しかし別の中庭で、かつて何かが起きたような——

飲み物をグラスに注ぎながらも、彼は考え続ける。

中庭にて　9

彼は、テーブルから離れたところで、いつものようにお客が来るのを待っている。

一人の女が入ってくる。パッと目が惹《ひ》きつけられる。

年齢は高いが、気高く美しく、オーラが漲《みなぎ》っている。身に着けているものもさりげなく高価だ。女の全身に、内側と外側に、お金が掛かっている。

サングラス越しの表情は全く読めない。

女は中庭を一瞥《いちべつ》し、隅のテーブルを選ぶ。

彼は、涼しい表情で足早に近づき、メニューを差し出すが、彼女はそれを見ようとはせずに、すぐさまグラスの赤ワインを頼む。

彼は頷《うなず》いて下がり、音もなく動き回る。明るい音を立てて赤い液体を注ぎ込んだグラスを彼女の前に置く。

「鴨《かも》とチコリのサラダを」

女はそう注文し、手にしていた雑誌を広げると、丸めて片手に持ち、静かにそれを読み始める。映画の一場面のような、完璧《かんぺき》なポーズ。

彼女の仕事は何だろう。

彼は離れたところで待機しつつ、彼女を観察する。

だが、本当は、彼は彼女の仕事が何なのか、彼女が入ってきた瞬間から知っていた。彼女は有名な女優である。彼女の出ていた古い映画や、TVドラマは彼も観《み》たことがあるし、彼の父親の年代には熱狂的なファンがいることで知られている。

職業柄、芸能人はよく見かける。彼の職場は、いわゆる「お忍び」でやってくる著名人が多いことが、一部で知られているのだ。

著名人には二通りある。普段は全く目立たないタイプと、普段からオーラを発散しているタイプだ。性格によるものだろうか。

もし全く彼女のことを知らなかったとして、自分は彼女の職業を見破れるだろうか。

彼は彼女の指先を眺める。

それは難しいだろう、と思う。人は皆演技をしているが、美しい女は、女優であろうとなかろうと、常に念入りな演技をしているものだからだ。

そこに、もう一人の女が入ってきた。

彼女もまた、印象の鮮やかな女性だった。

先に入ってきた女性のような整った美女ではないが、顔立ちはくっきりしていて、芯《しん》の強さや生命力のようなものがストレートに伝わってくる。

彼は、その顔もまた見たことがあることに気付いた。

この人も女優だ。主役では観たことがないが、TVドラマのバイプレイヤーとして活躍している人だ。四十歳くらいだろうか。長いソバージュの髪が似合っている。TVで見るとふくよかな感じがするが、実物はこんなに細かったのか。頬や唇がふっくらしているせいだろうか。

彼女は一瞬立ち止まり、さっと中庭に目を走らせた。

サングラスを掛けた女に目を止め、雑誌を読む彼女の正面に立った。

「本日は、お招きありがとうございます」

硬い声が聞こえ、彼女は向かい側の席に着いた。

奇妙な緊張感、それも不穏な緊張感が漂っている。

彼は、いつもより更に目立たぬよう、二人の雰囲気を壊さぬように動き回った。グラスワインを置き、ナイフとフォークをテーブルに並べる。

二人は何事かぼそぼそと話し込んでいた。もっとも、話しているのは、専《もっぱ》ら、後から来た女の方だ。どうやら、目の前の女を問い詰めているようである。

話の内容は気になっていたが、そうそう聞き入るわけにもいかない。

彼は、二人の女の口元と表情をじっと窺《うかが》っていた。

そこのテーブル周りの空間だけが、暗く重かった。

深刻な話をしているテーブルというのは、なぜか紗《しゃ》が掛かったように薄暗く沈んで見える。そこの空気だけがひどく重く感じるのだ。

彼は注文された料理の皿をテーブルに運んだ。

切れ切れに声が耳に入るが、意味はよく分からない。

話の内容が平和なものでないことだけは確かである。

周囲の客も、そのテーブルに着いている客が著名な女優であり、二人の会話が不穏なものであることを察していた。二人のテーブルの空気の重さが、じわじわと周りを侵食していく。

みんなの耳が、注意が、そのテーブルに集中していた。あたかも、そのテーブルにスポットライトが当たっているかのように、みんなの意識がそこに集まっていた。

会話をしている二人も、そのことに気付いていた。自分たちが注目を集めていることを知っていて、なおも自分たちの会話に集中していた。

ソバージュヘアの女が、勝ち誇ったような笑みを浮かべて何かを言った。

それが何かの決定的な言葉であることは、その後テーブルの上に訪れた沈黙で分かった。

不自然な、いたたまれない沈黙のあとでそれは起きた。

最初、サングラスを掛けた女は、頷いたように見えた。

短く何度か相槌《あいづち》を打ったのだと、見ていた人は思ったはずだ。

しかし、次の瞬間、それは間違いであると誰もが気付いた。

彼女の唇からは、一筋の血が流れ、身体がぐらりと傾いた。

床にくずおれていく彼女と一緒に、手のグラスが落ちて、中の液体が地面に流れ出し、やがて床の上に彼女が倒れるのと同時にグラスの割れる音が響いた。

みんなが立ち上がった。

どよめきのような声が上がる。

床に広がる赤い染《し》みは、石の上ですぐ黒くなった。

みんなが床の上の彼女を見ている。

生き残ったのはソバージュヘアの女だが、今この舞台で、主役はもう物言わぬ床の上の彼女であることは間違いなかった。

中庭にて 10

「それは、つまり、どういうことなんだろう？」

細渕は、困惑した声で尋ねた。

「要するに、一番の問題になったのは、どうやってグラスに毒を入れたかってことなんですよ」

赤とグリーンのチェックのジャケットを着た中年男は、声を潜めた。

「ああ、なるほど。そういうことか」

男は、そっと周囲を見回した。まるで誰かがすぐそばで耳を澄ませているのではないかというように。派手なジャケットを着ているくせに、あまり目立ちたくないという矛盾した性格のようだ。

「不思議ねえ、そんな事件がここで起きてたなんて知らなかったわ。彼女が亡《な》くなったことは知ってたけど、毒を飲んだなんて、マスコミにも出なかったわよねえ」

巴も不思議そうな声を出す。

「ここは芸能人のお客様が多いんで、ホテル側も極力外に話が漏れないように手を回したようです。現場には、いろいろと訳ありの人が居合わせていたようですし。警察も事情聴取には随分気を遣ったらしいですよ」

その男は、細渕の知り合いの、小さな芸能プロダクションのマネージャーだった。古くからのつきあいで、いろいろと貸しがあり、この中庭で起きた女優変死事件の話を楠巴と一緒に聞かせてもらうことで、貸しの一つをチャラにすることになっているのである。もちろん、他言はしないということが条件であるが。

「誰もグラスに毒を入れる隙《すき》がなかったってことね」

巴が短く論点をまとめた。男はかすかに頷《うなず》いた。

「なにしろ、二人の雰囲気は険悪だったそうで、みんなが注目してましたからね。その中で、新しいワインのグラスが運ばれてきて、彼女はそれを飲んだ。向かいに座ってた甲斐崎さんや、ましてや平賀さん自身が何かを入れるなんてところは誰も見ていません」

「ボーイは？」

細渕は腕組みをして尋ねた。

「それも無理です」

男は力なく首を振った。

「奥に入ったところに厨房《ちゅうぼう》がありまして、グラスは天井にさかさまに並べて吊《つ》ってあります。グラスで供するワインのボトルは、栓をして冷蔵庫に入れてあるんですが、当日は三人のボーイが忙しく働いていて、くだんのグラスを運んだボーイが天井のグラスを取って、冷蔵庫から出したワインを注いで持っていくところを他のボーイが見ていた。何かを入れる隙は全然なかったし、誰が注文を受けてそれを持っていってもに不思議じゃなかった。ボーイはお盆にグラスを載せて、テーブルに運んだ。テーブルにグラスを運ぶボーイを他の客も注目していたし、歩いた距離はほんの少し、十秒もかかっていません。その間にグラスに何かを入れるなんて不可能ですし、目撃されてもいない」

「でも、グラスには毒が入っていた」

巴が独り言のように呟《つぶや》いた。

「ええ。割れたグラスの中からは毒が検出されました。けれど、ボトルの中には入っていなかった。彼女が口にしたワインの中だけに毒が入れられていたんです。しかし、グラスに毒をいれる隙は存在しなかった」

「例えば」

細渕が勢いこんで口を挟んだ。毒殺事件と聞いて、推理小説好きの血が騒いでいるのである。

「グラスに塗ってあったというのは？　いくらさかさまになっていたとはいえ、表面に塗るくらいだったら下に流れ落ちることはないだろう」

「そのグラスが彼女のところに行くと、どうして前もって分かっていたんです？」

男は顔を顰《しか》めて細渕に尋ねた。細渕はめげない。

「ああいうグラスというのは、天井にバーみたいなのがついていて、一列に並んでいるだろう。ボーイが彼女から注文を受けて戻ってくるのを見て、一番手前のグラスにサッと塗りつければいいんだ」

「ということは、厨房に犯人がいたということですか？」

男は怪訝《けげん》そうな顔を崩さず、首を振った。

「それは無理ですよ。中では料理人たちが忙しく働いていた。グラスに触れた料理人はいませんでした。料理の皿を出す以外は、グラスに近寄ってすらいない」

「グラス全部に前もって毒が塗ってあったというのはどうだ？　どのグラスを使っても、毒が仕込んであったというのは」

「だったら、他のお客も毒に当たっているはずでしょ。同じ頃に、グラスワインを頼んだお客は何人もいましたからね」

細渕は「うーん」と唸《うな》って、黙り込んでしまう。

黙って聞いていた巴が口を開く。

「それに、平賀さんが注文したからといって、平賀さんがそのワインを飲むとは限らないわよね。もしかすると、平賀さんが甲斐崎さんのお酒を注文した可能性もあるわけでしょ。だから、もし毒を入れた誰かが厨房付近にいたのならば、平賀さんがそのお酒を飲むかどうかは予想できなかったんじゃないの」

「それじゃあ、やっぱりそのボーイが犯人だ」

細渕はあっさりと断定する。巴は鼻を鳴らした。

「ボーイだって、平賀さんがそのワインを誰に渡すかは分からないんじゃない？」

「でも、そんなのテーブルを見れば分かるだろう。どっちのグラスが空になっているか見れば、どっちが飲むか分かるはずだ」

「両方空っぽだったら？　どっちが飲むかは分からないわよね。だったら、ボーイにも、どちらが自分の運んだワインに口を着けるか予想できないと思うけど」

三人は、思わずテーブルの上に置かれたワイングラスに目をやった。

暫《しばら》くワインを飲みながらそれぞれの考えに浸る。

「分かった！」

細渕が目を輝かせて顔を上げたので、二人はその口元に注目した。

「自殺だよ、自殺。本当は、平賀さんは自殺だったんだ」

「ええ？　どうやって毒を仕込んだの？」

「口紅だよ」

細渕は自信ありげに答えた。

巴があきれた声を出す前に、彼は説明を始めた。

「食べる演技っていうのは難しいもんだ。特に、口紅を落とさずに食べるには技術がいる。彼女は女優だから、口紅を舐《な》めないように訓練している。だから、その瞬間まで、彼女の口紅の中の毒が彼女の体内に入ることはなかった」

「で、今その時が来たと思って、彼女は口紅を舐めたわけ？」

巴が馬鹿にしたような声で聞く。細渕は頷いた。

「そう。赤ワインは、唇に色が残るだろ？　だから、唇を舐めざるを得なかったんだ――あ、待てよ、じゃあ、彼女は自殺じゃない。彼女がプロの女優で、口紅を舐めないように食事することを知ってた犯人がそのことを利用した殺人だ！　赤ワインを飲む時に限って唇を舐めることを利用したんだ！」

「いったいどっちなのよ。自殺か、殺人か」

「殺人だよ」

細渕はあっさりと意見を変えた。

「うん、これなら前もって毒を仕込んでおくことができる。現場にいなくてもいいんだ。その日彼女が持って出た口紅に毒を入れられるのは、プロダクションの社員か、マネージャーか、メイク係か」

男がぎょっとした顔で細渕を見た。マネージャーという言葉に反応したらしい。

「馬鹿らしい」

巴が完全にあきれた声を出し、男も苦笑した。

「もちろん、彼女の持ち物も徹底的に調べられましたよ。その中庭に居合わせた客もみんなね。ホテル内も漏らさず調べられたと聞いています。だけど、誰の持ち物からも毒は発見されなかった。平賀さんと甲斐崎さんの持ち物は、特に徹底的に調べられたそうです。化粧品類は、真っ先に毒の隠し場所として疑われたでしょう。口紅に毒が仕込んであったら、絶対に見つかっていたはずです」

「うーむ。いい推理だと思ったんだがなあ」

細渕は残念そうに首を振った。

「二人はどうしてここで待ち合わせていたの。用件は何だったの。険悪だった理由は何？」

巴が畳み掛けるように質問する。

男は、彼女の整然とした質問に目をぱちくりさせたが、困ったような顔になった。

「それがね、釈然としないんで」

「二人は違うプロダクションだったよね？　甲斐崎圭子はともかく、平賀芳子がマネージャーなしで人に会うのは解せないんだが」

細渕が続けた。男は曖昧《あいまい》に頷く。

「来春に舞台で共演することになっていたので、その打ち合わせだと言うんですよ。それが本当かどうかは分かりませんが。確かに、共演は決まっていたようです」

「ああ、ちらっと聞いたことがある。翻訳もののサスペンスじゃなかったっけ」

「ええ。『何がジェーンに起こったか？』を舞台にしたもので」

「うわ。そりゃ怖い。あの姉妹を、あの二人がやるの？」

細渕は震え上がった。

「そうです」

「映画だったものよね？　どういう話だっけ」

巴が尋ねた。細渕が答える。

「舞台女優だった姉妹が、二人で隠居生活を送っているんだ。姉のほうは、事故で身体《からだ》が不自由になっていて、妹に面倒を看てもらわざるを得ないんだが、妹は過去の栄光に浸るうちに、徐々に精神を病んでいって、姉に暴力を振るうようになるんだね。姉をジョーン・クロフォード、妹のジェーンをベティ・デイヴィスがやってて、鬼気迫る怪演が有名だね。『サンセット大通り』のグロリア・スワンソンを凶悪にした感じ」

「へえ。そういう話だったんだ」

「でも、あの姉妹を二人がやるには、ちょっと歳《とし》が離れているような気がするが」

細渕は男を見た。男はいかにも、というように頷く。

「ええ、だから翻案なんですよ。母と娘という設定で。母親は、元大女優で、娘にも女優になれと厳しいステージママになる。娘は子役として一世を風靡《ふうび》したけれど、その後鳴かず飛ばずで、事故で半身不随になった母を世話するために引退して、二人で閉じこもって生活しているんです」

細渕は、甲斐崎圭子が舞台の上で平賀芳子の乗った車椅子《くるまいす》を押しているところを思い浮かべた。

「それはそれで怖い設定だな」

「面白そうじゃない。残念ね」

巴も真顔で呟いた。

「いい芝居になりそうなのに、どうして険悪になったんだろう」

「甲斐崎さんは何て言っているの」

「演劇に対する見解の相違について話し合っていただけで、別に喧嘩《けんか》をしていたわけではない、そう言っているそうです。二人とも芝居に関しては厳しい人だったし、嘘《うそ》ではないと思います。二人がその舞台を、共演を楽しみにしていたことはそれぞれの周囲の人間が証言していますし。だから、険悪だったというよりも、真剣にディスカッションをしていたというのが正しいんじゃないですかね。そういうのって、人から見ると、言い争っているように見えるでしょうから」

「おかしな話ね。そもそも、なぜそんなところで平賀さんを殺さなきゃならなかったのかしら。周りに人がいっぱいいるのに」

巴が首を振りながら呟いた。

「容疑を甲斐崎さんに押しつけるためじゃないの。もしくは、ボーイに。なるべく容疑者を増やして、嫌疑を分散させるんだよ」

細渕は思いつきをどんどん口にしていく。これは、脚本を作る時の癖だ。頭の中にもやもやしているイメージを口にすることで、それが具体的なアイデアになることが多いからである。台詞《せりふ》は喋《しゃべ》ってみるし、情景も口に出して説明してみる。一人でもそうしているし、数人でディスカッションしていると、もっと思いつきのスピードが加速する。

「あるいは」

巴がそう言い掛けて止めた。

二人は、彼女の口元に目をやる。なんとなく、その口調に緊迫したものを感じたのである。

「被害者はどちらでもよかったのかもね」

二人の男は怪訝そうな顔になった。

細渕が声を潜めて尋ねる。

「どちらでもって?」

「平賀さんでも、甲斐崎さんでも、どちらでもよ」

「まさか、そんな」

男が、泣き笑いのような顔になった。

「誰がそんなことをするんです？　そんなことをして誰が得するんですか」

「分からないわ。でも、周囲の客に殺人事件を目撃させることが犯人の目的だったような気がして」

「周囲の客に？」

細渕は、なぜかその時ぎくっとした。

中庭は舞台に似ている。

「いっとき、劇場型犯罪って言葉が流行《はや》ったじゃない？　グリコ・森永事件の時だったっけ。最近、あまり聞かないわね。もはや人目すらも気にしない、無差別で無軌道な殺人ばかりはびこっているせいかしら」

巴はワインのお代わりを頼んだ。

「ここにいると、自分が演技している役者のような気分になる。まさにここは劇場だという気がするの。ここで女優が死んだというのは、周りのお客のための演技みたいに思えてくるの。不謹慎かしら？」

三人は、無意識のうちに中庭を見回していた。

笑いさざめく客たちが、優雅な演技を披露している。

舞台の隅で倒れている男。

闇を切り裂くスポットライト。
細渕の頭の中を、一瞬白黒の場面のイメージが駆け抜けた。

『中庭の出来事』 7

明かりが点《つ》くと、男が舞台中央で、客席に背を向けて立っている。
短からぬ間ののち、男はゆっくりと顔だけで振り返る。

男：先生を愛していらっしゃったんですね。

男、再び客席に背を向け、鼻をこすり、後ろめたそうにそっと後ろを盗み見る。

男：「愛している」という言葉に抵抗があるかもしれません。私だって、そんな台詞《せりふ》、女房にだって言ったことありませんよ。「あなた、奥さんを愛しているんでしょう」と言われたら、思わず苦笑して反発してしまうでしょうよ。「愛している」という一言で片付けられることへの義憤、とでもいうんでしょうか。
私、考えるんですけどね。「愛している」という言葉は、私たち日本人にとって、口にするようなものじゃないんじゃないかって。なにしろ、口にすると、これほど陳腐で嘘《うそ》くさいものはありません。そもそも、愛という言葉自体、最近使うようになったものらしいです。かつて日本に布教にやってきたキリスト教の修道士は、LOVEに対応させる言葉がなくて、「お大切」という言葉を当てている。

概念がないわけじゃありません。胸の内には、確かに「愛している」としか言いようのない感情がある。しかし、口にするとたちまちそれは偽りの仮面をまとう。「愛している」という言葉の借り物の響きが、確かに存在していたはずの胸の内の感情を粉々にしてしまうような気がするんです。

だから、あなたが口にする必要はありません。口にするのは赤の他人である私です。あなたは、先生を愛していらっしゃいましたね？

男、じっと誰かを見つめているが、小さくホッと溜息《ためいき》をつき、ゆっくりと舞台の上を歩き回り始める。

男：　ええと、それでは、もう一度だけ確認させてください。

あなたはあの日、新橋で、彼女に会った。あのひどい天候の日、記者会見を行うホテルに行く道の途中で彼女にぶつかった。記者会見のスタートは午後四時。その四十分ほど前だから、三時二十分頃。その頃、あなたは彼女と歩道でぶつかり、彼女は「すみません」と言って、ちらばった荷物をかきあつめ、逃げるように去っていった。ぶつかった女は河野百合子に間違いない。

これでよろしいですか？ 本当に？

男は立ち止まり、誰かの顔をじっと見つめる。が、視線を逸《そ》らす。

男：よろしいんですね。

男は再びゆっくりと歩き回り始める。

男：お祭はお好きですか？ いや、なんだか急に。実は、来る途中、町内で何かやってるらしくて、バスに乗ってたら祭りのお囃子《はやし》が聞こえてきたんですよ。あのピーヒャラ、とんとん、という音は、幾つになっても血が騒ぐものですね。あなたの郷里はどちらでしたっけ。ふうん。そう。

ほんと、日本全国、どんなところにもお祭があるもんなんですね。中にはびっくりするようなお祭もありますよね。風習というのは実に不思議なもので、長い間続けているうちに、なぜそうしているのか分からなくなっちゃったものもあるでしょうね——最近では、茨城県で、七十二年に一度行われるというお祭が話題になりましたね。何日も掛けて、山から浜まで行列が降りていく。記録と伝承だけが頼りで、長寿になった今ならともかく、当時の人は一度参加したら、もう二度と参加できないと知っていた。今回の七十二年ぶりのお祭でも、沿道で見学していた人たちが、「もう自分は二度と見られないと思うと不思議ですね」と言っていたのが印象に残っています。

ところで、私の学生時代からの友人で、凄《すご》くもてる男がいるんです。確かに、色男でスマートで、同性から見ても「こりゃもてるのも無理ないな」という羨《うらや》ましい男。

もういい年なんだけど、相変わらずモテモテです。若い子も、年増も、奴《やつ》に会うとたちまちぽーっとなってしまう。で、奴も、来る者は拒まないたちなんですな。もちろん妻子もいるんだけど、今もお盛んにガールフレンドと交遊している。一度奴のスケジュール帳を見せてもらったことがありますが、とにかく女の子とのアポがぎっしり。憎らしいのを通り越して、よくこんなに細かいスケジュール調整をして、女の子どうしはち合わせしないものだ、と感心してしまいましたよ。

彼は、アリバイ工作がうまいんです。天才的です。行きつけのバーを沢山持っていて、そこのバーテンたちはいつでも彼のアリバイを証明してくれるし、仕事ができて社会的地位もあるもんで、協力してくれる友人もいっぱいいる。だから、女の子たちに疑われずに、長いことやりくりしてこられたんですね。

ところが、そんな彼が、ある時何かへまをして、奥さんに浮気を疑われた。

彼は慌《あわ》てて、その日は友人と飲んでいたと言ったんですね。奥さんは、当然その日誰と一緒だったか聞きますよね。彼は自信を持って、ある親しい友人の名前を出した。これまでもアリバイ工作に協力してくれた、奥さんも知っている、頼りになる友人の名前です。

しかし、その名前を聞いて、奥さんは瞬時に彼の嘘を見破ってしまったんです。あなた、嘘をついてるわね、と。彼は慌てた。なぜ奥さんは彼の嘘を見破れたんでしょう？　なぜだと思います？

男、立ち止まり、誰かの顔をじっと見つめる。

男：色男の彼は東京の出身。奥さんは、北陸の出身でした。で、彼が名前を出した友人は、奥さんと同じ北陸の、隣の県の出身でした。奥さんが言うには、その日は彼の郷里では有名な、地元の人がとても誇りにしているお祭をやっていて、そこの出身者はどこに住んでいても、必ず全国から郷里に帰ってくるそうなんです。奥さんと彼は何度も話したことがありますから、彼もご多分に漏れずその日は必ず帰ることを知っていた。だから、その日に東京にいるはずはない、と断言したんですね。

え？　なぜこんな話をしたかって？

はい、今のは、お祭のせいでアリバイ工作が崩れてしまったという話ですね。

ええ、あなたとも少しは関係がありますよ。

男、客席の側にしっかりと向き直り、誰かの顔をじっと見つめる。

男：いやあ、本当にあの日はひどい天気でしたねえ。

覚えてますよ、私も。吹き降りという感じで、横殴りの雨で、風も強くて、傘が全然役に立たなかった。むしろ、傘に振り回されて邪魔になるほどでしたよね。

いえね、私も歩いてみたんですよ。

あとで、あなたがあの日歩いたとおっしゃる道を。

大劇場が並んでいて、華やかな通りです。そのくせ、お客さんが出入りする時以外は、そんなに人通りは多くない。驚きましたよ。

確かに、あのホテルに行くにはあのルートが一番いいんですよね。ええ。

ああ、そうそう、今度ね、知り合いのお嬢さんが、就職を機に、東京に下宿することになりまして。

え？　何の関係があるかって？　まあ、聞いてください。

知り合いというのは自分でも不動産業を営んでましてね。娘の下宿先を探す時に、いろいろとアドバイスをしたそうなんです。そりゃそうですね、若い娘さんですから、親だって心配です。

まず、駅から現地まで歩いてみる。まあ、これは当然ですよね。次に、夜、駅から現地まで歩いてみる。これはなるほどと思いましたね。夜、明るいか。人通りは多いか。残業やおつきあいもあるでしょうから、夜の帰り道は重要です。あと、できれば、天気の悪い日にも歩いてみろと言ったそうなんです。雨が降ると、交通量や人通りが急に変わる道路があるし、視界の悪いところもある。そういうところもチェックできればなおいいと。

ね。天候によっては、がらりと状況が変わってしまう場所があります。田舎はもちろん、町中だってそうです。

私が最初にあなたの歩いた道を確認してみたのは、晴れた日でした。気持ちのいい、暖かい午後。だから、あなたの言うことをすっかり信じこんでしまったんです。

だけど、この間、あの日みたいな吹き降りの日がありましてね。別の用があって、あの近くを歩いていたんですが、ふと、その知り合いの不動産屋の言葉を思い出したんです。そういえば、事件当日は、ちょうどこんな天気だったな、と。

もう一度、歩いてみたんですよ。あなたの言ったルートを。

えらい目に遭いました、ほんとに風も強いし雨もひどい。

道路というのは、見た目では分からなくても、傾斜しているものです。ただでさえ、東京というのは坂が多くて、谷も多い。場所によって随分高低差があるんです。地下鉄銀座線の渋谷駅が、あんな空中にあること自体不思議ですものね。

でね、雨が降ると、ひどい水溜《たま》りが出来るところがあるんです。

それも、不思議なもので、ちょっとした雨ならできないのに、一定量以上の雨が降ると、傾斜を伝って他のところからも大量の水が流れ込んで、大きな水溜りができてしまうところがあるんですよ。

あなたの言ったルートにも、ちょうどそういうところがあるんです。

歩道が冠水してしまって、とてもじゃないけど、綺麗《きれい》な服を着て、ハイヒールを履いた女の人が通ろうなんて思わないところが。

ええ、確かに急いでいれば、突っ切って突っ切れないこともありませんよ。時間が差し迫っていたなら、なおのことですよね。ホテルに着いてから靴や靴下を履きかえれば済むのかもしれません。

だけどね、あの日は無理だったんです。

私は、近所の店の人に聞いたんですよ。

あの日は、ひどい天気だった。短時間に大量の雨が降って、歩道が二十センチ近く冠水していたんです。

その上、風がひどかった。最大瞬間風速が、五十メートル近くにもなったそうです。あの辺りは劇場街で、ホテルやオフィスビルなど高いビルが多いんで、ビル風と一緒になってめちゃめちゃな風が吹いていたそうです。

そのせいで、看板が落ちたんですよ。

大きな看板。劇場の看板がね。

あなたが通ったというあの歩道の上に。

だから、あの日は、三時ちょっと前から二時間近く、あの歩道は通行止めになっていたというんです。その時間、誰もあそこを通れたはずはないと。

あなた、嘘をついてますね？

あなたは、あの日あそこを通らなかった。つまり、河野百合子に会うこともなかった。

あなたは嘘をついている。

あなたは河野百合子をかばっている。

あなたたちは、共犯ですね？


暗転。

旅人たち 5

霧は相変わらず晴れない。時折遠くから鳥の声が聞こえてくる以外、音もない。

無人のプラットフォームに二人の男は腰掛けている。

プラットフォームの縁に腰を下ろして足をぶらぶらさせながら、二人はいっしんに手に持った台本を読んでいる。駅舎の中では暗くて読めないので、外に出てきたのだ。

同じものを誰かと一緒に読んでいるというのは、なんとなく気恥ずかしい。読むという行為は、限りなく個人的なものだからだ。電車の中で、誰かに自分が読んでいる新聞を覗《のぞ》きこまれると嫌なのは、自分の心の中を覗かれたような気がするからかもしれない。まるでその誰かに、自分が読んでいる時に感じていることや、心の揺れを盗まれたように感じるからだろうか。

昌夫が顔を上げた。

手探りをしてポケットから煙草《たばこ》を取り出すと、隣の男が「一本くれ」と手を出したので、煙草の箱を振って差し出した。

彼の煙草と自分の煙草に火を点《つ》け、ゆっくりと一口吸って吐き出す。

「煙草、止めたんじゃなかったのか?」

男は昌夫の顔を見て、からかうように言った。

昌夫は肩をすくめる。

「この仕事を終えるまでは、吸うことにしたんですよ。我慢してるほうが身体に悪いと思って」

「そうかい」

二人は暫《しばら》く黙って煙草を吸った。

「二人の女が共犯だと分かるまでが、結構長いなあ」

昌夫は、ページをぱらぱらとめくった。

「ヒロインの女優人生について、語らせなけりゃならないからな。それがこの話の売りなわけだから——役としての女優と、素の人間としての女優をだぶらせるというのが」

「やりにくいでしょうねえ。女優の役は嫌だっていう女優は多いですからね」

「まあね。どう演じても、自分をカリカチュアすることに変わりはないものな」

「それも狙《ねら》いの一つだったんでしょうか。この芝居が、演じる女優に対する告発だったとすると」

「かもしれない。本人を演じさせるという演出に対して、かなり抵抗を感じたことは間違いないだろう」

「この台本のここまでの内容で、演じる役者が必ず台詞《せりふ》で触れなければならないことは何でしょうか」

昌夫は、ゆっくりと呟《つぶや》いた。彼は、この中にヒントがあると言ったはず。

「話の粗筋と、役者自身について語らなければならないところがごっちゃになっているかもしれませんが、まず聞いてください」

ちらっと隣の男を見るが、彼は聞いているのかいないのか、無表情のままだ。

昌夫は構わず話し始めた。

「まず、殺人事件当日のヒロインの行動を述べなければならない。次に、途中で女にぶつかったという証言をしなければならない。言い換えれば、その女に殺人は不可能だったというアリバイを提供するわけですね。更に、ヒロインはその女を知っていたこと、非常に嫌っていることを述べる。従って、ヒロインが彼女を見間違えるはずはなく、しかも彼女をかばう可能性はないと印象づけなければならない。あと、被害者に殺意を持っていた男の存在を証言しなければならない。同時に、その男の身体的特徴も説明しなければならない」

昌夫は指を折りながら淡々と挙げていった。

「ここまではどうですか」

男の顔を見ると、「いいんじゃないか」とそっけない返事が返ってきた。

昌夫は続ける。

「ヒロイン自身について触れなければならないことはこうです。生い立ちも含めた彼女の女優になるきっかけ、女優という仕事に対する情熱——もっと正確に言うと、自分の仕事を邪魔する者は許さないという決意。そして、殺された脚本家に対して愛情を持っていたという心情の吐露。こんなところでしょうか」

男は小さく頷《うなず》いた。

「この中に、何か動機になりそうなものがあるでしょうか。ヒロインを演じる女優が、演じたくないと思うようなものが」

昌夫はそう口に出してみたが、見当がつかなかった。

「いくら殺人事件の話とはいえ、しょせんフィクションですからね。個人的な事情が含まれていたって、こっちには分かりませんよ」

些《いささ》か愚痴っぽい口調になる。

「演じる役者の心情は分かりませんからね。役者と作者だけが知っている秘密ならばなおさら。この台本を読んだだけじゃ、そこまで迫るのは無理ですよ」

男が宥《なだ》めるように小さく笑った。

「それはどうかな」

「あなたには分かるんですか」

昌夫は男に食ってかかる。

「まあ、とにかく最後まで読んでみようじゃないか」

男はひょいとプラットフォームから飛び降りると、煙草を足元に投げ捨てて踏み潰《つぶ》した。

「ちょっと待ってください。こんな山の中で、山火事にでもなったら大変です」

昌夫は慌《あわ》てて自分も飛び降りるとその吸殻を拾い上げ、自分の吸殻と一緒に携帯灰皿に入れた。

「そうだな。すまん」

男は気のない声で謝ると、立ったまま再び台本に目を落とした。うろうろと歩き回りながら読み始める。

昌夫は小さく溜息《ためいき》をつくと、プラットフォームに飛び乗って腰を降ろし、やはり台本の続きを開いた。

再び、霧の中の二人は静寂に包まれる。

『中庭の出来事』 8

明かりが点《つ》くと、舞台の上を、男が後ろで手を組んでうろうろと歩き回っている。落ち着きがないという様子ではなく、どうやって口火を切るべきか、じっくりと考えている様子。その顔は無表情で静かである。

やがて、男は客席のほうを振り返る。

男：黙秘ですか。

男の目は誰かをじっと見つめている。

男：つまり、これまでの証言に付け加えることはないということですね。変更する気もないと。あくまでも、あの日あなたはあそこを通ったと主張なさるおつもりなんですね。

男、再び舞台の上を歩き回り始める。が、足を止めて椅子《いす》の背に手を掛け、威圧的に前に乗り出す。

男：事件当日、被害者の家の近くで、若い女の姿が目撃されてましてね。

男、反応を見るように誰かを見る。

男：たまたま近所の人が見かけたんですが、大きな帽子をかぶっていて、顔は見えなかったそうです。その女は被害者の家から出てきたように見えたそうです。ええ、もちろん、目撃証言というのは曖昧《あいまい》なものですし、時間が経《た》つと記憶というのはあやふやになってしまったり、他人の話の影響を受けてしまうものです。私たちだって、そうそう鵜《う》呑《の》みにはしませんよ。ただ、若い女を被害者の家で見かけたという人は、一人だけではありませんでした。宅配便の配達人の証言もあったので、あの日、犯行時刻前後に、あの場所に若い女がいたのは確かだと考えています。

正直に申し上げましょう。我々は、被害者を殺す動機がある人間は妻の河野百合子さんだと考えていた上に、彼女が事件後こっそり逃げ出そうとしていたため、ますます心証は悪くなりました。彼女は否認を続けています。

ところが、あなたのあの証言で、彼女のアリバイが提供されたわけです。あなたは私たちに、彼女を憎んでいると思わせていましたね。だから、あなたが偽証しているなどとは夢にも考えなかった。

しかし、あなたの偽証が判明した今——あなたはそうは考えていらっしゃらないようですが——私の考えは変わってきました。


男、煙草《たばこ》を取り出し、火を点ける。


男：机の下の穴の話をしましたっけ？

関係ない？　はは、お許しください。なにしろ癖なもんでね。

喋《しゃべ》っていないと怖いんですよ。沈黙が怖い。どうしてなんでしょうね。

いえ、本当のことを言うと、理由は分かっているんです。

子供の頃、両親の仲が悪くてね。最初のうちは二人とも隠していたけれど、そのうち繕いきれなくなって、子供心にもだんだんそのことに気付いてくるわけですよ。

しかも、まずいことに、うちは自営業で、両親はずっと家の中にいるんです。一日中、両親は顔をつき合わせている。日に日に険悪になっていく。家族揃《そろ》っていても、全くというほど会話がない。今にも爆発しそうな、張り詰めた緊張感が漂っている。

私はいたたまれなくってね。とにかく、その張り詰めた空気から逃れるために、ひたすら喋るんです。学校のこと、友達のこと、勉強のこと、近所のこと。自分がこの状況をなんとかしなければならないという強迫観念があってね。ご飯の時間なんか、地獄です。三人で食卓に向かっていても、両親は二人とも俯《うつむ》きがちに黙ったまま、もそもそご飯を食べているだけ。つらくってね。少なくとも私が話している間だけは、二人とも優しい目で私のことを見ていてくれる。だから、途切れずに喋り続けることだけが私にできる唯一《ゆいいつ》のことでしたね。だけど、中学に入る頃、両親は離婚しました。「子はかすがい」にはなれなかったわけです。大きな挫折《ざせつ》感を味わいましたよ。

しかし、習慣というのは恐ろしいもので、誰かと一緒にいる時に、どうでもいい話を喋り続けるという癖は残った。それが今も続いているというわけです。

ですので、あきらめて、暫《しばら》くご辛抱ください。

小学校の同級生に、親しい男の子がいましてね。

この子の家は大家族で、何度か訪ねていったことがありますが、三世代八人、とてもにぎやかで、TVのホームドラマを見ているみたいでしたよ。

台所に大きなテーブルがあって、朝晩そこに八人勢ぞろいしてご飯を食べるんです。泊めてもらった翌朝に、一緒に朝ご飯食べてる時なんて、戦争ですよ。兄弟でおかずを奪い合い、誰もが大声で喋っている。私は圧倒されて、ほとんど何も食べられなかった。

これは、その子から聞いた話です。

その子は兄弟の中でも末っ子で、とてもおっとりしている子なんです。他の兄弟が喧嘩《けんか》している間も、ぼうっとTVを見ているような子で。

ある日彼は、いつもみんなでご飯を食べるテーブルの下に、穴が開いていることに気が付いたんだそうです。

ええ、床は板張りですよ。そこに、小さな長方形の穴が開いていた。

むろん、変だなと思った。以前はなかったものですからね。ネズミが開けた穴にしては、あまりにもきちんとした長方形なんです。

穴は、彼がいつも座る場所から見える位置にあった。テーブルの下の薄暗がりの中に、ぽっかりと黒い穴が開いているのを、彼は気が付いてから毎朝そっと盗み見ていた。

想像すると、なかなかシュールな光景ですよね。

彼はその穴が怖かったそうです。そして、家族の誰にもその話をできなかった。なぜか、その穴が自分にしか見えないような気がしたからだそうです。その気持ち、なんとなく分かりますね。もし、「あそこに穴がある」と言って誰かが覗《のぞ》き込んだ時、「そんなものないわよ」と言われたらどうしよう。自分だけがおかしいのではないか、自分は異常なのではないか。子供の頃、そんなことを考えませんでしたか？　あの疎外感《そがい》というのは、子供にとって、非常に恐ろしいものですよね。

彼は言えなかった。食事の度に、チラッとその穴を見る。

穴はいつもそこにある。彼は怯《おび》えながら、いつもご飯を食べていたそうです。

男、ゆっくりと煙草を吸う。

男：　え？　結末？　ははは、結末は、実に他愛《たわい》のないものでしてね。怒らないでください よ。

ある日、彼の兄がうずらの卵か何かをテーブルの下に落としてしまった。食い意地の張ったお兄さんはサッとテーブルの下にもぐりこんだんですね。そして彼は叫んだ。

「お母さん、床に海苔《のり》が落ちてるよ」

失礼しました。

彼が床に開いた穴だと思っていたものは、落ちた味付海苔だったというオチです。

だから、怒らないでくださいと言ったでしょ。

でも、この話はなかなか興味深いと思いませんか。床に落ちた海苔が穴に見える。子供の想像力というのは大したものです。

男、煙草を携帯灰皿に入れる。

男：やはり、こんな仕事をしていても、先入観からは逃れられません。知らず知らずのうちに植え付けられてしまうこともありますしね——例えば、あなたと河野百合子さんの仲が悪いと思い込むとかね。

被害者の自宅付近に若い女がいたと言われれば、河野百合子さんを疑ってしまう。背格好が似ていたというだけで、彼女だと思い込んでしまうんです。

だけど、あなたの証言は崩れた。私はそう確信しています。

だとすると、どうなるでしょう？

河野百合子さんのアリバイが崩れる。そういうことになりますね。

しかし、もう一つ言えることがあります。

あなたのあの時間のアリバイもなくなるということです。

あなたが、あの時間あそこを通ったと証言することは、河野百合子さんのアリバイを証明することであったけれども、同時にあなたのアリバイを証明することでもあった。しかし、あなたがあの時間あそこを通っていなかったとすると、あなたはいったいあの時どこにいらしたのでしょうか。

四時の記者会見に現れるまでのあなたの行動を証明してくれる人はいません。

つまり、あの時、大きな帽子をかぶって被害者の家の近くにいたのはあなただったかもしれないのです。

男、再びゆっくりと歩き回り始める。時折、ちらりと客席のほうを見る。

男：ええ、私の言うことは矛盾していると思われるかもしれません。あなたが被害者のことを愛していると確信していることは、今でも変わりませんからね。

そのあなたが被害者のことを殺すでしょうか？

そんなはずはない。一般論ではそういうことになるでしょうね。

（間）

しかし、あなたもご存知でしょう。可愛《かわい》さ余って憎さ百倍という言葉があるように、強い愛情くらい憎悪《ぞうお》や殺意に変換されやすいものもないのです。あなたが被害者を深く愛していたからこそ、あなたが被害者に対する強い殺意を抱いたかもしれないと言ったら、あなたは笑いますか？

男、前を向いたまま歩き回り続ける。

男：私は考えました。もしかすると、主犯はあなたなのかもしれないと。河野百合子さんは、あなたの指示に従っただけなのではないかと。

これはなかなかうまい手でしたね。どちらが犯人なのか分からなければ、起訴することはできない。たとえ灰色であれ、犯人として名指しされることはないのです。

昔読んだ推理小説に、こんな話がありましたよ。

ある田舎の村で殺人事件が起きた。

犯行現場で、複数の人間が犯人を目撃していた。誰もがあの男だと名指しできるほどはっきりと。

しかし、実は、その男にはそっくりな双子の兄弟がいたのです。

目撃者は、そのどちらが犯人なのかを断定することはできない。双子の兄弟は、互いに相手が犯人だと主張し、罵《のの》り合う。その結果、二人とも罪を免れるという話です。

あなたたちのやったことは、この話に似ていませんか？

男、舞台の上を俯き加減に歩き回る。

男：これまでも、いろんな人の話を聞いてきましたよ。

まあ、こういう仕事だから仕方ありません。

いろんな嘘《うそ》もね。

男、ちらっと客席の方を振り返り、すぐに向きを変える。

男：ここだけの話ですが、とっておきのコツを伝授しましょう。あなただけにね。

何のコツかって？

嘘をつくコツです。アリバイを証明する時に役に立ちますよ。

いえ、まさかそんな。別に嫌味じゃありませんよ。もうご存知でしょう、私はお喋りが大好きなんですよ。本筋と関係ないことまで、ついつい話してしまうんです。

男、薄笑いを浮べて肩をすくめてみせる。

男：本当はね、一番いいのはね、何も証明しないことです。

ずっと一人で家にいました。いいえ、誰もそのことを証明してくれる人はいません。

これが一番確実なんです。立証する義務は我々にあるんですから。みんな、下手にアリバイ工作なんかしようと思うから尻尾《しっぽ》を出す。さっきの色男みたいにね。

だけど、やり方としては、彼は正しかったんです。

嘘をつくのならば、一箇所だけにすること。彼はそのことを守っていました。

例えば「昨日はあの店で彼と会っていた」。嘘はそのうち一箇所だけにする。「彼女」だったのを「彼」にするとか、「あのホテル」を「あの店」にするとかね。

もう一つ重要なのは、聞かれないことには答えないことです。確かに「昨日はあの店で彼と会っていた」けれども、それは八時くらいまでで、そのあとは他のところに行っていたとかね。でも、決して嘘は言っていないでしょ。

聞かれないこと、聞かせたくないことは省けばいいんです。そうすれば、嘘を言ったことにはならない。嘘は言っていない、というのは自信になります。それが自然な証言に繋《つな》がるんです。分かりましたね？　嘘を混ぜるのならば一箇所だけで、嘘になりそうなところは省く。それがコツです。裏を返せば、人間、なかなか嘘をつくのは難しいもんです。それが嘘だというのは本人が誰よりもよく知っていますから、ついついそこに意識が集中してしまう。嘘をつきとおすのはもっと難しい。それが公《おおやけ》な証言となればますます、ね。本当にあったこと、経験したことを話すほうがずっと楽なんですよ。自分が見たもの、感じたものを話すことのほうが簡単だ。ね、そうでしょう。

男、くるりと客席の方に向き直る。

男：だからね、もうちょっと考えてみたんですよ。これまた私の想像なんですがね。あなたもそうだったんじゃないかって。河野百合子さんとぶつかったことが嘘だったとしても、あとは本当だったはずだって。あなたの話の残りの部分は、正直に話したんじゃないかなって。まあまあ、そうカリカリなさらずに。言ったでしょ、これは私の想像です。あなたはあくまでも、あの日あの場所で河野百合子さんとぶつかったのだという証言を否定なさらないおつもりなんでしょう？　だから、私の与太話だと思って聞いてくださいよ。

私ね、あなたのお話をよく思い出してみたんですよ。最初から、詳しくね。

いやあ、あの日はひどい天候だった。雨に風、大変な一日だった。

踵《かかと》の細いハイヒールの靴を履いて歩くには、全く向かないお天気でしたよね。

覚えてらっしゃいますか？

あなた、靴に文句を言っておられた。

そう、踵が壊れて、靴を修理に行ったとおっしゃったんですよ。

あれは、あの日のあなたの記憶に、体験として強く印象に残っていた事実だった。だからあなたも、つい口にしたんでしょうね。

あなたは新橋のホテルで打ち合わせがあったと言っていた。そこから、記者会見の場所に移動したと。だったら、靴の修理をなさったのは、そうそう遠くないところのはずですよね。そう考えたんです。

男、俯いて、後ろで手を組んでうろうろする。

男：　探したんですよ。

あなたが靴を修理したお店をね。大変でしたよ。とにかくあの辺りで、靴の修理を請け負っているところを徹底的に探しました。ホテルやら、靴屋やら、地下街やら、十キロ四方を隈《くま》なくね。

だけどねえ、ああいうところは、その場で直して、お金貰《もら》って、すぐに返すわけで、預かったものでない限り伝票が残っていない。だから、挫《ざ》折《せつ》しました。しつこく聞き回ったんですが、覚えていなかったんです。繁華街の靴修理というのは、随分大勢の人が来るもんなんですね。

そうそう、面白いのは、皆さん、靴を見れば分かるんだけどね、って口を揃《そろ》えておっしゃってましたよ。自分が触った靴、修理した靴はもう一度見ればすぐに分かるって。そういうものなんですかね。

結局、見つからなかったんです。あなたが靴を修理したお店は。残念でした。それが見つかれば、あなたにも朗報だったんですけど。

男、客席に背を向け、両手を上げてみせる。

が、急に客席に向き直る。

男：でもね、暫《しばら》くしてから、ふと思いついて、もう一箇所、別の場所でお店を探してみたんですよ。

どこだと思います？

犯行現場の近くですよ。

靴の踵が折れてしまったら、それは困りますよね。これから記者会見だというのに、みっともないでしょ。それ以前にまず、歩くのも大変でしょう。犯行現場から一刻も早く遠ざかりたいのに、左右の靴の高さが違ったんじゃ、焦《あせ》りが募るはずです。

そう思って、被害者の家の近所を探しました。これまた十キロ四方をね。

そうしたらね、出てきたんですよ。

あの日、女の人の靴の踵を修理したという靴屋さんが。

少し離れた、小さな商店街の靴屋さんでね。あのひどい天気で、綺麗《きれい》な女の人が来たんで印象に残っていたんですって。あの日は開店休業状態で、他にお客さんはなかったから、余計にね。

ええ、もちろん、伝票なんかありゃしませんよ。

だけどね、ご主人の記憶によると、その人は、お店で待ってる間に、店の中の額に目を留めたそうなんです。ご主人は写真が趣味でね、自分の撮った街の写真を額に入れて、店に飾っている。

私も見せてもらいましたよ。玄人《くろうと》はだしの、とても上手で、雰囲気のある、いい写真でしたよね。特に、商店街の猫の写真。商品の棚の一番上の、手に取りたくなる位置に並べてあって、ついつい触りたくなってしまう。

そのお客さんも、その写真に触ったそうなんですよ。

まあ可愛い猫ね、と言って、その額を手に取って見ていたというんです。

男は、じっと誰かを凝視している。

男：その額のガラス板から、指紋が出ました。

男は、一瞬押し黙る。が、意を決したように言う。

男：その指紋が、あなたのものと一致しました。

男、目を見開く。

男：あなたはあの日、あの靴屋に行きましたね？
あなたは、嘘をつきましたね？
それはなぜなのか、聞かせてください。

舞台の明かりが消え、ドアにスポットライトが当たった時には、男の姿は消えている。

ドアが開いて、女優1、2、3が一人ずつゆっくりと降りてくる。

三人は、椅子と階段との間に、ゆっくりと無表情に並んで立つ。

女優1：（低い声で淡々と）お話しますわ。
女優2：正直に。
女優3：そこまで知られてしまったからには。
女優1：殺しました。
女優2：あの人のことを。

女優3：このあたしが。

（短い間）

女優1・2・3：ええ、このあたしが、あの日、あの人を殺しました。

　暗転。

　明かりが点《つ》くと、女優2がだらしなく椅子《いす》に座っている。かなり疲れた様子。

女優2：うん、おっしゃる通り、そういう話よ。あの芝居の中では、主人公の女優が脚本家を殺したって告白するわ。芝居の中では、ね。

　だからって、現実に、あたしが脚本家を殺したって考えるのはあまりにも短絡的じゃない？　確かに、内容が内容だから、現実と重ねて考えたくなる気持ちも分からないではないけどさ。

　え？　強請《ゆす》り？　誰が？

　神谷が？　うそ。誰を？　あたしたちの誰かを？　ずっと長いこと？

　うそー、信じられないわ。やめてよ、冗談は。

　本当なの？　確かな筋の情報？

ふーん。こりゃ驚いた。で、つまり、あたしも容疑者なんだから、あたしが長いこと神谷に強請られてて、それに耐えかねて殺したって思われてるわけね。何なのよ、ネタは。

そうね、それが分かってりゃ、今ごろ即逮捕されてるわよね。

神谷が強請りねえ。そんなガッツのあることするかしら。強請りってことは、お金よね。あの人、お金に困ってたってこと？　そんな話は聞いたことないわ。第一、芝居さえできれば他には何もいらないって男なのに。

芝居を上演させたくないから殺したって？　芝居の中に、強請りの材料が？

へえ。そんなことってあるかしら。あたしはそんなことないわよ。是非あたしがやりたかったし、上演してほしかったわ。

他の二人はどうかって？　うーん。分からないわ。

本当に金銭目当てなのかしら。強請りはあくまで嫌がらせで、ほんとは色恋沙汰《ざた》だとか。

うん、それならまだ分かるわ。槇《まき》さんとか、なにしろ綺麗で才能あるから、神谷がいい歳《とし》してとち狂っちゃったってほうが可能性があるわね。なのに、ふられてしまって、何か深刻なトラブルになった。うん。

そのほうがあたしには理解できるけど、どう思う？


女優2、立ち上がり、一回転する。


女優2：殺そうなんて思っていなかった。素直におめでとうと言おうと思っていたし、言えると思っていた。ただ、どうしても彼が結婚する前に、一度二人きりで会いたかった。だから訪ねていったの。たった一人で。

いいえ、約束はしていなかったわ。

ひどい天気だったけど、あの日を逃してはもう機会がなかった。あたしは次の仕事が始まるし、彼は新婚旅行に出発する直前だったし。記者会見の前に、仕事のついでだと自分に言い聞かせたかったのよ。予定が詰まっていれば、もう時間だからと言って、いつでも彼の前から立ち去れる。長くいればいるほど、つらくなるに決まっているから。

彼はいたわ。上機嫌で迎えてくれた。あたしだって、いつも通りに笑って入っていったわ。大丈夫だ、きちんとおめでとうと言える。そう思ってホッとしたのを覚えてる。

まさかあんなことになるなんて——まさか、まさかこのあたしの手で——

まさか、あんな！


暗転。

明かりが点くと、女優1がげんなりした顔で椅子に座っている。


女優1：そんなこと言われても困りますよ。

そりゃ、確かに、あのお芝居の中では、ヒロインが、私が殺しましたって告白しますけど。まさか、内容に触発されてなんて言いだすんじゃないでしょうね。いくらヒロインになりきってたって、現実との区別くらいつきますよ。

強請りの話？

初耳です、そんなこと。そんなことする人じゃありませんよ。お金になんて無頓着な人だし、どんな擦り切れたシャツ着てたって平気な人なんだから。強請りっていうのは、几帳面《きちょうめん》な人がすることじゃないですか。あんな、執筆や稽古《けいこ》が始まったら何も見えなくなる人が、そんな面倒くさいことするわけありません。

お芝居に強請りの材料を入れるなんて、そんな不純なこともしませんよ。

私？　やりたかったですよ、もちろん。もちろん！

当たり前でしょう。出演したかった。あーあ、あたしを指名してくれていれば。せめて、誰かを指名してからだったらよかったのに。不謹慎ですけど、本音だわ。だって、せっかくのお芝居なんですもの。ホンはあるんだから、いっそ、三人で、トリプルキャストでやらせてもらえないかしら？

他の二人？　強請られるような噂《うわさ》？　いいえ、聞いてません。

でも、そうね――お金が原因でないのであれば――あくまでお金は表面上のことで、他に理由があるのだとすれば――例えば、平賀さんとか。

神谷先生は、平賀さんにお熱だったような気がします。ずっとファンだったというような話を伺ったことがあるし。

そういう方面に関しては、失礼ながら、不器用な人だったようだし、横恋慕のような形になったんじゃないでしょうか。むろん、平賀さんはそれを逆手に取って、自分に有利なように使ったでしょうし。なにしろ、どう見たって、平賀さんのほうが一枚も二枚も上手です。そこに何かのトラブルがあったとは考えられないかしら？

どうです？

女優1、立ち上がり、一回転する。

女優1：本当に、今でもその瞬間のことは覚えていないんです。

頭が真っ白になって。何か身体《からだ》の中に、ごおっという風みたいなものが吹いたことしか覚えてないんです。怒りのような、絶望のような、それこそ自分の全《すべ》てが根こそぎ持っていかれそうなくらいに凶暴な嵐が、あの時自分の中で短い時間、吹き荒れたんです。

怖かった。我を失った。自分の中に、あんなひどい風が吹いたこと自体信じられなかった。あんな恐ろしい嵐が、あたしの中に。

本当に、最初は和やかに談笑していたんです。式はどうするとか、旅行はどこに行くとか、質問して、答えて、にこやかに話していたはずです。

何がきっかけだったんだろう。

先生、笑ってた。笑顔だった。

写真。そう、写真だと思います。彼女の写真が、先生の書き物机の上に載っていた。

手製の額。彼女が七宝焼《しっぽうや》きかなんかで作った、小さな手製の額に、彼女は自分の写真を入れて、先生に贈ったんだそうです。それも、知り合って間もなくですって。

なんて、嫌な女だろう。あたし、そう思ったんです。

なんていやらしい、図々しいことをする女なんだろうって。

虫酸《むしず》が走りました。吐き気がしました。

だけど、先生は、嬉《うれ》しそうに笑ってました。はにかむような、誇らしいような、みんなが惹《ひ》きつけられる、あの人懐《ひとなつ》っこい笑顔を浮べてました。

その顔を見た瞬間、頭が真っ白になったんです。

世界を、あたしを壊すような、ひどい嵐が起こったんです。本当です、その瞬間のことは覚えてないんです――本当に――

暗転。

明かりが点くと、女優3が憮然《ぶぜん》として椅子に座っている。

女優3：ふう。舞台の上なら若い人と同じ時間耐えることもできるけど。さすがに、これは、こたえるわね。いつ終わるかも分からないし。（上の方を見て叫ぶ）ねえ、いつ幕が下りるの？ごめんなさい、聞き流してちょうだい。ちょっと疲れてるの。ええ。あのお芝居の中に、ヒロインが殺しを告白するシーンがあったわね。犯人の告白というのは、いつもカタルシスがあるものよ。現実はどうか知らないけど。

でも、現実と同じようにあのお話にも続きがあるわ。そう簡単にカタルシスに騙《だま》されちゃいけないの。

ええ、強請りのお話には驚きました。

まさか、あの人がそんなことをしていたとは。正直いって、とてもとても信じられないわ。芝居が趣味と実益を兼ねているから、他には何も興味がないとおっしゃってましたし、実際、マネジメントは事務所の人に任せっきりだったみたいだし。

私が？　彼に強請られるような原因があると？

残念ながら、思い当たりませんわ。そんな繋《つな》がりがあれば、もっと早く彼のお芝居に出させてもらっていたかもしれないのにね。

そりゃ、やりたかったですよ。当たり前でしょう。

いくらあたしが女優を名乗っていても、役がなければあたしは女優じゃない。あなたはどこにいたって退職しない限り刑事だけど、あたしが女優なのは舞台の上だけなんですから。演じていなければ、どんな大女優だって「自称」でしかない、不確かで生ものの商売なんです。

やりたかった。せめて、上演してくれれば。ホンは上がっているんですから。

やらせてほしい。

強請られるような理由？　他の二人のどちらか？

さあ、存じません。あまり人のプライバシーには関わりたくありませんしね。

ただ。

いえ、なんでもないことだと思うんですけど。

単なる気のせいですけどね。

あのお芝居ね、ヒロインが殺人を告白するきっかけですけど。

ええ、靴ね。靴を修理した店が彼女を自白させるきっかけになる。

あのね、本当に、たいしたことじゃないんですけど、甲斐崎さんの実家って、靴屋さんなんですって。どこかで聞いたわ。彼女も、ずっと靴屋さんでアルバイトをしていたそうですよ。それも、修理の方を。なかなか手先も器用らしいの。最初は、役者じゃなくて、裏方を専門にやってらしたというじゃありませんか。

そのことに、何か隠された意味があるとは考えられないかしら？

考えすぎかしらね。


女優3、立ち上がり、一回転する。

女優3：ふと、気が付いたら、彼が倒れてました。びっくりしたわ。なぜかしら、ほんの一瞬前まで笑ってあたしを見ていたのに。

声を掛けたの。何度も名前を呼んだわ。

だけど、彼は動かなかった。

よく見ると、頭から血を流していたわ。

本当にびっくりしたの。なぜ血を流してるのかしらって。

暫《しばら》くぼうっとしていたわ。あまりのことに、どうしていいか分からなくって。

救急車を呼ばなくちゃ、と思ったわ。彼は怪我《けが》をしている。倒れている。

お医者さんを呼ばなくちゃって。

電話を掛けようと思って、机の上の受話器に手を伸ばしたの。

そうしたら、赤いのよ。何か赤いものが目に入ったと思ったら、あたしの手だったの。

自分の手をまじまじと見てみたわ。

血なの。血で濡《ぬ》れていたわ。なぜかしら。なぜあたしの手が血に濡れているのかしら。

それでもまだ、足元で倒れている彼と結びつかなかった。自分がやったと気付かなかったの。

ふらふらと外に出たら、凄《すさ》まじい嵐だった。暫く手をかざしているだけで、あっというまに雨が血を洗い流して、跡形もなくなった。

記者会見に行かなくちゃと思って、よろけて裏の門を出た瞬間に、躓《つまず》いて、ヒールの踵《かかと》が折れてしまったの。

直さなくちゃ。靴を直さなくちゃ。これから記者会見なんだもの。

あたしは雨の中、靴を直すことだけを考えて、よろよろと歩いていった
——雨はいよいよ激しく、風は凄まじかった。だけど、あたしの頭の中は靴の踵のことだけ。

さあ、靴を直して、記者会見に行くのよ。みんなが待ってるわ。

さあ、靴を直して、みんなの前に出るのよ。みんながあたしを待ってるわ。

呪文《じゅもん》のように、そう心の中で繰り返していた——


暗転。明かりが点《つ》くと、椅子《いす》が三つに増えている。

女優1、2、3がそれぞれ椅子に座っている。皆憮然とした表情。

女優2：ええ、うちは靴屋よ。それがどうかした？　子供の頃から祖父の手伝いを

していたから、ちょっとした修理はお手のものよ。バイト先でもほめられたわ。

だから何、あたしが犯人？　芝居の中で、靴がヒントになったから？　シンデレラの靴ね。靴が決め手だ、全てがあたしを示しているって？　誰がそんなこと言ったのよ。そもそも、うちが靴屋だなんて、そんなことを知っているほうがなんだか怪しいわ。その人は、あたしのことを調べていたってことよね。

なぜそんなことをする必要があるの？　何かに利用したいことがあったんじゃない？　何か後ろめたいことがあったから、その必要があったんじゃないの？

あたしは犯人じゃないわ！　そいつを調べてよ。絶対、何か裏があるに決まってるんだから。うー、腹立つなあ。


女優１：あたしと先生が？　ひどい中傷だわ。

むしろ、ただの小娘としか見られてなくて、そのことがあたしにとってはコンプレックスだったんですよ。

誰がそんなこと言ったの？　あたしに罪をなすりつけようってことかしら。

そんな、根も葉もない話を持ち出すなんて怪しいですよ。何かやましいことがあるから、他人に注意を向けさせたいんでしょう。きちんと調べてください。そういう人の方こそ、何か人に知られたくない関係があったに決まってる。

あたしは先生を殺したりしてない。

たかだか二十年くらいの人生よ。たいした過去だってありません。

お願い、ちゃんと調べて！

女優3：あきれた、あたしと彼の関係ですって？　お話にならないわ。

そりゃ、あたしくらいの芸歴があれば、彼だって敬意を表して、「ファンだった」くらいは言うでしょう。それくらいは常識的な社交辞令ですよ。だからって、そこまで勘ぐられたんじゃ、たまりませんよ。裏はお取りになってるの？　あたしと彼の間に何かトラブルがあったという証拠はあって？ないでしょ？　何も出てこないわよ、実際に何もないんだから。やれやれ。

全く、誰にそんなことを吹き込まれたのやら。それとも、まだ女としての価値があると認めてくださったことを喜ぶべきなのかしらね。だけど、忠告させていただきますが、そんなことを言い出した人を最初に調べたほうがよろしいんじゃなくて？　芸を競い合うのならともかく、容疑者を押し付けられるのはたまらないわ。あたしは犯人じゃない。それは確かよ。

暗転。

明かりが点くと、女優三人は消え、真ん中の椅子に男が腕組みをして座っている。

男：

霧。霧の中。

私は、若い頃のことを思い出しました。友人と、山の中にある、鉄道の廃線跡を歩いていた時のことです。

真っ白な、まとわりつくような凄《すご》い霧に遭ったのです。まだ残暑の厳しい頃だったのに、急に肌寒くなって、ほんの数メートル先が見えない。あの心細さ、気味悪さは今でも肌にひんやりと触れる水滴の感触と共に思い出すことができます。

今の私も、あの時と同じ、深い霧の中に迷い込んだかのような心境にあります。

彼女たちの証言は——いや、ひょっとすると、彼女たちの台詞《せりふ》は、いよいよ私を惑わせます。

驚いたことに、私が彼女たちの証言に疑惑を感じているのを見透かしたかのように、彼女たちは互いに罵《のの》りあいを始めたのです。

彼女たちの鬱憤《うっぷん》や怒りは、実に堂に入ったものでした。なにしろ、感情表現にかけては、彼女たちは年季の入ったプロなのですから。私は必死に、その裏に隠された感情を読み取ろうとするのですが、そうすればするほど、どれが本物の感情なのか自信がなくなっていくのです。彼女たちは罵り合うふりをしているのかもしれない。あたかも、あの芝居の中で、ヒロインが河野百合子なる娘を嫌悪《けんお》していると観客に思い込ませようとしていたように。

彼女たちの話を聞きながら、私はしきりにあの芝居のことを思い出していました。

台本は入手していました。もはや上演されることのない芝居を、私は何度も読み返していました。その度に、目の前の三人の女優たちがそれを演じているであろう姿が次々と目に浮かんできます。それが、目の前で証言をしている彼女たちに重なって、奇妙なデジャ・ビュを起こさせるのです。

台本の内容は、読めば読むほど興味深く思えました。まさに、現実との二重写しです。

ヒロインを追い詰めていく男——恐らくは、私と同じ職業なのでしょうが、彼にも親近感を覚えました。私には、彼のようにえんえんと関係ない世間話を披露するような趣味はありませんけれど、彼の話の内容には共感を覚えました。

特に、嘘《うそ》の話には頷《うなず》かされました。

嘘をつく時は一箇所だけ。話したくないところは省くこと。なるべくそれ以外は真実を話すこと。それがずっと心に引っ掛かっていました。

そして、ふと、目の前の状況にそれが当てはまらないだろうかと考えたのです。

今の彼女たちの場合はどうなのだろう。

もし、彼女たちが嘘をついているとすれば、それはどの部分だろう。彼女たちが共謀しているのであれば、同じ部分で嘘をついているはず。もしくは、同じところを省いているはずだ、と。

私は考えました。

彼女たちが語っていないこと、あえて省いているものはないかと。

私は一人、じっと考え続けたのです——

男、ゆっくりと立ち上がり、椅子の背に手を掛けたまま一回転し、椅子の後ろに立つ。

男：こうして、ついに彼女は自白しました。恐るべき殺人を、激情に駆られたあげくの殺人を犯したことを、自ら認めたのです。

長い道のりでした。

ええ、もちろん、彼女は被害者を強く愛していました。そのことは、私は露ほども疑ってはいません。

愛というのは実に厄介なもの。それには少なからず憎悪が含まれているし、もちろん嫉妬《しっと》や凶暴さというものも秘めています。それは、憎悪や嫉妬にも言えることであって、憎悪には愛と嫉妬も含まれているし、嫉妬には憎悪や愛が含まれているということです。

それらは親戚《しんせき》のようなもの。県境にある山が、どちらの県から見たかによって、名前が異なるようなものなのです。

厄介なものであるがゆえに、惹《ひ》かれるのかもしれませんね。かく言う私も。

（手を広げ、おどけてみせる）

むろん、人気女優の犯罪に、世間は大騒ぎになりました。

週刊誌は彼女の過去の芝居の評判を書き立て、TVのワイドショーはこぞって彼女の映像を流します。

長年心に温めてきた報われぬ愛、それを改めて失うことに逆上した女の哀《かな》しさ。それを人々は憐《あわ》れんだり同情したり、嘲笑《あざわら》ったりあきれたりして楽しんだのでした。

私は当初、河野百合子嬢との共犯であると思っていましたが、どうやらその予想は外れていたようです。

河野百合子嬢は犯行に関わっていたわけではなく、かねてより被害者との結婚が評判が悪いことを感じていたため、彼が殺されたと聞いて動転し、単に怖くなって逃げたというのが真相のようであります。

そんな時、河野百合子嬢は、彼女から「あなたが第一容疑者だし、一番不利な立場だから黙秘を続けること、私があなたのアリバイを証明してあげるから」と聞かされて、それを信じ込んでいたようでした。結局、百合子嬢は彼女のアリバイ作りに利用されただけだったのです。

河野百合子嬢は解放され、彼女もまたマスコミに追い回されました。

彼女に浴びせられる声は、殺人の罪を押し付けられていたことを同情するものと、そもそも被害者との結婚自体間違っていて、それが犯罪を誘起したのだという非難とが、半々だったように思います。

一つ言えるのは、この件によって、彼女に対する男性の人気はますます高まり、女性の人気はいっそう落ちたようでした。むしろ、女たちは、犯人の人気女優の方に同情していたように思います。

とにかく、彼女は時の人でしたから、TVでは引っ張りだこでした。ワイドショーやバラエティ番組、幾つかのトレンディドラマに頻繁に登場していましたが、半年もすると、いつのまにか話題にものぼらなくなりました。

実に、世間とは気まぐれで移り気なものです。

男、椅子の背をつかんだまま、ぼんやりと黙り込む。

男：(気を取り直したように)魂の重さの話を？

ヒットした映画にありましたよね、煙草《たばこ》の煙の重さを量る場面。吸う前の煙草と吸った後の灰を含めた重さとを比べれば、煙の重さが分かるはずだって。些《いささ》か眉唾《まゆつば》な気はしましたが。

魂というのは、二十一グラムだそうです。臨終の瞬間に減る体重が、なぜか二十一グラム。だから、それが魂の重さ。

（急に、やる気をなくしたようにうなだれる）

正直に言います。

私は、どうもすっきりしなかった。

何かを忘れているような、もやもやした感じが消えなかった。

彼女が自白した瞬間には快哉《かいさい》を叫びましたが、そのすぐ直後から、何かを間違えているような、嫌な感覚がずっと続いていたんです。

こんなことは初めてです。

私は、こう見えてもあまり後ろは振り返らないたちなんです。新聞の三面記事を熟読し、今度話すネタを仕込むことで毎日過ぎていくくらいですし、終わった事件のことは考えません。そういう、覚えなければならないネタを頭に入れて、事件のことはとっとと頭から追い出してしまうようにしているんです。その方が精神衛生上ずっといいですからね。

だけど、この事件はなぜか頭から出ていってくれませんでした。

自白した時の満足そうな彼女の顔が、頭から離れないんです。

あの安堵《あんど》の表情は何だったのか。

罪を告白したからに決まってる、と私は自分に言い聞かせました。自分の犯した罪を胸にしまっておけなかったからこそ、彼女はホッとしたのだ。それがあの表情だ。私はそう考えるよう努めました。

しかし、駄目でした。何かが違う。そんな思いが、日々の暮らしの隙間《すきま》にふっと浮かび上がってくるのです。かといって、何が違うのか、どう違うのかは分かりません。そんなもやもやした気持ちを抱えながら、忙しく仕事をこなす毎日が続いていました。

そんなある日、たまたまあの犯行現場の近くを通りかかりました。偶然でした。外国から偉い人が来ていて、あちこちが交通規制になり、コースの変更を余儀なくされたのです。

ふと、見覚えのある風景が目に入って、いつのまにか車を降り、足がそちらに向かっていました。

以前、雨の日に、もう一度彼女の歩いたルートを辿《たど》ってみようと思った時のことを思い出しました。事件の突破口を開いた出来事です。あの興奮が、身体のどこかに残っていたのかもしれません。

例の靴屋さんはその近くでした。もう一度あの店に行ってみようと思いました。なんとなく、店の主人が撮った猫の写真を見てみたくなったのです。

ぽかぽかした、小春日和《びより》のせいもあったかもしれません。

ぶらぶら歩いていくにはちょうどいいお天気でした。急いで戻らなければならない理由もなかったし。

ところが、どんなに歩き回っても、靴屋さんが見つからないのです。

他の店に見覚えはあるのに、靴屋さんだけがありません。

不思議に思って近くの花屋さんに聞くと、靴屋さんは、ひと月ほど前に閉店したということでした。店の主人が、病気で亡《な》くなったのです。

言われてみると、店のあった場所は、お弁当屋さんになっていました。店構えがすっかり変わっていたので、気付かなかったのです。

私は、なんだかとてもがっかりしました。

急に力が抜けて、歩くのが億劫《おっくう》になってしまったほどです。

何がそんなにがっくりきたのか自分でも分からず、隣の喫茶店に入って休むことにしました。

なんだか懐《なつ》かしい感じのする喫茶店でした。

私は、通り側の席に腰掛けて、ガラス越しに道ゆく人をぼんやり眺めていました。

ひどい徒労感に襲われながら、私はついに私の中であの事件が終わったことを感じていました。なぜかは分かりませんが、あの靴屋さんがなくなったことで、私とあの事件との関わりも終わったような気がしたんです。

随分そこでぼんやりしていたようでしたが、気分を切り替えて、帰ることにしました。

勘定をしようと立ち上がり、伝票を持ってレジを振り返ったその瞬間です。

突然、私は自分の間違いに気付きました。

その瞬間、背筋を伸ばして、きょろきょろと辺りを見回したことを覚えています。

いきなり、周りの景色が変わってみえたからです。

私は大馬鹿者でした。

とんでもない間違いをしでかしていたんです。

全身の血が引いたあとで、再びワッと熱い血が沸きあがるような気がしました。間違いを正さなければ。心臓がどくどくいっているのを宥《なだ》めながら、私は伝票を持ってレジに向かいました。

(思わせぶりな間。そののち、男は、椅子の背をつかむ手に力を込め、ぐっと前に乗り出して客席を見つめる)

そして、私は、再びあなたに会いに、こうしてここにやってきたわけです。

暗転。

旅人たち 6

音のない風景の中でページをめくりながら、昌夫はふと息苦しくなって顔を上げた。

戸外で本を読むというのは、いつも不思議な心地になる。

外ではいつも時間が流れ、風景が変化している。風、光、温度、湿度。目に見えて刻々と世界は移り変わっていく。そんなところでじっと活字を追っていると、まるで川の流れに棒切れを挿《さ》したように、自分だけが流れに逆らい、踏みとどまっているような錯覚を感じるのだ。時間を止めているような、それでいて意識が世界に溶け出して一体化しているような。そして、そんな感覚の正体がおのれの精神活動だと考えると、肉体とはなんと無防備に外界にさらされているのだろうと思う。

いつのまにか、身体《からだ》がじっとりと湿っていた。

長いこと霧の中にいたためだろう。全身が重い。

見た目には変わらないけれど、霧も刻一刻と流れを変えている。さっきよりも動くスピードが速くなったようだ。

「時間の感覚がなくなるな」

すぐ近くから声がしたのでぎょっとする。男が煙草《たばこ》に火を点《つ》けるところだった。かちっという音と、ポッと明るい音を立てて炎が見える。しかし、その炎すら、どこか薄暗い色に感じた。

「生まれる前からここに座っていたような心地になるよ」

男はぼそりと呟《つぶや》いた。

「もしかすると、俺たちが幽霊なのかもしれん。知らないうちに幽霊になってしまって、舞台に出没しているのかもな」

男の口から吐き出される煙が、霧に同化していく。

ふと、昌夫の頭にひらめくものがあった。

「夏の公演で、ここに出たという幽霊のことですけど」

「うん？」

「人間じゃなかったんじゃないでしょうか」

「そりゃそうだろ。幽霊なんだから」

そう答えて、男は会話の内容が奇妙に思えたのか、くすっと笑った。

「いえ、そういう意味じゃなくてですね」

昌夫は首を振った。

「幽霊は足がない。その芝居では、みんなが顔と身体を衣装で隠していたわけですよね」

「そうだ」

「ですから、中身は人間でなくともいいわけです。ベールとドレスが、人の形をしていればいいんですから」

「つまり？」

「例えば、透明な風船にベールをかぶせれば、それは人の頭に見えます。透明な風船の下に、これまた透明なハンガーをつけてドレスをかぶせれば、人の肩に見えるかもしれません。足がなくてもいいんです」

昌夫の目には、それが見えていた。

宙に浮かんでいる、風船とハンガー。誰かの手が、それに黒いベールとドレスをそっとかぶせている。それはゆらゆらと頼りなげに浮かんでいる。

そして、それはすーっと通路を横切っていく。

「通路を直線に突っ切ったと言いましたね。まっすぐに。テグスか何かをドレスにつけて、引っ張ればいいんです。そして、出口に来たら、ドレスを剝《は》がすか風船を割ってしまえばいい。ドレスを引きずりおろせば、透明な風船とハンガーしか残りませんから、人間が消えたように見える。風船を割った場合も、ハンガーとドレスは一瞬にして地面に落ちますから、同様です。舞台に立っていたというのも、同じ方法でできます」

「面白いけど、風船を割ったら音がするんじゃないかな」

「音を最小限にする方法はあると思います。ドレスが防音の役目を果たすかもしれない。外から針を刺せば中の風船を割るのは簡単ですし。ＢＧＭや効果音に紛れれば、音も聞こえないでしょう」

ぱさりと地面に落ちるドレス。

出口の、闇《やみ》と光の境目であれば、それは効果的であるはずだ。

「もしそれが当たっていたとして、誰がいったいそんなことを？」

「スタッフの中に犯人がいたことは確かでしょうね。そんな芸当ができるのは、スタッフだけですから」

「理由は？」

「さあ。分かりません。芝居を評判にしたかったのか、それとも止めさせたかったのか。もしくは、それで注意を逸《そ》らして別の何かをしたかったのかもしれません」

「別の何か、ね」

「手品師と同じですよ。彼らは必ず、何かをする時に『よく見ててください』『これに注目してください』と言うでしょう。そして、そんな時はいつも、みんなが見ていないところで何か他のことをしているんです」

「他のこと、ね」

男は考え込む表情になった。

「その時、何か他に事件はなかったですか？　観客席でも、それ以外でも。同時に、何かが行われていたはずなんです」

「特にそんな話は聞いてないけどなあ。何か起きてれば、噂《うわさ》になってただろうし」

「しっ」

「どうした？」

「今、足音がしませんでしたか？」

「え？」

「砂利を踏む音ですよ」

「気付かなかった」

二人は声を潜め、耳を澄ませた。

暫《しばら》く息を殺していたが、何も聞こえない。

「気のせいじゃないのか」

男が声を低めたまま呟いた。

「いや、待ってください。やっぱり、足音が」

昌夫は早口で言った。再び、耳を澄ます。

今度は確かに聞こえた。離れたところで、ざっ、ざっ、ざっ、と何かが動いている音がする。それは、徐々に遠ざかっていった。

二人は顔を見合わせた。

「鹿とか、獣かもしれない」

男が用心深い声で言った。昌夫は首をひねる。

「あんな足音なんですか？　二足歩行の足音に聞こえましたけど」

二人はそろそろと動き出した。

もし、獣だったら。昌夫は青くなった。例えば、熊だったら。

何も武器など持っていない。ひたすら逃げるだけだ。駅舎の中に、逃げ込めるところがあっただろうか。無防備。外界では、無力で無防備な生き物。素早く、薄暗い駅舎の中を思い浮かべる。無意識のうちに、台本を丸めていた。

「行ってみよう」

男が低く呟いて、立ち上がった。彼の靴の下で、じゃりっという小石の音がする。

「何か、武器になるようなものを」

「ええ」

二人で小走りに駅舎に向かい、中を見て歩く。

隅に、錆《さ》びたシャベルが立てかけてあった。それをつかみ、そっと外に出る。

「後片付けに来たスタッフかもしれない」

男が自分に言い聞かせるように言った。

スタッフ。

昌夫には、それが、自分の推理を裏付ける人間のように思えた。

そいつは、闇の中でテグスを引き、風船を破裂させ、ドレスを回収した。何か人には知られたくない目的のために、それで周囲の目を引いたのだ。

そいつの目的は――目的は――

「こっちだ」

男が霧の中に向かって踏み出した。

『中庭の出来事』 9

明かりが点《つ》くと、三つの椅子《いす》に女優1、2、3が並んで座っている。少し離れたところにもう一つ椅子があり、そこに男が座っている。皆、手に台本らしきものを持っている。

女優1：(些《いささ》か芝居がかった口調で) ここがおわかりになったのはだれの手引きで？

男：(棒読みで) 恋の手引きで。恋がまず捜し求めさせたのです。恋が知恵を貸してくれ、ぼくが盲の恋に目を貸したのです。ぼくは水先案内じゃない、しかしたとえあなたがさいはての海に洗われるはるかな岸辺にあっても、このような宝のためならあえて漕《こ》ぎだすでしょう。

女優1：夜の仮面がこのように私の顔をかくしてくれる、でなければ乙女のはじらいに頰が染まっているはず、さきほどのことばをあなたに聞かれてしまったのですから。ほんとにたしなみを重んじたい、ほんとにほんとにあのことばを取り消したい。でも体裁ぶるのはやめます。愛してくださるわね？「はい」とおっしゃるわね？　おことばを信じます。けれどお誓いになっても破るかもしれない、恋する者が誓いを破ってもジュピターは苦笑するのみとか。やさしいロミオ、愛してくださるなら、心の底からそうおっしゃって。あまりに早く心を与える女とお思いになるなら、顔をしかめ意地をはり、いやと言いましょう、それでも愛を求めてくださるなら。でなければいや。ねえ、ロミオ、私ってほんとうに愚かな娘、だからはすっぱな女とお思いになるかもしれないわ。でも信じて、控えめに見せる手管を知る女より私のほうがずっと真心があることを。うちあけて言えば、はげしい心の思いを知らぬ間にあなたに聞かれてさえなければ、私だって控えめにしていたはず。ですから恋に負けた心を軽々しい浮気とおとりにならないで、重い夜の闇が明るみに出してしまったのですもの。

男：ぼくは誓います、あの果樹の梢《こずえ》を銀一色に染める清浄な月にかけて——

（間。男、ページをめくる）

男：（やはり棒読みで）荷造りの手伝いにヴィニーをよこそう。
女優2：六時まではいけません。六時まではあたしが預かります。
男：では六時に。おいで、ケーティ。
女優2：違うわ。ドッグ。D、O、G、ドッグ。お水じゃないの。ほら、お水。ウォーター。どうやって話せばいいのかあたしにはわからない。それがわかってる人って、この世の中に一人もいないんだわ。ヘレン、ヘレン。そう、あたしにとって何だって言うの？　親は満足してるわ。親のもとに子供と犬を返す、両方とも家の中で住めるようにしつけられてる、そして皆さん、大満足ってわけ。でもあたしと、あんたは不満よね。さあ！　ここよ。ここにあるのよ！　教えてあげたかったわ――この地上に満ちあふれてるもの、何もかもを――ヘレン、この地上で一瞬あたしたちのものになり、そして消えてしまうものを、あたしたちが地上では何なのかということも――あたしたちがそれで未来を開き、過去を遺《のこ》してきた光――言葉――そう、人間は五千年昔のことでも言葉の光で見ることができるのよ。人間は言葉によって、感じ、考え、知り――そしてわかちあうことができるの、だから真暗闇の中に沈んでしまったり、忘れ去られてしまう者は一人もいないの、お墓の中に入ってしまってもよ。あたしにはわかってる、一言だけ通じれば——全世界をあんたの手に入れてあげられるんだってわかってる。それがあたしにとって何なのかはわからないけど、でも、あたしそれ以下のことじゃ、納得しないわ！　一体、どう、どうやったらこれを伝えられるのか——これは言葉なのよ、この言葉はこれが毛糸だってあらわしてるの、わかる？　これは、スツール——このものはスツールっていうのよ。ナプキン？　ドレス！　フェース、フェース！

（間。男、ページをめくる）

男：（やはり棒読みで）一つだけ言わせてもらいますが、あの人は熱心すぎます。特にひとのことにかまいすぎるんです。この夏のあいだずっと、ぼくとアーニャはあの人にわずらわしい思いをさせられた。ぼくたちのあいだにロマンスが生まれるんじゃないかと恐れてたんです。それがあの人になんのかかわりがあるっていうんです？　しかもぼくがそんな気配を毛ほども見せないのに——ぼくはそんな俗悪なことにふけったりしませんよ。恋愛なんてものをぼくたちは超越してるんだから。

女優3：私はどうやら、超越どころか、恋愛に沈没しているようね。お兄さんはどうしてまだなんだろう？　土地が売れたのかどうか、それだけでも知りたいわ。今度の災難はとても信じられないものだから、どう考えたらいいかわからないし——自分をおさえることさえできそうもない……ここに突っ立ったままキャーーッて大声を出すか……なにかばかなまねでもしでかしそう。助けてよ、ペーチャ。なにか話して、私になにか……。

男：土地が今日売れようが売れまいが、どうでもいいことでしょう？　とっくの昔に終わったものは——もどる道などない、草におおわれ跡かたもなくなります。ま、落ちついてください、奥さん。ご自分をごまかしたりせずに、この際勇気をふるって真実を直視するのです。

女優3：ええ、でもどんな真実を？　あなたにはどれが真実でどれが嘘《うそ》か、見えるでしょう。でも私は目がかすんだみたいで——なんにも見えないわ。あなたはどんな重大な問題でも恐れることなく答えを出してみせる、でもね、ペーチャ、それはあなたがまだ若くて、そういう問題のたった一つでも、耐えに耐えて生き抜いたことがないからじゃないかしら？　あなたは恐れることなく前を見つめている、でもそれは、若いあなたの目からはまだ人生が隠されていて、どんな恐ろしいことが待ちうけているか見えないからじゃないかしら？　たしかにあなたは私たちのだれよりも勇気があるし、考えが深いし、正直な人よ——でもそのことをちょっと考えてちょうだい、そして私たちをあまりきびしくとがめないで、かわいそうだと思ってちょうだい。だっていいこと、私はここで生まれたのよ、父も母もここで暮らしたのよ、おじいさんも……私、この家が大好き。桜の園がない人生なんて私にはなんの意味もない。どうしても桜の園を売らなきゃならないなら、この私もいっしょに売って……それに、ここで私の坊やが溺《おぼ》れて死んだ……あなたはいい人でしょ、やさしい人でしょ——私をかわいそうだと思ってちょうだい。

男：　それはもう、心から同情してますよ。

(間。男のみにライトが当たる。男は、台本を閉じて丸め、小さく拍手をする)

男：　さすがに大したものです。プロフェッショナルというのは、実に素晴らしい。お陰で私も舞台役者になったような気分になれました。こんな機会はめったにありませんからね。

やはり、がらりと別人になるものですね。信じられないほどに。

（間）

ところで、人と話す時、あなたはどこを見ますか？

相手が男性の場合、女性の場合、年長者の場合、年下の場合。それぞれ見るところが異なるかもしれませんね。仕事の相手なのか、プライベートの知り合いなのかでも違ってくるでしょう。

私は、相手の手を見ています。

もちろん、あからさまには見ません。相手の目を見て、相槌《あいづち》を打ちながら、さりげなく手を見るんです。

顔の表情というのは訓練できるものです。普通の人間でも、子供の頃から訓練を重ねれば、感情を出さずに会話をすることは上達します。けれど、手や足というのは意外と正直です。言葉に意識を集中させていると、無意識のうちに、抑えていた感情が手足に溢《あふ》れ出るのです。それは、不安だったり、怒りだったり、恐怖だったりします。

いつだか忘れましたけれど、とてもにこやかで楽しそうに話している女性が、よく見ると、指先がぶるぶる震えていたことがあります。そのことに気付いた時は、なんだかぞっとしましたね。

私は彼女たちに演技をしてもらいました。

本物の演技、お芝居の上の演技です。

どれもとても有名なお芝居の、有名な役です。

彼女たちは、むしろリラックスして見えました。最初からそれが役だと思ったほうが楽なのでしょう。

演技！　そう。私はそこに何か手掛かりがあることを感じていたのです。

もしかすると、これが私にとって突破口になるのではないかと。

演技をする彼女としていないはずの彼女。そして、本当に演技をしない彼女。

その、ほんの薄い皮一枚のところにある何かが、私にとって何らかの光明を与えてくれるのではないか、と。


（女たち、立ち上がり、互いの手を取って三人でゆっくりと回り始める。回りながらも、視線はずっと客席に向けられている）

女優2、3‥こんにちは、美しいヘレナ。

女優1‥美しい？ 私が？ どうしてそんなでたらめを言うの？ ディミートリアスが愛しているのは美しいあなたよ、ああ、しあわせな美しいあなた！ あなたの目は彼方《かなた》の北斗星、あなたの舌は甘い調べ、麦は緑に、サンザシのつぼみがほころびるころ、羊飼いの耳に聞こえてくるヒバリよりも美しい音楽。病気がうつるように器量もうつるなら、あなたの美しさをうつして、この私に、私の耳にあなたの声を、私の目にあなたの美しい目を、私の舌にあなたの舌の甘いメロディーを。世界が私のものなら、ディミートリアスは別にして、あとはみんなさしあげるわ、あなたのものにして。ね、教えて、あなたはどんな目つきで、どんな手管で、ディミートリアスの心を自由に手玉にとるの？

女優1、3‥こんにちは、美しいヘレナ。

女優2‥美しい？ あたしが？ なんだってそんな嘘をつくの？ ディミートリアスが好きなのはあんたでしょう。それを知っててあたしにそんな当てこすりを言うのね。

どこが違うんだろう。何が違うんだろう。なぜあんたであたしじゃないんだろう。なぜこんなにもあの人を好きなあたしじゃなくて、全くあの人など眼中にないあんたなの？

言いなさいよ、心の中では勝ち誇ってるんでしょう？　実は陰であの人を誘惑してるんでしょ？　あんたはあたしへの優越感のために、あんたの魅力を確認し自尊心を満足させるために、こっそりあの人に色目を使っているんだわ。

他のものはなんだってあげる。だけどあの人だけは。あの人だけは駄目よ。いったいどんなふうにやるの？　どうやったら、あんなふうにあの人を夢中にさせられるの？

女優1、2：　こんにちは、美しいヘレナ。

女優3：　美しい？　あたくしが？　あたくしが美しいですって？　よくもまあ、そんな嘘をぬけぬけと言えたものだわね。お世辞や憐《あわ》れみも、そこまで来ると笑ってしまうわ。

確かに美しさにはいろいろな種類があって、時を経た者だけが持つ魂の美しさには、人々の尊敬を得るだけの価値がある。男だって、女だって、そういう美しさを持つ人間は存在するし、女がそうなることの難しさをみんな知っているがゆえに、そういう彼女たちが尊敬されることもある。けれど、どうかしら？　恋において、そして、今、あの人の中で、そんなもの、いったい役に立つのかしら？

しょせん、男は若い娘、若い美しさが好き。ましてや、彼はまだあたくしよりも遥《はる》かに若く美しく、これから世界だって手に入れられるというのに、どうしてあたくしなんかに振り向いてくれるというの？

そう、彼が好きなのはあなた。傲慢《ごうまん》な若さを持ち、美しさに気付かないふりをしているくせに誰よりも自分の美しさを信じている、あなたたち若い娘にひれ伏す男たち。

そうよ、彼らは、時間を経た美しさや知恵なんかには洟《はな》も引っ掛けやしない。

経験？　それが何だって？　俺たちは初めて足を踏み入れる開拓地を、最初に開く蕾《つぼみ》を求めているのに。寛容さ？　それがいったい何の役に立つ？　今、こうしてときめくスリルに身をやつす愉《たの》しみに比べれば、単に退屈で忌《い》まわしいものでしかないのに。

そうよ、本当は彼らも知っている。彼女たちの傲慢な若さ、無邪気に享受《きょうじゅ》している美しさがほんのひとときのもので、それを過ぎたら恐ろしい幻滅と倦怠《けんたい》の長い歳月が待ち受けていることを。だけど、それでもなお、いえ、それだからこそ、彼らはあなたたちを求めるのだわ。その一瞬の享楽にうつつを抜かすことを人生最大の目的と信じてしまうの。

ああ、こんなごたくが何になるというの。彼が愛しているのはあなた。若く美しいあなた。そして、あたくしが好きなのは彼。世界の全《すべ》てと引き換えにしても手に入れたいと思っている。この、滑稽《こっけい》なのにいたたまれない状況をどうしろと？　人は嘲《あざわら》うわ、あんなおばあさんが、若い娘と争おうとしていると。勝ち目のない戦いに、髪を振り乱し人生を無駄にしていると。だけど、それでもあたくしはあの人が欲しい。あなたがほんのお遊びで振り回し、誘いに乗る振りをしては邪険にしているあの人が欲しいの。

（女たちは、手を離すが、時に手を繋《つな》いだり、掌を合わせたりして、絡《から》み合いつつ踊り続ける。視線は客席に挑戦的に向けられたまま）

女優２、３：きみなんか愛してはいないんだ、さあ、帰ってくれ。

女優1：　さあ、追いかけるのはよして、もう帰ってくれ。あなたが私を引きつけるのよ、磁石のように固い心で。でもあなたが引きつけるのはただの鉄ではない、私の鋼鉄のように忠実な心。あなたの引力が消えれば私のあとを追いかける力もたちまち消えてしまうわ。

女優1、3：　おれがきみを誘惑したって？　やさしいことばの一つもかけたことがあったか？　それどころかはっきり言ったろう、愛してもいないし愛することもできないと。

女優2：　そう言われるとますますあなたを愛してしまうの。私はあなたのスパニエル、だからディミートリアス、あなたがぶてばぶつほど私は甘えかかるのよ。私をあなたのスパニエルにして。ぶっても、蹴《け》っても、無視しても、知らん顔してもいい、ただ、このように取り柄のない女だけど、おそばにいることだけは許して。

女優1、2：　おれは逃げるぜ、藪《やぶ》のなかにかくれるとしよう、きみは野獣にでもなんでも勝手に食われるがいい。

女優3：　どんな野獣だってあなたのように無情ではないわ。お逃げなさい、どうぞ、そうすれば話が逆になる、アポロが逃げて、ダフニが追いかけることになる、鳩が鷲《わし》を追撃し、おとなしい雌鹿が虎をつかまえようと突っ走る。いくら走ってもむだね、臆病《おくびよう》が追いかけて、勇気が逃げるんだもの。

女優1、2、3‥いちいち聞いている暇はない、もう行くぞ。どうしてもついてくるなら、覚悟しておけよ、森のなかで必ずひどいめに会わせるからな。

女優1、2、3‥ええ、神殿でも、町でも、野原でも、あなたは私をひどいめに会わせたわ。ディミートリアス、あなたのひどい仕打ちは女性全体への辱《はずかし》めよ、男は恋ゆえに戦うものだけど、女にはそれができない、女は愛を求められるもので、求めることはできない。ついて行こう、私には地獄の苦しみも天国だわ、愛する人の手にかかって死ぬことになれば満足だわ。

暗転。

明かりが点《つ》くと、男が舞台の真ん中に、後ろで手を組んで立っている。

男‥『真夏の夜の夢』。

あなたがあの日、記者会見に出て、制作発表をなさったお芝居ですね。

さすがに、名前くらいは知っていましたよ。シェイクスピアのお芝居ですね。妖精《ようせい》パックが出てきて、まぶたに惚《ほ》れ薬を塗り、その相手を間違えたために、二組のカップルが大騒ぎを繰り広げる一夜のコメディ。

私、お芝居にはてんで疎《うと》くってね。何度か友人に連れていかれたけれど、劇場の明かりが消えると、反射的に睡眠態勢に入ってしまうんですよ。暗くなると眠るというのは、人間に刷り込まれた本能ですからね。この仕事についてからは、ますますそうです。暗くなると眠れる。明かりを消したら、眠っていい。そう身体が思い込んでいるんです。

いやはや、役者さんを前にして、申し訳ない。

子供の頃に出た学芸会でも、一番目立たない端役でしたよ。あなたは、やっぱり子供の頃から主役だったんですか？　私が出たのは『さるかに合戦』。栗だったか、何だったか、山の木の実の役だった。台詞《せりふ》はなし。みんなの後ろにぼんやり立ってただけでした。

そういえば、あの時の主役をやった女の子は、あなたによく雰囲気の似ている、可愛《かわい》い女の子でしたよ。彼女は今ごろ何をしているんでしょうね。彼女に似た、可愛い子供が学芸会の舞台に立っているところを、にこにこしながら客席から観ているんでしょうか。

あなたが逮捕されてからも、なぜかすぐにあなたのことを忘れてしまうことはできなかった。あなたは私の中に強い印象を残していた。あなたは素晴らしい女優ですよ。観客の心に焼き付けられ、その役は一生忘れられることはない。これ以上の望みが役者にあるでしょうか？

失礼。罪を問われたあなたに、こんな話をするのは残酷でしょうか。

これから舞台に立つことのないであろうあなたに、こうしてやってきてあの役はよかったと言うのはおかしな話かもしれません。

けれど、あなたは素晴らしかった。

ドラマチックな沈黙。感情を抑えた、堂々たるコメント。毅然《きぜん》とした表情。

誰もがあなたの演技に酔っていたのです。ええ、私もその中の一人でした。

通常、こんなことはありません。解決した事件のことは、片っ端から忘れることにしていますからね。だけど、今回はなぜか忘れられなかった。あなたの演技がとても印象に残っていたからです。

演技じゃないって？　真実の感情の吐露だったと？

あなたはそうおっしゃりたいんですね。

しかし、本当にそうなんでしょうか。あれは真実の告白だったんでしょうか。

今更何を言うとおっしゃるでしょうね。あなたを告発したのは私ではないか、と。

ところで、私は、読書は苦手だし、ましてや古典の名作などに縁のある男ではありません。ああ、ご立腹なさらないで。この話はいつもの与太話ではなく、あなたのしたことに関係があるんですよ。

読んでみました、『真夏の夜の夢』。さぞかし退屈なものかと思いきや、流麗な台詞がテンポのよい歌のように心地よく、意外と楽しめましたよ。

ええ、あなたが出演するはずだった芝居です。

あなたが演じるのはヘレナでしたね？

友人ハーミアに首ったけな男、ディミートリアスを愛している女。愛する男から拒絶されても、疎まれても、それでもあきらめず、絶望しながらも追いかける女。

読んでいるうちに、あなたが演技しているところを思い浮かべていました。あなたが台詞を言うところ、身振り手振りを加えているところ、目の前にそれが次々と浮かんでくるんです。そうそう、私はあの台詞が好きです。ディミートリアスに捨て台詞を投げつけられて、彼女が言い返すところです。男は恋ゆえに戦うものだけど、女にはそれができない、女は愛を求められるもので、求めることはできない。ついて行こう、私には地獄の苦しみも天国だわ、愛する人の手にかかって死ぬことになれば満足だわ。

壮絶な台詞ですね。

現代では、女性の方が恋ゆえに戦っているような気もしますけど、どうなんでしょうか。どんなに女性が強くなったように見えても、私には、この時代と本質的には状況が変わっていないように思えます。愛を求められることこそ、女の幸せである。誰もが心の底ではそう思っているように見えるんです。

いいえ、別に恋愛論を展開するつもりはないんですけれどね。個人的な意見です。不思議なもので、読んでいるうちに、あなたとヘレナが二重写しに思えてきたんですよ——なぜかは分かりませんが、あなたがヘレナを演じているところを想像したためかもしれません。

求めて、求めて、求められない女。そんな自分に絶望し、自己嫌悪《けんお》すら感じているのに、求めることをやめられない女。

どうなんでしょう、ヘレナは、最後には妖精パックの惚れ薬で、めでたくディミートリアスと結ばれることになるのですが、私には、その時の彼女があまり嬉《うれ》しくなさそうに見えるんです。誰よりも焦《こ》がれていた男の愛情を手に入れたというのに、思いを遂げた彼女は、むしろ憮然《ぶぜん》とし、戸惑った表情をしているような気がしてしまう。

ヘレナは、決して自分には振り向かないディミートリアスを求めていた時の方が幸せだったのではないか。あの、胸を焦がす、報われない思いに苦しんでいた時の方が、遥かに恋愛の快楽に浸っていたのではないか。ヘレナ自身が、そう自問自答しているような気がしてならないのです。

あなたはどうですか？

どういう意味かって？

同じですよ、あなたは今、ヘレナと同じような自問自答をなさっているのではないですか。思いを遂げたはずなのに、そんな自分に疑問を持っているのではないですか。

なぜって、あなたは女優なのですから。

あれはあなたの一世一代の演技だった。素晴らしい演技をなしおえ、人々の記憶に残る伝説となった。でも、それでいいのですか？　このまま伝説になってしまうのがあなたの人生の目的なのですか。

質問の意味が分からない？　そうですか。

男、コツコツと舞台の上を歩き回り始める。

思えば、私があなたと彼女の共犯を見破ったのも、あの偶然の散歩がきっかけでした。

不思議な符合です。さっきも言った通り、私は感傷などしないたちなんですよ。先日、某国の首相が来日して、都内に大掛かりな交通規制が敷かれましてね。深く考えずにタクシーに乗り込んだのはいいものの、とんでもない遠回りをさせられました。

途中、見覚えのある商店街を通りかかりましてね。なんとなくそこで降りたんです。

ええ、あなたが訪れた、あなたの犯行の決め手となった猫の写真が置かれていた、あの靴屋さんのある商店街です。

ご存知でしたか？

あの靴屋さん、もう店じまいしていました。ご主人が亡《な》くなったのだそうです。

最初、店を捜しても見つからないので、焦《あせ》りましたよ。ピカピカの、チェーン店のお弁当屋さんになっていましてね。たたずまいがすっかり変わってしまっていたので、余計に分からなかったんです。

なぜだかがっかりしましてね。足を棒にして探し出したお店なのに、あっさりなくなってしまったのが悔しかったのかもしれません。

それで、隣のお店に入ったんですよ。感じのいい喫茶店です。

キトン、という名前のお店です。そこでコーヒーを飲みました。おいしかったです、丁寧に淹《い》れられたコーヒーで。

ご存知でしょう？　あのお店。あなたはあそこの隣の店で、あの日、靴の踵《かかと》を直したんですものね。

店の照明が落としてあるんだけど、薄暗い感じはしなくて、とても落ち着ける、いいお店でした。

だから私は、帰る間際《まぎわ》まで気がつかなかったんです。

勘定を済ませようとして席を立った私は、その時ようやく気が付いた。

店の中には沢山の猫の写真が飾られていました。この写真が、店の名前はキトン。子猫、の意味です。この写真が、店の名前の由来だと、もしくは店の名前に合わせて飾られているのだと気付いた。


そして、その中の一枚が、私の目に留まりました。

なんと、あなたがあの靴屋で触れた額に入っていた、猫の写真だったんです。

もうお分かりですね？

あなたが触れた額縁は、あとから靴屋に持ち込まれたものだ。

そうですね？

あなたはご存知のはずだ。

だって、あなたはあの額縁に嵌《は》められたガラスに触ったんだから。あのガラスには、あなたの指紋が残っていたんだから。

あなたは、もう余命いくばくもなかったあの靴屋のご主人に、証言を頼んだ。

あの日、あなたがあの店で靴を直したという証言です。それを、裏付けるために、
あなたはあとからあの写真の入ったガラスに触れ、それをご主人に渡した。

あの靴屋のご主人が、写真が趣味だというのは嘘です。写真が趣味だったのは、

隣の喫茶店のご主人だ。あの靴屋の壁に飾ってあったのは、皆、隣のご主人が撮った写真だった。

あなたは、あの日あの店に行ったことを証明する必要があった。店の中のもので、時間が経《た》ってもきちんと指紋が残るものに、自分の指紋を残していく必要があった。額縁に入っているガラスなんて、最適じゃないですか。実際、あなたもそう考えた。

しかし、あの店の中に飾ってある写真は、どれも皆壁の上の方に飾ってあるので、たまたまあの日店に寄ったあなたが、「何の気なしに」額縁に触れることはできない。しかも、サイズが大きいので、商品棚にさりげなく置いておくのは難しかった。

あなたは、商品棚に置ける、いかにも女性が「何の気なしに」手を触れそうな写真を用意する必要があった。しかし、靴屋のご主人には写真の趣味はないし、別の人が撮った写真を用意するのは、別の意味での危険があった。

だから、あなたは、靴屋のご主人に、同じ写真を撮った隣の喫茶店のご主人から、あの猫の写真を借りてもらったんですね。そしてあなたはあの額縁に触れ、指紋を残した。額縁は証拠物件として回収されましたが、猫の写真は戻った。だから、隣のご主人は、元からあった場所に猫の写真を戻したというわけです。

聞きましたよ、あの靴屋さんは、昔、舞台の小道具の靴を手がけてらっしゃったんですってね。ここ数年は、ご主人が体調を崩されたので、もうお芝居とのつきあいはなかったそうですが。

それで、あなたとも知り合いだった。長いつきあいだったとか。だから、あのご主人も、最後にあなたのために一芝居打つことを承知したんでしょう。

なんのためかって？

あなたが殺人犯だということを証明するためです。

あなたが、してもいない殺人を犯したことを証明するため。

もっと正確に言えば、誰も殺されていない、起きてなどいない殺人事件の犯人になるため、です。

あなたは知っていたはずだ。

あの人が、単なる事故で死んだということを。

あの日、本当にあったことを教えてさしあげましょう。

確かに、あの日、河野百合子さんとご主人の間で、ちょっとした諍《いさか》いがあったそうです。百合子さんは、家の中を模様替えしようとして朝から戸棚の中のものを整理していたのですが、それが先生には気に入らなかったらしい。あの人は、あまり片付いているのが好きではなかったそうですね。それで、二人の間で他愛《たわい》のない言い争いになった。家の中を使いやすくしたい、という百合子さんと、あまり変えてもらいたくない、という先生との、まあ結婚した者の間では、よくある話です。

先生は腹を立てて仕事部屋に戻ろうとしたのですが、なんとも運の悪いことに、百合子さんが動かしていた絨毯《じゅうたん》の隅に足を引っ掛け、転んでしまったのだそうです。そして、大きな戸棚にぶつかってしまった。その時、片付ける最中だった、たまたま戸棚の上に出してあった大きな花瓶が頭の上に落ちてきてしまったのです。

ほんの一瞬のできごとでした。

打ち所も悪かったのでしょう。

百合子さんは、あまりのことに呆然《ぼうぜん》としました。自分が部屋の中を片付けたことが、そんなことになるとは思いもよらなかったのです。

先生の意識があったのかどうかは分かりません。

すぐに運べば助かったのかどうかも、今となっては謎《なぞ》です。

けれど、その時は、もう死んだものだと思っていた、と百合子さんは言っていました。

先生は、全く動かなかったし、呼吸も心臓も止まっていた、と。

こんな話、誰も信じてくれるはずがない。

絨毯の上に広がっていく血を見ながら、彼女はそう気付いて愕然《がくぜん》としたのだそうです。事故だなんて、誰が信じてくれるだろうか？　こんなあっけない事故で、先生が死んでしまったということなど？　結婚する時の、周囲の冷ややかな視線には、彼女も気付いていました。世間での自分の評判を考えると、自分が、先生を花瓶で殴って殺したんだと思われる、ととっさに考えたそうです。哀れですね、あの人も。

そこへあなたがやってきたのです。

あなたはいつからそこにいたのでしょうね。何の目的でやってきたんでしょう。それは私には分かりません。とにかく、あなたは、何が起こったのかを知っていた。

あなたの最愛の人が、あまりにもあっけない、むしろ、あまりにも情けない、不慮の死を遂げたことにあなたも愕然としていたはずです。

その時、あなたの中にどんな感情が湧《わ》き起こったのでしょうか。

私には、想像することしかできません。

最愛の人、素晴らしい仕事を成し遂げてきた人の、あまりにも早すぎる死。

しかも、あまりにも唐突な、彼にふさわしくない事故死。

隣で呆然としているのは、あなたの最愛の人をさらっていった女。あなたの最愛の人に釣り合わない女。

その、あなたが軽蔑《けいべつ》している女が、彼の死の原因を作ったのです。家の中を片付けていた、という他愛のない理由で。

彼は死んだ。二度とあなたの愛に応《こた》えるチャンスを与えられずに。

彼は死んだ。あなたの大嫌いな女のせいで、取るに足らない原因で。

彼は死んだ。素晴らしい彼にふさわしくない、くだらない死に方で。

人の心や、何かを成し遂げる動機というのはなかなか理解できるものじゃありません。せいぜい、こうじゃないかと想像したり、こじつけたり、説明できる言葉を探すのが関の山です。

けれど、今、私はあなたの心中を想像しています。

あなたは、彼の死が許せなかったのではないか。

こんなつまらない死を彼に与えるくらいならば、自分が彼を殺したと信じる方がよかったのではなかったでしょうか。

あなたは彼の死に関わりたかった。彼の死が、あなたと関係ないところで幕を下ろすことが耐えられなかったのです。あなたは、彼に対する愛情の証《あかし》が欲しかった。あなたが彼を愛したということを、誰かに認められたかったのです。

そして、あなたは、あなたが彼を愛するあまりに殺してしまった、という顛末《てんまつ》の方が、彼の死にふさわしいとも考えたはずです。愛の悲劇の犠牲者として名前を残すことの方が、劇作家として尊敬する彼の最期《さいご》にふさわしい、と。

そして、あなたはそれを実行に移しました。

ただでさえ怯《おび》えている百合子さんに、世間はあなたのことを殺人犯だと思うだろう、と囁《ささや》きます。あなたは彼女を励まし、落ち着かせ、殺人犯の汚名を逃れる方法を一緒に考えます。

そして、あなたが彼女に提案したのが、あなたの証言で、あなたと彼女のアリバイを証明するという方法でした。彼女はあなたを頼り、一も二もなく承知し、あとはひたすら身を隠していることにしました。本当のことを言ってはいけない、言ったところで誰も信じてくれないだろう、とあなたは念を押します。彼女もそれを信じ込みます。

しかし、あなたの目的は違うところにあった。

最初に彼女のアリバイを偽証し、それを頑《かたく》なに主張します。

さんざん手こずらせた後に、その偽証を見破らせます。

そして、その後に、あなたが真犯人であると立証させるのです。

誰だって、見破られた真相の方を真実だと思いますよね？

こうも入念に用意された証拠が、やってもいない殺人を証明させるためだなんて、誰が考えるものですか。

あなたは二重三重に罠《わな》を張り巡らし、私たちに関門を突破させ、自分が真犯人であると思い込ませたのです。あんな、素晴らしい演技を披露してまで、見事、殺人犯になってみせたのです。

愛する男を殺した女。

そうなることがあなたの望みだった。

あなたが、あの人を愛していたがために。

あなたが誰よりも深く愛していたあの人を、それまで手に入れることの叶《かな》わなかった彼を、最後の最後で自分のものにするために。

だからこそ、あなたは自分で自分を演じ続けたのです。

女優1、2、3、ドアを開けてゆっくりと降りてきて、男の隣に並んで立つ。

女優1：（呆然と）どうしてそんなことをおっしゃるの？

私は確かにあの人を殺したのよ。

ねえ、例えば、こうも考えられなくて？

あの時、まだあの人には息があった。私はそのことに気付いていた。そして、わざと彼女を追い払ってから、もう一度花瓶を手に取って、あの人にとどめを刺したのだと？

そうよ、そうなのよ。私があの人を殺したの。本当よ。彼女がいなくなってから、私はあの人にとどめを刺したの。

男：（平然と）そうかもしれない。あなたはあの人にとどめを刺したのかもしれない。最期に、それまで報われなかった愛を憎悪《ぞうお》に変換させ、本当にあなたのその手で彼の命を終わらせたのかもしれない。

女優2：（苛立《いらだ》たしげに）あんたに何が分かるの？　こうして、また名探偵みたいに推理を引っくり返して、他の犯人を見つけだそうというの？　あの人を殺したのはあたしよ、演技なんかじゃない。あたしがあの人にとどめを刺したの。そうでなきゃならないの。あの人の最期にそばにいたのは、このあたしじゃなきゃ。

男：そうかもしれない。しかし、そうでないかもしれない。もしあなたが犯してもいない犯罪でヒロインになりたいだけなのならば、私はあなたをその地位から引きずりおろさなければならない。それが真実であり、法の秩序を犯した者に対する罰だからだ。

女優3：（うっとりと）素晴らしかったわ、あのフラッシュ。みんなが息を呑《の》み、目を凝らしてあたしを観ているあの瞬間。あたしの口から出てくる言葉を、あんなにも大勢の人間が真剣に待っているあの緊張感——そうよ、あの役はあたしでなくちゃならないの。あの役ができるのはあたしだけ。あたしこそがあの役にふさわしかった。

（台詞《せりふ》を言いながら、女たちは、男の周りに集まってくる。男にしなだれかかり、男の身体をゆっくりと撫《な》で回す）

男：（冷たく）おれがきみを誘惑したって？　やさしいことばの一つもかけたことが

あったか? それどころかはっきり言ったろう、愛してもいないし愛することもできないと。

女優1:そう言われるとますますあなたを愛してしまうの。

男:あんまりうるさく言うと心底きらいになるぞ、だいたいきみなんか見ているだけで気分が悪くなる。

女優2:私はあなたを見ていないと気分が悪くなる。

男:おれは逃げるぜ、藪《やぶ》のなかにかくれるとしよう、きみは野獣にでもなんでも勝手に食われるがいい。

女優3:どんな野獣だってあなたのように無情ではないわ。

(この先、女優1、2、3で唱和する)

お逃げなさい、どうぞ、そうすれば話が逆になる、アポロが逃げて、ダフニが追いかけることになる、鳩が鷲《わし》を追撃し、おとなしい雌鹿が虎をつかまえようと突っ走る。いくら走ってもむだね、臆病《おくびょう》が追いかけて、勇気が逃げるんだもの。

男:いちいち聞いている暇はない、もう行くぞ。どうしてもついてくるなら、覚悟しておけよ、森のなかで必ずひどいめに会わせるからな。

女優1、2、3、男‥

ええ、神殿でも、町でも、野原でも、あなたは私をひどいめに会わせたわ。ディミートリアス、あなたのひどい仕打ちは女性全体への辱《はずかし》めよ、男は恋ゆえに戦うものだけど、女にはそれができない、女は愛を求められるもので、求めることはできない。

（四人とも、叫ぶように）ついて行こう、私には地獄の苦しみも天国だわ、愛する人の手にかかって死ぬことになれば満足だわ。

ついて行こう、私の心に。

私の愛が、愛する人を手にかけた罪で、地獄の檻に生涯繋《つな》がれることならば、それが私の天国。そこでいつまでも苦しみ続けられるものならば、それはやがて、愛する人に繋がれているという快楽に変わる。

さあ、何をためらう？

私は一人でも行く。私の心だけが私の主人。

ついて行こう、私には地獄の苦しみも天国だわ。

さあ、ついて行こう、私の心に。

暗転。

中庭にて 11

彼女は大きな吹き抜けのあるカフェでお茶を飲んでいる。

普段は家で仕事をしている身ゆえ、なかなかこんな都心に出てくることはない。

この間は、劇作家兼演出家をしている大学時代の友人に誘われたから出てきたのだけれども、今日は仕事の打ち合わせでわざわざここまで出てきた。

新しい高層ホテルの中の、広いお店だ。

明るい吹き抜けが上層階まで続いていて、開放感がある。どこででも寛《くつろ》げる才能のある彼女だが、やはりたまにこういうところに来ると、興奮に似た緊張感があって、それも悪くない。

彼女は本を読む手を休め、ぼんやりと周囲の喧騒《けんそう》を感じる。

設備はモダンで、華やかなざわめきがBGMとなって耳に心地よい。

どちらかといえばビジネス街のホテルなので、彼女と同じく仕事の打ち合わせに使っている客が多かった。それぞれのテーブルで、みんながそれぞれの仕事をこなしている。

明るい孤独。

都会の良さは、こういう明るい孤独を満喫できるところだ。

例によって、待ち合わせの相手は遅れている。彼女と待ち合わせをする人間は、必ず遅れてくる。いつも彼女が読書に没頭していて、多少の遅れは意に介さないことや、むしろ、この、他人を待つ時間の読書が好きであることを知っているのだ。

不思議なもので、自宅でよりも、電車や待ち合わせの待ち時間の読書の方が、理解力が増すような気がすることがある。周囲の人間のエネルギーに無意識のうちに反応しているのかもしれないし、それらに負けまいとして普段よりも集中力を発揮しているのかもしれない。

使い込んだ革のしおりをそっと指で撫《な》でる。

彼女は、新しいしおりが苦手だった。つまみ読みをする資料ならともかく、最後まで読むと決めている本に挟むしおりは、学生時代からずっと同じものを使っている。紐《ひも》のしおりが付いている本でもそれは同じだ。紐と一緒に革のしおりを挟んでおかないと、なんとなく自分が読んでいる本という実感が湧《わ》かないのである。

冷めかけたコーヒーを飲む。

さすがに、仕事の打ち合わせなので、昼間からアルコールをひっかけるわけにはいかない。本当は、やけに空気が乾燥しているので、ちょっと柑橘《かんきつ》系の香りが入った強いのをぐいっとやりたいところなのだが。

カフェを行き交うビジネスマン、テーブルの間を飛び回る従業員。

彼女は天井を見上げた。ずっと遠くに、網のようになった素通しの天井が見える。遠近法の見本みたいな線を見ていると、それが奥へ奥へと動いているようで、ちょっと気持ちが悪くなってくる。

あそこからここを見たら、丸いテーブルが水玉模様みたいに見えるんだろうな。そして、その水玉模様の間を、ミズスマシみたいな人間たちがテーブルに沿ってちょろちょろと動き回っているんだわ。

彼女は、このビルが万華鏡のような筒で、上の素通しの天井から誰かが底の方を覗《のぞ》き込んでいるところを想像する。

考えてみれば、ここだって中庭のようなものだ。外気からは遮断《しゃだん》され、囲まれたところで人々が憩《いこ》う場所。

今日の彼女は、山吹色のニットのワンピースを着ている。やはり、身に着けるものは鮮やかな色だ。

友人の芝居のこと、小さな中庭で亡《な》くなった女優のことを考える。

あれ以来、気が付くとその二つについて考えていることが多い。当惑したようなマネージャーの声が、耳に蘇《よみがえ》る。

グラスを運ぶボーイが、脇《わき》を通り過ぎるのを、チラッと横目で見る。

どこにも毒の痕跡《こんせき》はなかった。しかし、そのグラスからワインを飲んだ女優は毒にあたって絶命した。

毒はどこに入っていたのだろう？　なぜそんなところで彼女は死んだのだろう？

ふと、高層ビルの中庭で死んだ女子学生の話が頭をよぎった。

彼女が仮説を立てた、女子学生の事故死。三つの表情。涙と、笑みと、痛みと。

この事件は、あの話と何かが似てはいないか？

中庭での、一人の女の毒殺事件。これは、見方を変えれば別の出来事なのではないか。そこで起きていたのは、本当は全く別の出来事なのではないか――

彼女はいっしんに考える。

女優二人の打ち合わせ。演技に関する、熱心な打ち合わせだったという。時には言い争うように。

よく分からないが、それは、お客に見せるようなものではないのではないか。言わば、舞台裏の、陰の部分だ。

なのにそれを、わざわざそんな場所でするだろうか。

ひょっとして、打ち合わせすら、誰かに観られていないでは済まない人種なのだろうか、女優という生き物は。

――リハーサル。

ふと、その言葉がパッと頭に降ってきた。

リハーサルなら。

その単語が、頭の中でキラキラと輝く。

そうだ、リハーサルならばどうか。そんなに大勢には見せたくないけれど、特定の誰かに見せたいのならば、その小さな中庭はちょうどよかったのではないか――

やはり、二人はそこで何かを演じていたのではないか。

誰かに二人の演技を見せるために。

それでは、毒は？　なぜ片方が毒を飲む羽目になったのか？

彼女は考え続ける。この考えが、どこかに繋《つな》がっているという予感を証明するために、一人、明るい孤独なテーブルで考え続ける。

彼女は、あまりにも考えるのに夢中になっていたため、自分に向かって一人の女が近づいてきたことに、ちっとも気付かない。

旅人たち　7

誰かが砂利を踏む音は続いていた。

身体《からだ》にまとわりつく霧の中を泳ぎながら、二人の男は足音を追いかけた。

「どっちに行った？」

「そっちだと思うんですが」

音というのは、意外に頼りないものだ。あちこちに跳ね返り、消えてしまうとどちらから聞こえてきたのかたちまち分からなくなる。

音に向かって歩いているつもりだったが、今度は方向が感じられなくなる。無理もない。見渡す限り、同じような白い風景なのだ。

昌夫は、徐々に、自分の足音すら自分のものなのかどうか分からなくなってきていた。

隣にいるのは本当にさっきまで一緒にいたあの男なのか。実は、二人で追ってきているはずの、もう一人の誰かなのではないか。

ざくざくと、重なりあって二人の足音が響く。

声につられて足を止めると、離れたところでざくざくと歩く音がした。

「しっ」

やはり、もう一人誰かが近くを歩いている。

「いつからいたんですかね」

「分からん。俺たちの後をつけてきたのかも」

「ここを片付けに来たスタッフじゃないんですか」

二人でボソボソと囁《ささや》き合いながら、耳を澄ませて足音を追う。

息を潜めて歩いていると、読んでいた台本の中身がなぜか頭に浮かんでくる。

『真夏の夜の夢』。

あの駅舎を使った劇場で演じられたのもその芝居だった。

ベールをかぶった奇妙な幽霊。

そして、あの台本の中の、入れ子になった芝居で使われていたのも『真夏の夜の夢』だ。

求めても求めても求められない女、ヘレナ。ヘレナを演じる三人の女優。

入れ子の方の芝居の中では、女優は一人しかいない。ヘレナを演じるのは、どの女優でも構わないのだ。入れ子の芝居では、男と女の二人しかいない。

そして、彼女はついに告発される。彼女が軽蔑《けいべつ》する女をかばって偽証したのは、架空の殺人犯になるためだった。彼女は、自分が愛した男を殺した女になることを望んだ。

自分が求めてきたのに求められなかったことを否定し、自分を殺人犯にでっちあげることで、自分の愛を成就《じょうじゅ》させたのだ。むろん、そこには女優としての達成感、プライドもある。世間の注目を浴びること。自分の演技力を最大限に生かすこと。悲劇のヒロインとして人々の記憶に残ること。その全てを満たすためにも、彼女は殺人犯になることを望んだのだ。

求めても、求めても、求められない——そう、今の俺たちのように。いや、現実とはそういうものではないか。ほとんどの人間の人生は、そうして求め続けるだけで、人生のほうから求められることなどない。

霧の中を泳ぎ、じっとりと濡《ぬ》れて重くなった身体で見えない足音を追いかける。

俺はここに何をしに来たのだろう。

『告白』。それは内側の話だ。

それでは、外側は？

彼と三人の女優の物語。彼は本当に誰かを強請《ゆす》っていたのだろうか。彼が求めていたものは何なのか。

ほんの一瞬、さっと霧が割れた。

そこに浮かび上がった人影を見た二人は、ぎょっとして思わず立ちすくんでしまった。

黒いベールを着た人影。

「まさか」

隣の男が、奇妙な音を立てて、喉《のど》の奥で言葉を飲み込むのが分かった。

そんな馬鹿な。

何かが生々しく裂けた。夜の夢が、現実を浸食する。過去の亡霊が、今時間を超えて、この場所に現れる。

「待て！　誰だ！　ここで何をしている」

隣の男が、急に大声を出して怒鳴った。現実に踏み込む。現実と過去が地続きになる。

人影は、チラリとこちらを振り返った。

男なのか、女なのか、若いのか年寄りなのかも分からない。

が、人影は軽やかに駆け出した。

「待て！」

二人も思わず走り出す。

「あっ」

ゆっくりと霧が薄れる。

目の前に現れる巨大な影。それは、あの駅舎の劇場だった。離れていったつもりだったが、いつのまにか元の場所に戻ってきてしまっていたのだ。

人影は、ぽっかりと口を開けた入口から中に飛び込んだ。

ふと、脳裏をデジャ・ビュが走り抜ける。こうして、中に飛び込み、通路を駆け抜けて、反対側に出ると消えている——

が、二人して続けて中に飛び込むと、そこに人影はいた。

息を切らし、立ち止まってその人影を見つめる。

足はちゃんとある。風船ではない。

「誰だ。顔を見せろ」

隣で、男が憎々しげに言った。

人影は、静かにその場に立っている。走っていたのに、全く呼吸が乱れていない。

「ようこそ、霧の劇場へ」

おもむろに、明かりが点《つ》いた。

天井の高いところにある、舞台の照明だ。

昌夫はハッとした。

通路の中央に、誰かが座っている。

三人の女だ。中央に並んだ三つの椅子《いす》に、三人の女が腰掛けているのだ。

いつのまに。

ベールをかぶった人影は、大きく手を広げ、歓迎の意を表した。

「どうだね？　外側のお話の真相は見抜けたかい？」

その人影は、男らしい。人を食ったような声に、聞き覚えがあった。

「顔を見せろ」

隣の男が、吠《ほ》えるように言った。

ベールの男は肩をすくめる。

「真相は分かったのかい？　外側で殺された脚本家の話。三人の女優のうち、誰かを強請っていた男の話の真相が知りたいんじゃなかったのかな？」

男は歌うようにそう言い、くるりと回ってみせた。黒いベールが、照明に照らされてふわりと宙を舞う。

劇場の照明には、不思議な魔力がある。その光に照らされるものを見ていると、懐《なつ》かしいような、泣きたくなるような、心をざわめかす力があることに気付かされるのだ。

「分かってないんだろう？　こんなところまで来て、霧の中で台本を読んでいただけじゃないか」

男は、ちっちっと人差し指を振ってみせた。

なぜこの男は、我々の行動を知っているのだろう。やはり、後をつけてきていたのか。

「誰だ、おまえは」

「役者だよ」

隣の男の質問に、ベールの男はあっさりと答えた。

「これから、外側のお話を演じてみせようというのさ。あんたもよく知ってる話だ。なにしろ、あんたが『奴《やつ》』と言っている、この話の作者は、あんたのことだからな」

「なんだって」

昌夫は、隣の男の顔を見た。

端整な、数々の浮名を流した男の顔。しかし、今は歳月の重みと人生の後悔に押し潰《つぶ》されそうになっている男。

その彼が、今は憎悪《ぞうお》と嫌悪に表情を変え、目の前の男を睨《にら》みつけている。

ベールの男は、ひらひらと裾《すそ》を翻《ひるがえ》して身軽に歩き回っている。

「そうだろう? 確かに書いたのは『奴』だが、『奴』が書いたのはあんたの話だ。これはあんたのお話なんだよ。そのことを誰よりも知っているのはあんただろ?」

「おまえは誰だ。奴とどういう関係にある?」

凄味《すごみ》のある男の詰問《きつもん》にも、ベールの男は全く動じない。

「だから、言ってるだろ。俺は役者なんだよ。与えられた役を演じるだけなんだ。芝居の外側のことには興味がないんだよ。どうだい、観たいのかい、観たくないのかい?」

男の動きは華麗だった。照明の当たる通路をあちらへ、こちらへと動き回り、舞台をいっぱいに使っている。手足の動きも機敏で、流れるようなスピードがある。ベールの下に、鍛えた肉体の気配がある。彼が役者だというのは本当なのだろう。

「あんたはわざわざここまでやってきた。これを観るためだろう? あんたのお話の続きがどうなっているか、確かめたかったんだろう？」

よく通る声。

男は、三人の女たちの後ろをぶらぶらと歩く。

女たちは、ぴくりとも動かない。椅子に腰掛けたまま、まるで人形のようだ。

本当は、人形なのだろうか？

「観せてもらおう」

そう言ったのは昌夫だった。

隣の男が、チラッと彼を見る。非難するような、懇願するような、複雑な目付き。

「よしきた。それが俺の本業だからね。さあ、頼むよ、スタッフのみんな」

ベールの男は天井を見上げ、声を掛けた。どこかで、それに応《こた》える声を聞いたような気がした。いや、それとも、それはただの錯覚だったのだろうか？

男はベールを脱ぎ捨てた。

中肉中背の、見知らぬ顔がある。これといって特徴のない、だから逆に、誰にだってなれる顔だ。年齢もよく分からない。まだ二十代なのかもしれないし、本当はもう四十代なのかもしれない。舞台の上では、大学生から父親まで、広く演じているのだろう。

「それでは、始めさせていただきますよ」

男は大きくお辞儀をした。

パッと照明が消え、静寂が訪れる。

『中庭の出来事』10

パッと明かりが点《つ》き、椅子《いす》に座っている女優2を照らし出す。


女優2：(小さく拍手をして)うまいうまい。たいしたもんだわ。刑事さん、転職できるわよ。ええ、あたしの相手役で使ってもいいくらい。

あら、冗談じゃないわよ。結構本気で誉《ほ》めてるんだけど。

もちろん、台詞《せりふ》はまだ棒読みだけど、なんていうのかな、あなたの読む台詞には不思議とリアリティがあるわ。それって大事なのよ。その人が読むと本当に心から言ってるって感じられるってことが。技術があって声がよくても、なぜかどうしても上滑りしちゃう人っているのよね。私、お芝居やってますって全身から宣伝してるような人。そういうのって、するっと台詞が耳を通り抜けていっちゃって、印象に残らないのよね。

あなた、きちんと指導を受けたらきっとうまくなるわよ。あなたの声の響きって、どうしても耳を傾けずにはいられないって気持ちにさせられるもの。あはは、今あたしが耳を傾けないのはマズイって？　取調べですもんね。

（頭の後ろで手を組み、椅子に寄りかかる）

考えてみりゃ、刑事っていうのも相当演技力を要する仕事よね。自分の持っている情報を相手に悟らせずに、見ず知らずの相手や自分を警戒してる相手から情報を引き出さなくちゃならないんだから。ポーカーフェイスではったりをかますっていうところ、あたしたちの商売と似てない？　よく刑事さんが二人で役割分担して、片方が怖い役で片方が宥《なだ》め役を務めるっていうけど、あれほんとなの？

え？　このお芝居？　ああ、『奇跡の人』ね。あなたも知ってるでしょ、超有名作品だもの。三重苦のヘレン・ケラーと、彼女に言葉を理解させようとする教師アン・サリヴァンの、実話を脚色したものだわ。天才少女と言われたパティ・デュークがアン・バンクロフトと共演した映画も有名だし、舞台も世界中で何度も上演されているわ。日本でも、いわゆる演技派と呼ばれる女優は、ヘレンやアンを経験した人が多いわね。

さっきのあたしのこの台詞はね、もう芝居の最後に近い方の台詞ね。

アンはヘレンと二人きりで離れにこもって彼女に言葉を理解させようとするけれど、どうしても壁を超えることができない。アンが両親から与えられた時間も、もう終わりに近づいている。そこで、アンが、もし言葉が理解できたらどんな世界が広がるかと、半ば独り言のように彼女に説明するシーン。彼女の台詞の中では、何よりも切実な台詞。いえ、この芝居の肝になる台詞だと思うわ。

アン・サリヴァン？

変な女よね。

あたしの個人的な感想だけど。きっと、つきあいにくい人間だったと思う。恵まれない境遇で育って、ずっと失明の恐怖にさらされてきて、手術を繰り返してやっと見えるだけの視力を確保し、家庭教師をやるっていうんで、全身から痛々しいくらいの自負と使命感を発散しながらやってきた娘。そうやって自分を奮い立たせて来なければ生きてこられなかった娘。

こういう教師、子供の頃にいたわね。今思うと、あの先生も若かったはずだわ。いつも全身からパワーを発散しててね。

子供心にも、ぼんやりと羨《うらや》ましく思ったことを覚えてる。使命感があってその仕事をしている。それがなんだか羨ましかったのよ。それがどんなに幸運で幸福なことか、子供なりに周囲の大人を見て、薄々感じていたんでしょうね。

彼女はいわば、自分のアイデンティティの再生を、ヘレンを通して行ってるわけよね。ヘレンに世界を与えることで、自分の存在意義にも光を与えることになる。ヘレンに世界を与えることにここまで必死になれたのは、ここで失敗したら自分に光を与えることにも失敗するからよ。あたしがアンをやるのならば、使命感に燃えたただの熱血教師じゃなくて、もっと嫌らしい、自己愛に複雑な感情を持っている女にするわ。ヘレンを自分のために利用していることを知りつつも、それを嫌悪したりそれにしがみついたりする女にね。

役の理解？

さあね、特に方法なんかないわ。とにかく何度も台本を読むだけ。その役を理解したいと願うだけよ。こういう超有名作品には、いろいろお手本があるから、それは一通り観《み》るわ。解釈が似ている人がいれば、それを参考にする。これほど沢山名演がある作品の場合、逆に、これまでに演じられていないヒロインを探していくという方法もあるわね。みんながやっていない解釈を探す時もある。オリジナルの解釈なんてもうほとんど残ってないから、とても難しいけどね。

うーん。そこまで理屈を考えてやってるわけじゃないわ。ただ、いつも肝に銘じてるのは、先に感情があるってこと。台詞は結果なのよ。筋や他人とのやりとりの中で、最後に生じたものなの。それが逆にならないように気を付けてるわ。先に台詞があって、その中から感情を探すんじゃなくてね。それって本末転倒でしょ？　だけど、それがまた難しいのよ。だって、先に台本があるんだもの。どうしても台詞から先に入ることになる。考え出すと堂々巡りよ。ニワトリが先か、卵が先かって言葉を思い出すわ。

ええ、いつも考えてる。

そうね、きっと今、あなたと話してるこの瞬間もね。

明かりが消え、再び点くと女優3が座っている。

女優3：なかなかいいわね、あなたの台詞。現実の世界を生きている人間が読むと、たとえ棒読みでも説得力があるものなのね。

いつもは一緒に虚構を作っている仲間たちといるから忘れているけど、たまに普通の世界に生きている人に会うと奇妙な心地になるの。ああ、この人たちはずっとこのキャラクターで生きていくんだ。この人はずっとこのままなんだ。あたしたちみたいに、役で演じているキャラクターが、どんな性格で、どんな人生を送ってきたかを必死に考えてるんじゃなくて、この人はこのままこの人にしかない人生を送っていくんだって。

おかしな話でしょ？ でも、本当なのよ。いつも他人になることばかり考えているから、そのまま自分のことだけ考えていればいいというのが、なんとも不思議なことに思える。

(思い出したように顔を上げて）あら、あなたのお仕事もそうね。

あなたのお仕事も、切実に、他人が何を考えているのか知りたいんじゃなくって？ 他人の感情の動きを知りたいでしょう？ 動機や目的、犯行に至った経緯。それを知ることをこんなにも必要とする仕事は他にないわね。

面白いわね。ますますあなたに親近感を覚えてきたわ。あたしたち仲良くなれそうじゃない？

ふふふ、冗談よ。今のあなたはあたしを追い詰めてるんですものね。さあ、何を追い詰められてるのかしら。あたしには分からないわ。何かを立証しなけりゃならないのはあなたの方でしょ。あたしじゃないわ。

ああ、さっきの台詞ね。

チェホフの『桜の園』よ。名前は知ってるでしょ。

あら、決して深刻なお芝居じゃないのよ。むしろ、コメディなんじゃないかしら。

旧家が没落して、領地を手放すという話。その領地の象徴が、「桜の園」という美しい庭なの。あたしが読んだのは、その領地の持ち主の、没落していく側のラネーフスカヤという女主人。誇り高くて、贅沢《ぜいたく》好きで、その癖無邪気なところのある女。その一方で、愛に破れ、幼い息子を失い、喪失感にも悩まされている女。

ええ、面白い役よね。二面性のある、矛盾を秘めた人物をやるのは面白いわ。無害な善人や、正義の味方なんてつまらないものね。

でもね、あたし、このごろ善人というのに興味があるのよ。

無害な善人。よく考えてみると、これも矛盾してるわよね。善人なんだから、善を成して人々に喜ばれそうなものなのに、それに無害という言葉を付けると、なんだか意味深な響きを帯びるわ。

そう、問題なのは、無害な善人じゃなくて、自分を「無害な善人」だと思ってる人なのよね。そして、世間の大部分はそっちなの。自分を善人だと思ってる人間。一番危険で、一番迷惑なのはそういう人種だわ。そういう人間の危険さ、醜さ、嫌らしさを演じてみたいの。

あなたの読んだ台詞？

トロフィーモフ。頭でっかちの大学生よ。自分は真実を知っていて、世間はそのことを誰も知らないと嘆くような、それでいて、自分できちんと働いたことも、誰かに責任を負ったこともないような、もう若者とは呼べないような歳《とし》になりかけている男。

あら、気を悪くなさらないで。あくまでも、このお芝居の中の役なんだから。

このお芝居、登場人物が大勢いて、それぞれが重要な役なの。老若男女、いろいろ出てくるんだけど、誰かが突出しすぎていても、あまりに均衡していても面白くないのよね。みんながある程度のレベルにあって、なおかつ個性的で凸凹していないと。あ、あくまであたしの意見ですけどね。

役作り、ねえ。

こんなところでそんな質問を受けるとは思わなかったわ。

いろいろ若い頃は試行錯誤してきたけどね。履歴書書いたり、その人物の過去や容姿を作り上げたりしてね。いっとき、その人物の一日、というのを考えるのに凝ったこともあったわね。この人はどんな家に住んでて、朝起きて夜寝るまでどんな一日を過ごすか、って。実際に、その人物のつもりで一日を過ごしてみたり。

誰かをつかまえて、食事をしたこともある。ご飯を食べながら、誰かと他愛のない会話をするのって、その人がどんな人間か知るのに役に立つ。その人物になったつもりで、着ていく服も選ぶし、メニューも選んでみる。現実でも、ある人を知りたいと思ったら、一緒に食事をするのが一番でしょう？

とにかく、いろいろ試してきましたよ。

だけど、そういうのも、あたしはこうまでして役作りをしてるんだって自分に言い聞かせるための自己満足のような気がして、だんだん嫌になってきちゃってね。

今は、ひたすら自分の中にイメージが浮かんでくるのを待つわ。自分の中に、その役のイメージが膨らんできて、あたしと同じ大きさになるまで。それがあたしとぴったり重なる大きさになった時、その役に入っていける。

あなたを？

あなたをあたしが演じるとしたら？

ずいぶん突拍子もないことをお聞きになるのねえ。年齢も性別も違うし、考えてみたこともなかったわ。

（腕組みをして、じっと客席の方を見つめる）

でも、そうね――これだけ長い時間を一緒に、しかも真剣に過ごしてきたわけだから、どこかであなたを理解したような気もするわ。あなたのイメージ。冷たくて、有能で、揺るぎない。しなやかな獣が森の中でじっと伏せていて、獲物に飛びつく瞬間を待っているみたい。

ほら、だんだん浮かんできたわ。

そんなイメージを、あたしの中に植え付ける。あなたのイメージを、小さな種のように心に植える。

種さえあればいいの。イメージの核になる部分がね。まるごと花を植え替える必要はないのよ。あなたの台詞をそっくり真似《まね》たって仕方ない。要は、あなたがこれから何て言うか、知っていればいいんだものね。あとはあなたの種を育てるだけ。あなたをあたしの中で育てる。あなたがあたしとぴったり重なる大きさになるまで。

そうすれば、あたしはあなたになることができるわ。

（まじまじと客席の方を見つめて）

さあ、今、あなたは何を考えているのかしら？　これからあなたは何を言おうとしているの？


明かりが消え、再び点くと女優1が座っている。


女優1：へえ。なんだかショックだわ。

（少し乱暴に椅子の背に寄りかかる）

上手ね、刑事さん。びっくりした。ショック。

ええ、もちろん、棒読みだけど。

（つかのま絶句して）

あなた、きっと、お仕事でもかなり優秀な人なのね。あら、ごめんなさい、生意気なこと言って。全然あたしよりも年上なのに。

でも、今、掛け値なしにそう感じたの。

きちんと一つの仕事をやってきた人の言葉には、それなりの重みがついてくるんだって。正直言って、かなりショックだわ。しょせん、あたしは他人のふりをしてるだけなんだって。ただ単に職業だから演じてるんだって。いいのよ、慰めてくれなくたって。分かってるわ、あたしはまだ若輩者で、人生の何たるかを全く知らないんだって。

そうよ、確かにこれは西洋のお芝居よ。大昔の、遠い国で書かれた芝居。あたしが演じられなくても、ちっとも不思議じゃない。

でも、そんなこと言ったら、あたしたちが虚構を演じることの意味って何？　時代も生活環境も違う、他人の言葉を口にする理由は何なの？

ずっとあなたと喋《しゃべ》っていて、頭のどこかでそんなことを考えていたわ。これからもこの仕事を続けていく限り考えていくんでしょうけど。

今あたしが考えているのは、やはりそこに真実があるからだと思うの。

書かれた台詞、昔の台詞、よその国の台詞でも、虚構の中に真実があるからだと思うわ。この、今やった『ロミオとジュリエット』の台詞だって、数百年も昔のものなのに、真実があるでしょう？　生々しい、リアルな感触があるでしょう。そのことを自分の中に確認するために、やってるんだと思う。シェイクスピアが残っているのは、社会の中で人間どうしが直面するドラマのパターンが目に見える形で描かれているからだと思うわ。権力とか、親子とか、男女とか。同じような話の原型は世界中にあったけど、それを具体化したのね。

『ロミオとジュリエット』もそう。似たような話は世界中にある。それを、純粋な形で抽出したのがこれなのよ。

そうね、年齢的にいって、まだ役があたしに近い方ね。

ええ、一度やったことがあるわ。

確かに感情移入しやすいけれど、自分がもう通り過ぎてきた季節の話だから、複雑でもある。

あたしには、このジュリエットの無邪気さが羨ましい。むしろ、憎らしいと言ってもいい。初めての恋に有頂天になり、それに人生の全てを賭《か》け、一番美しい時に、自分の信ずるもののために死んでいく。その愚かさが憎らしい。自分が純粋だと思っている傲慢《ごうまん》さが憎らしい。恋の終わりの幻滅や、続けていくことの倦怠《けんたい》も知らず、後に残された者たちの悲嘆に思い至らない、思慮のなさが憎らしい。

イメージ？　映画のが強いわ、オリビア・ハッセーがやった時の。あの映画音楽も印象的だったし。

役作りですか？

どうしてそんなことを聞くの？　あなたって、変わった人ですねえ。そんなことを聞いて、捜査に役に立つのかしら。

他の二人にも聞いたの？　へえ。みんな、何て言ってたのかしら。あたしもちょっと聞いてみたいな。

そうね、あたしはまだ人生経験が少ないから、割とオーソドックスな方法を取っています。いわゆる、感情の再現という方法で。

嬉《うれ》しい、哀《かな》しい、嫉妬《しっと》や軽蔑《けいべつ》。これまでに経験した感情の中から似ているものを取り出して、それを再現するの。再現して、あとは想像するしかない。あの時の感情が、こういうシチュエーションだったらどんなふうに変化するか。そこにこんな台詞が投げかけられたら、どう反応するか。想像して、想像して、想像するだけ。

あのね、面白いことに、現実にデジャ・ビュを感じる時があるのよ。プライベートで落ち込んだり、嫌な思いをした時に、あれ、この感情、どこかで味わったことがあるなあって思うの。それが、自分が演じた役の中でのことだったりするのよ。芝居の中で味わった感情を、プライベートの方で再現して——再現というのもおかしいけど——逆になっていることがある。

でも、虚構の中でだって感情の動きはある。役のぶつかりあいで生まれてくるものがあるんだから、それはたとえ虚構の中であれ、本物の感情なのよね。

それって、現実とたいして違わない。

だって、あたしたちは、普段の生活でも演技しているんだもの。自分を演じていない人間はこの世にいないと思う。自分に与えられた役割を意識して、家の中でも、会社でも、社会でも、望まれた姿を演じている。だから、あたしたち役者は、あなたたちでもあるのよ。あたしたちの仕事は決して特殊なものじゃない。あなたたちがやっていることを具体化して、シェイクスピアのお芝居のように、あなたたちの中で真実を確認してもらっているの。

そうは思わない？

あなたもそうでしょ？

あなたは、あたしたちがやったことを再現しようとしている。あたしたちに、真実を確認させたがっている。そして、それと同時にあなたの中の真実も確認したがっている。

ねえ、そうでしょう？　それがあなたのお仕事なんじゃないの？


明かりが消える。

昌夫と男は、いつのまにか客席に座り、女たちの演技を見ている。

昌夫は隣に座る男を思い出したようにチラリと見る。

男は、食い入るように演技に見入っている。

さっき彼らにこの舞台を見るように促した役者の姿は見えない。どこか、舞台の袖《そで》に引っ込んで出番を待っているのだろうか。

辺りはとても静かで、高い天井のてっぺんから舞台を照らす照明だけが、まるで雲間から射《さ》し込む神々《こうごう》しい光のようにぽっかりと明るい。

昌夫は眩《まぶ》しそうにその光を見上げる。

ずっと前からここに座っていたような心地になる。そして、暗い客席に、自分たちの他にも大勢の観客が座っているような錯覚を覚える。

そうだ。自分たちは、四苦八苦してここまでの道をやってきて、この山奥の劇場に、芝居を見に来たのかもしれない。

昌夫はなんだか少しずつ心が浮き立ってくるのを感じる。

舞台の上に立つ、美しい女たちを憧憬《しょうけい》を込めて見つめる。

そこに演じる者がいて、それを観る者がいれば、いつだって、どこだって、そこは劇場なのだ。スポットライトが当たれば、そこに立っているのは皆役者なのだ。

脳裏に、白い服を着た少女が浮かぶ。

昌夫は、初めて舞台を見た時のことを思い出す。

小学校の学芸会で、上級生に神秘的な美少女がいて、その子が主役を務めた芝居。男子はみんなうっとりと、舞台の上の彼女を見ていた。

あれは何の芝居だったっけ。『マッチ売りの少女』だったか、『みにくいアヒルの子』だったか。覚えているのは、彼女が最後に白い衣装を身に着けていたことだけだ。

あれは、白鳥になったところだったのだろうか。それとも、彼女が凍死して天国に召されたところだったのか。それはもう今となっては分からない。

しかし、それでも舞台は残るのだ。

あの時、あそこで白い衣装を着て演じていた彼女の姿は、うっとりと口を開けて舞台を見ていた少年たちの脳裏に、こんなふうに一生焼き付けられている。

昌夫は、うっとりと舞台を見つめる。

あの時の少年たちが、皆、魅入られたように舞台を見ているのを感じる。

昌夫は、不思議な幸福感に包まれる。

しかし、隣の男は相変わらず険しい表情で、身動《みじろ》ぎもせずに舞台を見つめている。

明かりが点《つ》くと、女優1、2、3が椅子《いす》に座っている。
それぞれがリラックスしたポーズで、客席を注視している。
女優2：（肩をすくめる）そろそろ謎解《なぞと》きがしたいのね？
女優3：（冷ややかに）真相とやらが知りたいんでしょう。

女優1：真相って何？（怪訝《けげん》そうに他の二人を見る）

女優2：（三人で顔を見合わせながら）こっちが知りたいわね。

女優3：同感よ。

女優2：ねえ、芝居って吸血鬼に似てるわね。

女優3：あら、どうして。

女優2：だってそうでしょ。あたしたち役者は永遠には生きられないし、演じられるのも人生の一時期だけ。演技はその場限りで消えてしまうわ。だけど、芝居はどんどん新しい役者や演出家の生き血を吸って、しぶとく生き延びていくんだもの。

女優3：なるほどね。役者の生き血を吸って、っていうところ、妙に実感あるわ。

女優1：でも、それ、「いいお芝居は」っていう条件付きですね。

女優2：うん。生命力のない芝居は、とっとと忘れ去られて、あっというまに葬《ほうむ》られちゃうもんね。

女優3：いい吸血鬼は残る。

女優1、2、3、愉快そうに笑い合う。

女優3：ねえ、あたしたち、何のためにここに呼ばれてるの？

女優1：先生の追悼イベントのためですよね。

女優2：ああ、確かにこれって追悼の儀式よね。もう一度設定確認させてもらってもいいかしら？　内側の芝居と、外側の芝居。先生の書いた内側の芝居は、立って演じる。で、外側の芝居はこの椅子に座って演じる。これでいいのよね？　なんだか、べらぼうな台詞《せりふ》喋ってると、だんだん混乱してきちゃって。

女優1：それでいいんです。内側のお芝居は、最後は『真夏の夜の夢』を模したものをみんなで演じるところで終わりです。愛のための犯罪だった、というのが内側のお芝居の真相。しかも、存在しない愛のために、虚偽の真実を作り上げたというのが真相。

女優2：外側は？

女優3：今やってるところよ。これからいよいよ真実が分かるの。外側では、小さなホテルの中庭で先生を毒殺した犯人を突き止めなけりゃならないのよ。

女優1：あたしたち、容疑者なんです。あたしたちの中に、先生に強請《ゆす》られてた人間がいるらしいんですよ。

女優2：ああ、そうだったわね。

女優1：あの刑事さん、面白い人ですよね。お芝居に興味あるみたい。あんなにお芝居のこといろいろ聞くとは思わなかった。

女優3：なかなかの切れ者よ。知的であたし好みだわ。

女優2：ただの変人だと思うけど。あれ、きっとオタクよ。

女優1：役作りの方法とか聞かれませんでした？

女優2：聞かれた聞かれた。興味あるわ。あんた、何て答えたの？

女優1：まあ、月並みですけど、人生経験少ないから、感情の再現でって。

女優2：ふうん。天才の感性ですって言わなかったの？

女優1：誰が天才ですって？

女優2：あんた。だって、ほんとに達者だもんね。

女優1：いじわるだなあ。

女優2：あらやだ、本気で言ってんのよ。あたしゃお世辞は言いませんって。

女優3：あなたは何て答えたの？

女優2：あたしですか？　やっぱり月並みな答えね。何度も台本読んで、過去の作品があればそれも観る。他に何かあるのかしらねえ。こないだ観た芝居の役者で、バーテンダーの役やるために、ひと月バーで修行したってパンフレットに書いてあったわ。確かに、特殊な職業ならそれらしく見せるために練習するっていうのもあるけど。

女優3：そうね。あたしも似たような答えかな。その人のイメージが自分の中で膨らんでくるまで待つって。あの刑事さん、私を演じられますかって聞いたわよ。

女優2：あら、あたしには聞かなかったわ。ひょっとして、惚《ほ》れたかな？

女優3：歓迎するわよ。ほら、好みのタイプだから。

（女優1、2、女優3を冷やかす）

女優2：そうねえ、あれは粘着質なタイプね。プライドも高い。目的を達成するまでは、手持ちの情報を同僚にも明かさないタイプ。

女優1：でも、どこか繊細な、脆《もろ》いところもあるような気がしません？　いい旦那《だんな》さんになりそう。

女優3：それか、逆に、あんなふうに冷静沈着に見えるのが、家に帰ると暴力夫だったりするのよねえ。

女優2：そうそう。その可能性もあるわね。仕事じゃ有能で女にもてて人格者なのに、妻には傲慢《ごうまん》で手を上げちゃうって男。

三人、客席を振り返り、にやりと笑う。

女優2：分かってるわよ（顎《あご》をしゃくる）。あんた、あたしたちが共謀してると思ってるんでしょ。ね、そうでしょ？　あたしたちみんな、三人とも神谷に強請られてて、利害関係が一致したから、口裏合わせてるって。窃《ひそ》かにそう考えてるんでしょ。なんであんな芝居させたのかはよく分からないけど、ひょっとして、あたしたちが打ち合わせて演技してるって思ったから、地と演技が違うかどうか見てみたかったたってわけ？　それとも単なる興味？　実は芝居好きで、ただでプロの芝居が見たかったとか？

女優1：疑わしきは罰せず、ですものね。容疑者どうしが他人を罵《ののし》って、罪を着せあっていれば、誰が真犯人なのか分からない。あたしたちは、なにしろ三人ともあの中庭にいた。あたしたちだけじゃない、大勢の人たちがあの中庭にいた。決定的な物的証拠がない限り、誰も逮捕できない。
女優3：確かに、取調べっていうのも演技合戦のようなものよね。あなただって、演技に関しては一種のプロでしょう？　同業者だわ。あら、そんな不愉快そうな顔しないでちょうだいよ。プロとして敬意を表してるだけなんだから。
女優1：あのう、一つ聞いてもいいですか（身を乗り出す）。先生って、本当に毒殺されたんですか。
女優2：ちょっと、あんた、いきなり何言い出すのよ。
女優1：あたし、ずっと疑問に思ってたんです。これって、本当に殺人事件なのかなあって。
女優3：殺人事件じゃなかったら何なのよ？
女優1：事故の可能性ってないんでしょうかね。
女優2：事故で毒殺？
女優1：だから、毒殺じゃなくて、中毒死。事故死。要するに、あそこで先生が亡《な》くなって、解剖したら死因は毒だったっていうことなんでしょ。それを、イコール誰かに飲まされたって判断するのは正しいんでしょうか。
女優2：自殺だったっていうの？　あんな人が大勢いるところで？

女優1：人によっては、一人淋しく自殺するよりは、知人や友人たちがいっぱいいるところで、見守られてって思う人だっているんじゃないでしょうか。

女優2：えーっ。それってすっごい迷惑じゃないの。現に、こうしてあたしたち、容疑者扱いされる羽目になってるのよ。

女優1：自殺だとは言ってません。だけど、なにしろ先生は全くいろんなことに構わない人ですから、何かとんでもない勘違いをして、口にすべきではないものを口にするってこともありそうな気がするんです。ねえ、そう思いませんか。自殺や殺人は全然あの人にふさわしくないけど、なんだかとっても馬鹿げた理由で、事故に遭ってしまうほうが、先生らしいような気がするんですけど。

女優2、3、顔を見合わせ絶句する。

女優3：確かに。

女優2：そんな気もするわね。

女優1：あの内側のお芝居。こう言ってはなんですけど、若い妻と再婚して、るんるんしてて、妻が片付けてた花瓶に頭ぶつけてあっさり死んじゃうなんて、なんだか先生と重なっちゃうんです。

女優2：そうねえ。妙なところで運の悪い男だったからねえ。

女優3：運が悪いというよりは、間が悪いんじゃないの、あの人の場合。

女優2：そういう馬鹿なところが可愛《かわい》い男だったんだけどね。

女優1：あの日のことを思い出してみましょう。先生はとにかく紅茶ばっかり飲んでましたよね。有頂天で、みんなと話してて、ぐるぐる会場を歩き回ってました。

女優2：うん。そうだった。おおはしゃぎで、子供みたいだった。

女優3：でも、ちょっと待って。間違えて飲むような毒が、あんなところにあったかしら。いくらあの人が粗忽《そこつ》だからって、テーブルの上にそもそもそんな危ない薬品なんかあるわけないでしょ。誰か他の人が飲むつもりだった薬が、彼には毒だったっていうの？

女優1：うーん、言われてみればそうですね。ホテルのレストランだし。

女優3：でしょ。洗剤とかワックスとか、毒になりそうな化学薬品もあるかもしれないけど、パーティが始まってしまったら、そんなものあの場所にあったとは思えないわ。

女優1：そうですね。

女優2：でもさ、その、事故死かもしれないっていう意見は、同感だわ。これまで、これは殺人事件なんだって思ってた。最初に聞いた時、あの人を殺そうなんて人間がいるとは思わなかったけど、殺されましたって言われたらそう思い込んじゃうもんね。だけど、これが殺人事件じゃなかった、ただ毒で亡くなってしまったと考えれば、何か違う真相が見えてくるような気がするわ。

女優3：だけどね、問題は、彼がそれじゃ済ませてくれないってことよ。

女優2：彼って？

女優3：彼よ。あたしたちを疑ってる人。彼の求めている真相は別なの。彼は、もっと美しい、別の真相を求めているのよ。

女優1：あたしたちの誰かが犯人だとか？

女優2：あたしたち全員が共謀しているとか。

女優3：そう。彼が納得できる真実、もっとドラマティックな真相をね。

女優1、2、3、真顔になり、黙り込む。

やがて、ゆっくりと客席を無表情に振り返る。


暗転し、明かりが点くと、中央の椅子に男が座っている。

その男が、さっきベールをかぶっていた男なのかはよく分からない。

膝《ひざ》の上に手を組み、無表情に正面を見つめている。


男：そうですね。確かにおっしゃる通りです。あなたたちを見ていてよく分かりました。人間とは、演技をする生き物なんです。

ええ、認めましょう。私もその一人です。演技というものの効果を最大限に活用している職業の一つかもしれません。

そうです、認めます。私も演技しています。

だからね、正直に言いましょう、演技している人は分かるんですよ。

もっと正確に言うと、嘘《うそ》を言っている人間は、なんとなく分かる。いろんな嘘を聞いてきましたからね。しかも、本人ですら嘘を言っているかどうか分からない、自分が嘘をついていると気付いていない人間の嘘も聞いてきました。だけどね、嘘は分かる。嘘は臭《にお》う。どこかで胡散臭《うさんくさ》いものが鼻をつく。何か怪しげなものを感じるんですよ。

私があなたたち三人を見ていて気付いたのは、まさにこの点でした。

あなたたちは、臭わない。

全く嘘の臭いがしないんですよ。それって、不思議だと思いませんか。まあ、嘘を言っていないんだ、真実しか話していないからだと言われればそれまでですが。

しかし、私は奇妙に感じた。

ですから、思い切って、あなたたちに芝居の台詞を読んでもらったんです。

皆さん、実に素晴らしい。

実に真に迫っていた。

ところが、どうしたことでしょう。

同じなんですよ。それまでと全く同じ。嘘の臭い、虚偽の臭いがしない。

真に迫った演技だったから、人間の真実だったからと言われればこれまた口を挟む余地はありません。

だけどね、こういう言い方もできるんじゃないでしょうか。

これまでの証言も、決して嘘ではなかった。

しかし、本当のことも言ってはいなかった。

なぜならば、あれはあなたたちの「仕事」だったからです。全《すべ》てがあなたたちの仕事だった。あなたたちの証言も、そのあとで読んだ芝居の台詞も、あなたたちにとってはどちらも同じ仕事に過ぎなかったのです。だから、どちらも全く同じに聞こえた。嘘の臭いもしない。なぜならば、あなたたちは真剣に、与えられた仕事をこなしていたからです。台詞という意味では、どちらも正しかったし、あなたたちは真摯《しんし》に、目的に忠実に働いていた。だからではないですか？

では、その目的とはいったい何なのでしょう？　あなたたちがそこまでして忠実に「仕事」をしなければならなかった理由とは？

言い換えれば、あなたたちは共謀していたということです。あなたたちは同じ目的のために「仕事」をしていたということです。なんらかの共謀なしに、こんなことが起きるとは考えられません。三人が三人とも、これを「仕事」だと見なしているなんてことが偶然で有り得るでしょうか？　答えはノー、です。

これが私の得た確信です。さあ、どうでしょう。
あなたたちはどう答えてくださるんでしょうか。

明かりが消え、次に点くと、女優1、2、3が椅子にきちんと座っている。

女優3：そろそろ潮時かしら。
女優2：もう限界だわ。
女優1：これ以上あがいても無駄ね。
女優3：そこまで言われてしまってはねえ。
女優2：根負けしたわ。
女優1：他の人たちがなんと言うかは分からないけれど。
（女優1、2、3ゆっくり顔を見合わせて）
女優2：（軽く溜息《ためいき》をついて）どこから話し始めればいいのかしらね。
女優3：お任せするわ。
女優1：お願いします。

女優2、椅子の背に手を掛けてゆっくりと立ち上がる。

同時に、それまでのスポットライトが溶け込むように、周囲が少しずつ明るくなる。

全体の照明の色が変わり、昌夫はどこか異なる世界に抜け出た印象を受ける。

あの男はどこにいるのだろう、と舞台の上を探すが、そこには三人の女優しかいない。

女優2：（舞台を動き回りながら）あの人はね、痛みに弱かったのよ。痛いの、大嫌い。ちょっと指先に棘《とげ》が刺さろうものなら、もう大騒ぎ。子供みたいにぎゃあぎゃあ言ってたわ。

まあ、男は皆、肉体的な苦痛に弱いけどね。血も苦手だし。

あたしは、それがこの事件のきっかけだと思うわ。

女優1：（立ち上がり、椅子の背にもたれかかりながら）あたしもそう思います。でも、そういう人に限って、尋常でない痛みについては、意外に口にしたりしないものなのね。

ええ、怖いからよ。自分が何か重い病気に掛かっているんじゃないかと考えるのが怖かったのよ。そんなことを口にしたら、それが本当になってしまうような気がしたのね。

かわいそうに。どんなに怖かったかしら。

女優3：（立ち上がり、ひらひらと手を動かして歩き回る）強請《ゆす》り！　強請ってる相手がいたですって？　まあ、確かに強請りといえば強請りだけど。あれは、彼一流のジョークで、要は自分の弱さを盾に、愚痴を言ったり相談したりする相手のことをそう呼んでいたのよ。ええ、あたしたち三人は、特にしょっちゅう彼に「強請られて」いたわね。今書いている芝居が面白いかどうか不安だの、台詞《せりふ》がちっとも出てこないだの、真夜中に電話してくるなんてのも珍しくなかったわ。もちろん、役者として信用している、秘密も厳守できる、それでいて自分が甘えられる相手を選んでいたのよ。

光栄だったけど、まあ、迷惑な時もあったわね。あまりにも愚痴っぽいと、しまいにはどやしつけたくなったわ。だけど、それでいい作品ができるんなら、ちょっとくらい時間を割いたって構わないじゃない？　現に、そうやってできた面白い作品が幾つもあったんだもの。

女優2：そう、彼は、痛みに弱くて小心者だったけど、いい作品を書くことにかけては怖いもの知らずだったわ。そんな彼が、身体に異状を感じたの——それが、自分の生命に関わるような異状であることを察知したのね。彼は、まもなく自分の身体が痛みを訴え始めることを知った。到底、自分が耐えられるような状態でなくなることを予感したのよ。

あなたならどうする？　あなたが彼だったら？

女優1：先生は、必死に作品を書いたのよ。これが最後になるかもしれない作品を。

女優3：ええ、彼は最後まであたしたちを「強請った」わ。作品の完成に協力するよう、内容をさんざん相談した上に、みんなでオーディションを受けるふりまでして。

女優1：自分はもう上演を見られないかもしれないから、彼はあたしたち三人が彼のために演じるところを先に見たがったのよ。あれはオーディションじゃなかったの。彼のための、あたしたちの独演会だったの。

女優2：スケジュール合わせるの、大変だったよね。

女優1：あの日のために、みんな丸々一本台詞入れて、脚色までして。

女優2：まあ、必死に覚えたけどね。あれ、絶対、どこかで上演するわ。元取らなきゃ。

女優1：ええ、絶対に。

女優3：彼の死の真相は知らないわ。自分で毒を入れたのか、それとも何か悪いものにでも当たったのか。

女優2：自分で毒を入れるガッツがあったのかしら？

女優1：だから、あんなに大勢の人がいる場所を選んだのかもしれませんよ。一人で飲むのは怖いから、みんながいるところで、がぶがぶお茶を飲んで。そういう状況だったら、怖くなかったのかもしれない。

女優2：あたし、考えたんだけど、ひょっとして、偶然に頼ったんじゃない？

女優3：偶然って？

女優2：さあ、それは分からないけど。死刑執行のボタンを押す時に、誰が押したか分からないように、同時に何人も一斉にボタンを押させるっていうじゃない。そのうちのどれか一つだけが目的を果たすようになってるのよ。それと同じで、例えば角砂糖を幾つか自分で持ち歩いていて、そのどれか一つに毒を仕込んでおく。毒入りの砂糖をいつ飲むか分からない。でも、毒が入っているのは一つだけだから、あとから毒を捜しても見つからない。

女優3：ああ、なるほど。その場合、犯人は誰なの？
女優1：やっぱり自殺ってことになるんじゃないでしょうか。
女優2：これが真相なのよ。お望みの結果が出たかしら？
女優3：結構素敵な結末だと思うけどね。

三人で、客席の様子を窺《うかが》いながら、舞台の上をぐるぐる回っているが、すとんと椅子に腰掛け、こそこそと話し合う。

女優2：どう？
女優1：駄目みたいです。
女優3：あの顔は納得してないわね。
女優2：あたしとしては、いい線行ってると思ったんだけどな。
女優1：病気ってところが気に入らなかったんでしょうか。
女優3：じゃあ、もっと芸術的にしてみようかしら。
女優1、2：お願いします。

女優3、立ち上がり、大きく息を吸い込み、客席に背を向け、両手を広げて溜息をつく。

女優3：あなた、ご自分の仕事が終わる時のことを考えたことがあって？（ちらりと客席を振り返る）まだないでしょうね。まだまだお若いし。一番脂《あぶら》が乗っていて、ご自分の仕事に手ごたえを感じている時期なんでしょうね。いつかは体力が落ち、思考力も落ちて、ご自分の仕事をリタイアする時が来る。そんな時のことなど、まだ想像したこともないでしょう。だけど、それを常に考えざるを得ない状況にある人間もいるのよ。新しいモノを作り出さなければならない人間。作るモノの一つ一つが他人の評価の対象になり、それが次の仕事を得る基準になる人間。常に枯渇に怯《おび》えている人間。常に作ることに苦しんでいる人間。世の中にはそういう仕事をしている人間もいるの。

女優2：（立ち上がって）ほんと、考えるだに、恐ろしい商売よね。注文があってナンボ、観ていただいてナンボ。内容の質や評判が、露骨に観客の数に跳ね返ってくる。文字通り、目に見える形で結果を見せつけられるのよ。

彼は職人型だったけれど、昔からいつも苦しんで書いていたわ。器用なタイプじゃなかった。次が書けるかどうか、常に心配していたわ。そんなこと心配したってしょうがないでしょう、って何度繰り返したことか。これまでだって書けたんだから次だって大丈夫よ、って言うと、これまで書けたからって、次も書けるかどうか分からない、って答えるの。これが最後かもしれないじゃないか、って。

女優1：（立ち上がって）確かに、長いこと書いていればそれなりに技術は上がってくるし、ちょっとしたコツは会得《えとく》できるけれど、それ以上に、新しいものを書き始める時の恐怖は大きくなってくる。前作を上回るものを、という期待はどんどん強くなってくる。何より、自分で期待するもののレベルがどんどん上がっていって、それを超えるのがしんどくなるんですって。

女優3：彼は代表作を欲しがっていた。それがエポックメイキングになるような、伝説的な作品を残したがっていたの。それこそ、吸血鬼になれるような作品をね。

女優2：よい吸血鬼よ。

女優3：ええ、よい吸血鬼になれる作品を求めていた。そして、それを最後に引退したがっていたわ。

女優2：締め切りに追われて、必死に作品を仕上げるプレッシャーにもう耐えられないと言っていたわ。もう打ち止めにしたいと。これ以上は精神的に持たないって。

女優1：あたしたち、協力を要請されたんです。演じたいと思うもの、この先も生き延びていけるようなものはどんなものかって。

女優2：とはいっても、たいして役には立てなかったんだけどね。

女優3：結局は、先生が一人で作り上げたものよ。

女優2：問題は、彼があの作品を伝説にしたいという執着があったことね。

女優1：最後のほうは、もう怖いくらいでした。あの作品を残したい、という気迫だけが一人歩きしていて、口を挟むこともできないような雰囲気で。

女優3：先生は、自分があそこで死ぬことで、自分と自分の作品を伝説にしたかったんだと思います。

女優2：彼が何を考えているのか、当日まで分からなかったわ。ただ、この日をみんなの記憶に残すんだと言っていたから、何かをしようとしているとは思った。

女優1：それがまさか、ご自分の死だなんて。
女優3：ええ、もちろん口止めされてましたよ。何が起きても、余計なことは言うなって。ただ、お芝居のことだけを考えてくれって。
女優2：だからあたしたちは、殺人事件に戸惑い、嘆き、容疑者となっても真相を語ることだけは避けなければならないと考えたんです。
女優1：なるべくセンセーショナルに。みんなの記憶に残るように。
女優3：お芝居の宣伝になるように。
女優2：彼の望みをかなえるために。ね、どうかしら？　これで、彼の望みは達成されたのかしら。
女優1：まずまずじゃないですか。これで上演したら、ロングランになりますよ。
女優3：あなたも来てくださるわね？　初日にご招待するわ。
女優2：彼も満足してくれてると思うの。あたしたちも、やるだけのことはやったわ。彼の作品がよい吸血鬼になれるかどうかは、これからの人が決めることだしね。
女優1：これが、一連の出来事の真相なんです。分かっていただけましたか？

間。すこしして、三人、サッと椅子に腰掛け、再びこそこそと話し合う。

女優3：今度はどう？

女優1：まだ駄目みたいですけど。

女優2：あーあ、あの強情な顔。こりゃもう完全に疑心暗鬼になっちゃってるわね。幾らやっても無駄よ。だって、信じてもらえないんだもの。

女優1、スッと立ち上がり、客席に向かって踏み出す。続いて他の二人も同様にする。

女優1：さあ、言ってごらんなさい。いったいどう答えてほしいの？　あなたはどんな真実を求めているの？　さあ、何が観たいの？　望みをかなえてあげる、あなたの欲しい答えをあげる、あたしたちは何だって見せてあげられるわ。だって、あたしたちはあなたたちなんだもの。

女優3：もっとドロドロした答えがお望みなの？　女どうしの確執がお好き？　じゃあ、あたしたちは密《ひそ》かに先生を奪いあっていて、自分のものにならないならいっそ殺してしまおうと思った、と答えましょうか？

女優2：いかにも女優っぽい答えがいいならそう言うわよ。あたしの役だけを書いて、あたしのためだけに書いて。他の人に書くのなんて許さない。先生のホンを演じるのはあたしだけ。そう思い込んだサイコな女優が、歪《ゆが》んだ所有欲に駆られて発作的に毒を盛ってしまったのよ、って。

女優3：いつまでも駄々をこねてるんじゃないの。ここまで言ってあげてるのに、何をいじけているの？

女優1：そうよ、さんざんいい思いをしてきたくせに、今ごろになって、自分は何も持っていない、愛がないなんて言いだすんでしょう。自分から捨てたくせに、何も手元に残らなかったと言うのね。

女優2：さあ、好きな答えを選んで。それがあなたの望みなんでしょう？

女優3：好きな真相を。あなたの望む真実を。

昌夫の隣に座っていた男が、わなわなと身体を震わせていたが、ついに立ち上がり叫ぶ。

彼の声は、会場いっぱいに響き渡り、周囲を埋める観客が固唾《かたず》を呑《の》んで彼の台詞に聞き入る。昌夫も、緊張した面持ちで隣の男の声を聞く。

男：　馬鹿野郎、そんな真実なんか欲しくない。おまえたちに選ばされる真実なんて真実じゃない。おまえたちはいつもそうだ。なんでも欲しがるものを与えるような顔をしていて、そのくせ何一つこっちに渡しやしない。

女優2：　へえ、じゃあどんな真実が欲しいの。

女優1：　何よ、真実、真実って。真実ってそんなに素晴らしいものなの？

女優3：　ねえ、ちょっとお尋ねしますけど、あなたはどこにいるの？

男：　（怪訝《けげん》そうに）どこにいるって？　俺はここだ。

女優3：　そういう意味じゃないの。あなたは外側の話の人？

男：　外側？

女優3：　ええ。今、あたしたちは外側から内側に移って説明しているところなの。あなたはどこに属するのかしら？

男：　どこに属するって？

女優2：　やりにくいったらありゃしないわ、ちょっとこっちに来てもらえる？

手招きされて、男はのろのろと舞台に歩いていく。

そして、ライトの照らされる中に入り、ちょっと眩《まぶ》しそうな顔をして、女たちと一緒のところに立つ。

女優1：ふうん、なかなかいい男ね。

女優2：じゃあ、もう一度最初からやってみましょう。納得のいくまで、徹底的にね。

男：最初から？　何を？

女優3：あの日、あの中庭で何が起きたかを検証するのよ。一緒に思い出してみれば、きっと真相に辿《たど》り着けるわ。

男：あの日のこと。あの中庭で。

女優2：そうよ。じゃあ、あなたはあの人の役をやってくれる？

女優1：あたしたちはあたしたちの役を。

女優3：(手を叩《たた》いて)それじゃあ、始めましょう。みんな、位置について。(男に向かって)あなたはそこにいてちょうだい。いい、始めるわよ。

男は舞台の中心にぼんやりと立ち尽くす。

女たちは、舞台の端に向かって、めいめい異なる方向につかつかと歩き出す。

暗転。

中庭にて、旅人たちと共に

坂道の途中でシャツの袖《そで》のボタンが取れているのに気が付いたが、どこかに予備があったかどうか考えたのはほんの一瞬のことで、楠巴はすぐにまた友人の脚本のことを考え始めた。

あのホテルの小さな中庭に行くのは久しぶりのことだ。

日常の細々としたことに気を取られているうちに、いつのまにか季節も移り変わり、今は気持ちのよい初夏の昼下がりである。

かねてより相談を受けていた脚本が完成したと聞いたのは、二日ほど前のことだった。

あの中庭で、説明をしたいと言うところを見ると、完成したのは彼の頭の中でのことで、まだ完成稿というわけではないらしい。最後まで巴に説明してみて、その反応を見てから紙に写そうという魂胆なのだろう。

歩きながら、巴は奇妙なデジャ・ビュを覚える。

ここ数ヶ月、折りにふれ中庭での事件について考え続けていた。

不可解な女優の死や、友人の脚本の中の死、彼が目撃したという高層ビルの谷間での死。

中庭は、都市に似ている。

巴はそういう感想を抱くようになっていた。

中庭は都市の雛型《ひながた》。あたしたちの住む世界の縮図。人々は常に囲い込まれたがっている。他人からの視線を遮断《しゃだん》し、管理され、安全で心地よい場所に逃げ込みたがっている。その一方で、人々は囲い込まれていることに閉塞《へいそく》感と孤独を感じている。だから、人が集まる場所に出てゆき、大勢の中の一人であることを確認せずにはいられない。そして、中庭はいつも「見られる」運命にある。そもそも人々の視線なしには成立しえない空間なのだ。「見られている」という意識は、常に虚構を孕《はら》んでいる。中庭は、見る者と見られる者の双方に演技を強いる。それゆえに虚構は中庭の外にも広がっていく。

小さな通路を抜けて、気持ちのよい小さな中庭に出る。

彼が手を上げるのが見えた。

見ると、テーブルの一部が片付けられて、パーティの準備らしきものが行われていた。

「あれっ、何かイベントでもあるの？」

巴がそう言うと、彼は小さく手を振って笑った。

「いや、ホテルの人が協力してくれてさ。ちょっとやってみてもらうことになったんだ」

「その芝居を？」

「うん。ラストのところだけね。もうすぐ役者たちも出てくるはずさ」

「へえっ。まだ準備稿のくせに随分贅沢《ぜいたく》なことするじゃない」

「皆ノーギャラさ」

「気の毒に。つきあわせて」

「傑作の誕生に立ち会えると思えば楽しいだろう」

「よく言うよ」

巴は彼と並んで椅子《いす》に腰を下ろす。

ちょうど、中庭がよく見渡せていい位置だ。

「さあ、始まるぞ」

彼がそう呟《つぶや》くと、ぞろぞろと老若男女が入ってきた。

華やかなパーティ。お菓子や飲み物の載ったテーブルを囲み、みんながそここで賑《にぎ》やかなお喋《しゃべ》りを始める。

それがあまりにも自然だったので、巴はこれが芝居だと考える前に、その雰囲気に同化していた。今、目の前で繰り広げられている出来事をただ眺めているだけのような気がする。

ひょい、と一人の男が現れる。

初老の、黒いタートルネックのセーターを着た男。あれが脚本家だ。

彼は、ティーカップを手に、客たちの間を泳ぎ回り、ジョークを言って笑わせ、せわしなく挨拶《あいさつ》を交わす。

その一方で、ひときわ華やかな二人の女がいる。

一人は、とても若い。アイドルのような、人目を引く容貌《ようぼう》ではあるが、誰彼構わず愛想を振り撒《ま》くタイプではなく、思慮深さや芯《しん》の強さ、天与の知性などを感じさせる娘だ。

もう一人は、三十代後半というところか。

ソバージュヘアが似合っていて、そんなに美人ではないのに、そこにいるだけで注目を集めてしまうような不思議な存在感がある。表情が豊かでくるくると笑い、いつのまにか人が寄ってきて賑やかなコーナーが出来上がっている。

なるほど、これが主演三人のうちの二人の女優なんだな。巴はそう考えた。

残りの一人はどこにいるのだろう。中庭をそっと見回す。

一人目の若い女が、脚本家に声を掛け、にこやかに話を始める。

そこに、二人目の女も合流し、三人で笑い声を立てる。

脚本家は、ティーカップに紅茶を注ぐ。

二人目の女が、すかさずスプーンで紅茶をかきまぜる。

一人目の女が、脚本家に話しかけ、暫《しばら》く彼女の顔に釘付《くぎづ》けにさせる。

そこへ、三人目の女が入ってくる。

帽子にサングラス。手には、白いカラーの花束を抱えている。いかにも大女優登場、という雰囲気。みんなが注目せずにはいられない。
脚本家が彼女に気が付く。
彼女に向かって歩いていき、挨拶する。
そこに、二人の女も合流し、肩を抱き合ったり、叩《たた》いたりして親しげに語り合う。
そのあと、みんながバラバラになり、歓談は続く。

巴は三人の女と、脚本家の手にあるティーカップに注目していた。
誰がティーカップに触れるか。しかし、誰も触れる気配はない。

脚本家は、話し疲れたのか、テーブルの前でついにカップに口をつけ、一息に飲む。

飲み干して、ティーカップを受け皿に置く。
奇妙な表情が浮かび、それは苦痛に変わる。
ティーカップが地面に落ちて、割れる。
その音にみんなが振り返り、息を呑《の》む。
地面にくずおれる脚本家。

その身体《からだ》を地面に投げ出し、わずかな痙攣《けいれん》の後に動かなくなる。

凍りついたような沈黙。漏れる悲鳴。

帽子とサングラスの女も、悲鳴を上げ、手に持っていた花束を取り落とす。

地面に散らばる白い花。

ボーイが弾《はじ》かれたように飛んでくる。

「なるほど、分かったわ。スプーンと花がポイントね」

巴は大きく頷《うなず》く。目の前で行われていたことの意味に気付いたのだ。

「さすがだな」

隣で友人も頷く。「戻ってくれ」

人々は動き出し、元にいた立ち位置に戻る。

「やっぱり三人は共犯なのね。一人目が毒を塗ったティースプーンを用意し、一人目が彼の注意を引いている間に二人目が紅茶をかきまぜ、そのティースプーンをこっそり持っている。そこに三人目が登場して、みんなを引き寄せる。そして、肩を叩くふりをして、三人目が持ってきたカラーの花の中にスプーンを落とす」

一人目の女が、こっそりと小さなバッグの中からスプーンを取り出し、近づいてきた二人目に渡す。二人目は目を合わさないようにしてスプーンを受け取る。

脚本家が、新しい紅茶をカップに注ぐ。

一人目は脚本家に話し掛ける。そこに二人目も合流して、さりげなく紅茶をかきまぜる。

二人はしきりに話しかけ、脚本家に会話を促し、まだ紅茶に口を付けさせないようにしている。二人目は、そっとスプーンを手の中に隠す。

そこへ三人目が登場。みんなが彼女に注目する。

脚本家は彼女に向かって歩いていく。

さりげなくその後ろについてゆき、会話に合流する二人。

肩に触れ、にこやかに話す二人目の女の指は、つまんだスプーンをそっと白い花の中に落としこむ。何食わぬ顔で離れる三人。

ティーカップが割れる。地面にくずおれる脚本家。

悲鳴を上げて、花束を落とす女。そこにやってきて、花を拾い集めるボーイ。

騒然とする中で、ボーイは静かに退場していく。


「これで、犯罪成立ね」

巴がそう言うと、友人は鼻をこすった。

「実は、別のバージョンもある。三人目の女優の単独犯だった場合だ」


脚本家と、二人の女優が話をしている。

そこに、花束を抱えて三人目の女優が現れる。二人の顔にかすかに不満の色が浮かぶ。彼女がその場の注目を集めてしまったからだ。

脚本家はティーカップを持ったまま、三人目に向かって歩いていく。

彼女は、近くのテーブルからジャムをすくい取り、さりげなく手に持っていたスプーンで彼のカップをかき混ぜる。

しばらく会話が続く。

やがて、脚本家が背中を向けた瞬間を狙《ねら》って、白い花の中にスプーンを落としこむ。

ティーカップが割れる。地面にくずおれる脚本家。

「これには後日談がある」

ぞろぞろと、役者たちが退場していく。

片付けられるテーブル。

静まり返る中庭。

隅っこにあるテーブルを、ボーイがメイクする。そのテーブルに注目が集まる。

そこには、三人目の女優が雑誌を見ながら座っている。

やがて、現れたのは二人目の女優だ。

二人は当り障《さわ》りのない会話を続ける。が、思い切った表情で、二人目の女優が言い放つ。

女優2：　靴がべたべたしていたの。あの日履いた、靴の裏がべたべたしていたのよ。
　　　　なぜだと思う？

女優3：（無言）
女優2：ジャムよ。誰かが、ジャムのついたティースプーンであの人のカップをかき混ぜたんだわ。その紅茶が地面に零《こぼ》れて、あたしの靴がそれを踏んだの。だから、靴の裏にジャムがついたんだわ。そして、そのスプーンに毒が付いていた。
女優3：（無言）
女優2：不思議に思ったのよ。なぜあの日、あなたが花束なんか抱えてやってきたのかって。彼に花を渡すのかと思ったのに、あなたは渡さなかった。しかも、あなたはずっとサングラスを掛けていた。きっと、表情を見られるのが嫌だったのね。あなたは花束を手放すわけにはいかなかった。自分の手に持っていなければならなかった。なぜかしら。
（じっと女優3を見つめて）あなたが持っていたカラーの花。素敵だったわ。あの花、細長くて、筒みたいな花よね――手に持っていた小さなティースプーンを隠すにはぴったりの花じゃないかしら。
女優3：（無言）
女優2：あなたは悲鳴を上げ、花束を取り落とした。そう、あなたはあの花束を、ティースプーンを隠し、悲鳴を上げて地面に落とすために持ってきたの。すかさず、ボーイが拾い集めて持ち出すことまで予想してね。

女優3：（無言）

女優2：あなたがあの人を殺したのよ。

ワイングラスが落ちる。

女優3、ぐらりと身体を傾け、ずるずると地面に倒れる。動かない。

女優2、思わず立ち上がり、呆然《ぼうぜん》と地面に倒れた女を見下ろす。

そこに、女優1が現れ、二人の横に立つ。

女優1：これが、あの中庭の事件の真相です。

でも、真相とはいったい何なのでしょう。

彼女は、先生を殺しました。それは確かですが、本当のところの理由は分かりません。

動機など、しょせん、後付けで推理するしかできないのです。あたしたちはそれまでの彼女の行動や人生から、彼女の心理を推察するしかありませんが、彼女が先生のことを深く尊敬し、愛していたことは確かだと思います。なぜならば、彼女はその数週間後に、先生を殺したのと同じ中庭で、自分も同じ毒を呷《あお》って亡《な》くなったからです。先生を殺したことを告発されて、逃げられないと思ったのだろう、と言った人もいましたが、あたしはそうは思いません。彼女は最初から、先生と同じ場所で死のうと思っていたのではないでしょうか。あれは、彼女の後追い自殺であり、時間差はありましたが、一種の心中だったように思われてならないのです。

「ここで幕」

「ここで幕にしちゃうの？　なんだか淋しくない？」

「そうかな」友人は首をひねる。

「そうだよ。何かもうひとひねり欲しいような気がするんだけど」

「じゃあ、こんなのはどうだ」

そこに、ひょこっと一人の男が現れる。中肉中背、若いようで年寄り、老《ふ》けているようであどけないところのある、年齢不詳の不思議な容貌である。

中庭の中心に現れ、いつのまにか三人で腰掛けている女優たちのテーブルの前で挨拶をし、みんなを振り返る。


男：さて、ここで皆さんに、私の聞いた、最新の不思議な話をいたしましょう。これまでも随分と不思議な話をしてきましたが、これがまた、とびきり奇妙な話。

とある山奥に、かつては製材業で栄えた場所がありました。鉄道が敷かれ、ひっきりなしに材木が切り出され、一時は数百人もの人が住んでいたところで、宿泊施設も兼ねていた、立派な駅がありました。

しかし、時の趨勢《すうせい》には耐えられず、やがては人も去り鉄道も廃線になってしまいます。

むろん、駅も無人となり、放置されてしまいました。

そのまま忘れ去られていた場所ですが、ある日、自治体の若い職員がやってきたのです。

彼は音楽やお芝居が大好きだった男で、その場所を見てピンと来ました。

ここは、劇場になる。芝居小屋にできる。そう直感したのです。

冬の間は雪に閉ざされてしまうので、お芝居ができるのは夏の間だけです。自治体の職員やボランティアだけで劇場に改造しましたが、自然と一体になれる雰囲気が素晴らしく、徐々に評判になって、やがては遠方からも客がやってくるようになりました。

さて、奇妙な出来事が起きたのは、数年前の夏です。

そこではシェイクスピアの『真夏の夜の夢』が上演されていました。

これは、沢山の人物が登場する芝居なのですが、この時、特殊な演出がなされていました。舞台には常に全部の登場人物がいて、顔を隠した布を上げることで登場したことにするのです。つまり、全員が黒いベールをかぶっていて、登場していない時には顔を覆《おお》っているのです。

この劇場は面白い形をしています。

四方が開いていて、十字路のような通路があり、そこが舞台となるのです。客席は階段状になっていて、観客は役者を見下ろすような形になります。

上演が始まって数日が経《た》った頃のことです。

役者の一人が、ふと、見慣れぬ場所に立っている人物に気付きました。

リハーサルをしたのに、立ち位置を間違えている、と思いましたが、芝居に集中していてそんなに深く考えませんでした。

しかし、数日が経過すると、みんながその謎《なぞ》の人物を見ていることに気付きました。しかも、明らかに出演者ではない人間なのです。

一人多い。みんなが騒然となりました。みんなで捕まえてやろうと決心しましたが、今度はその人物がふっつりと現れなくなったのです。悪戯《いたずら》だったのではないかということになり、更に上演は続きました。

いよいよ明日で千秋楽という日がやってきました。

その日の上演が行われていた時のことです。

黒いベールをかぶった誰かが、スーッと舞台である通路を駆け抜けていったのです。

それはあっというまの出来事でした。しかも、通路の外ではスタッフが見張っていたのに、誰もその人物が入っていくところ、出て行くところを見ていなかったのです。

幽霊だったのでしょうか。

しかし、その日の観客も、出演者も、みんなその人物を見ています。

未《いま》だにその劇場では、その夏のことが語り継がれています。幽霊の出る劇場、と密《ひそ》かに呼ばれるようになったそうです。

（間。改まった様子で人差し指を立てる）

とまあ、ここで終わればただの怪談。

実は、この話には誰も知らない後日談がございます。

え？　誰も知らない話なのに、私がどこから聞いたかって？

それは内緒です。長年、こういう話を集めていると、話のほうから私のところに集まってくるものなんですよ。

とにかく、この奇妙な後日談を、そっとあなただけにお教えしましょう。

（間。くるりと一回転してから）

ある夏の終わりに、この劇場目指して二人の男が歩いていました。

この劇場に来るには、七キロばかりかけて廃線となった線路の跡を歩いてくるか、ふもとからバスでぐるりと山道を登ってくるかの二つの方法があるのです。

二人は、廃線跡を歩いてくる方を選びました。

二本の線路はすっかり錆《さ》び、枕木《まくらぎ》は朽ち果て、砂利の合間には雑草が伸びています。

これから何年かしたら、線路跡というよりも、ただのけものみちになってしまうかもしれません。

周囲の木々のむっとするような草いきれが、夏の終わりだということを感じさせます。

しかし、山の天気は変わりやすいものです。

山の向こうから音もなく霧が発生し、それはあっというまに流れ出してきて二人を包みます。

確かに緑の濃い夏の山なのに、季節も時間帯も分からないような奇妙な雰囲気が漂っています。

この二人の男はどちらも演劇関係者ですが、歳《とし》は離れています。

年下のほうの男は、年配のほうの男に、面白い劇場があるからと言われてやってきたのでした。彼は、最近身内を亡くしたばかりだったので、気分転換によいかもしれないと考えたのです。

しかし、だんだんと霧深い山の中を歩いているうちに不安になってきました。

ずいぶん遠くから歩いてきたのですが、なにしろとっくに公演も終わった夏の終わりですから、誰にも会わないし、とても静かです。行き先は、一緒に歩いている男に任せっきりで、どこにあるのかも知りません。

年配の方の男は、かつてその劇場で起きた奇妙な話や、子供の頃の体験をとりとめもなく話して聞かせます。

年下の男の方は、徐々に不安を通り越して気味が悪くなってきました。

本当に、この男は、珍しい劇場に案内するために自分を誘ったのだろうか？

そう疑い始めていたのです。

霧はいよいよ深くなってきて、二人をミルク色に包みます。

気の早い彼岸花が、霧の向こうに点々と咲いているさまは、白い肌に血が滲《にじ》んでいるかのような、どことなく不吉な眺めです。

どれほど歩いたのか分からなくなった頃です。

年配のほうの男が、ぽつぽつと自分の身の上話を始めました。

そんな話を聞くのは初めてでした。

実際、人に打ち明けるのも初めてのようでした。

彼がしたのはこんな話です。

自分には、血のつながりはないけれど、とても美しい姉がいた。けれど、子供の頃に生き別れた形になっている。姉には疎《うと》んじられていた。姉は、継母に邪険にされ、弟にばかり愛情が注がれていることに耐えかねて、出て行ったのだと。

そして、歳月は過ぎ、彼女は舞台女優になり、有名になった。彼は、姉が家出して以来、舞台でしか姉を見たことがなかった、というのです。

その名前を聞いた年下の男は愕然《がくぜん》としました。

それは、有名な大女優の名前でした。

彼が驚いたのは、彼女が有名だったからだけではありません。つい最近、彼女は、ホテルの中庭で、不可解な状況で毒殺されていたのです。新しい芝居の共演者と打ち合わせをしていた最中に、突然倒れたのだと聞いています。

彼は心臓がどきんどきんと激しく鳴るのを感じました。

なぜこんなところでこんな身の上話を始めたのだろうか。もしかして、彼はあのことを知っているのではないか。

彼の心は恐怖でいっぱいになりました。

その時、二人は劇場の前に着いていました。

黒い砦《とりで》のような、大きな建物に圧倒されます。

二人は中に入り、ひんやりした座席に座りました。

不自然な沈黙が二人の間に流れたあとで、ついに年配の男が言いました——

（いつのまにか、二人の男が中庭の中央の二つの椅子に並んで座っている）

年配の男：そろそろ、どうしてここに呼ばれたか気が付いたんじゃないか？

年下の男：まさか。そんな、馬鹿な。

年配の男：おまえが俺の姉を殺した。そうだろ？　正直に言え。おまえが、死の直前に、姉にあちこちでつきまとっていたことは知ってるんだ。思いつめた目で、情念を込めた目付きでこそこそ隠れてつけまわしていたのを見たぞ。

年下の男：（真っ青になり、弾《はじ》かれたように立ち上がる）違う。

年配の男：嘘《うそ》をつけ。あの日もいたな。あのホテルの近くにも。

年下の男：違う。違うんだ。

年配の男：何が違う。

年下の男：あれは事故だったんだ。

年配の男：（立ち上がる）何が事故だ、毒を飲ませたくせに。人殺しめ。

年下の男：なんだと？　そもそも、人殺しをしたのはあんたの姉だ。俺の、歳の離れた妹を殺したのは、あの女だ。あんたも妹の葬式に出ただろう。

年配の男：（驚いて）え？　あの、おまえが可愛《かわい》がっていた妹か。春に亡くなった。

年下の男：そうだ。悲しくて、悲しくて、まだ立ち直れてない。

年配の男：なんでおまえの妹と俺の姉が関係あるんだ？　第一、おまえの妹は心臓発作で死んだんだろう？　ビルの中庭で、みんながそう証言していたそうじゃないか。

年下の男：確かに、妹は心臓発作で死んだ。

年配の男：だったら、なぜだ。

年下の男：（歩き出す）妹と俺は仲がよかった。妹も俺の影響で芝居が好きで、身体が弱いから役者にはなれないだろうとあきらめていたものの、観るのは大好きだったし、手先が器用で、忍耐強い子だったから、俺が劇団の美術部を紹介して、大学時代はずっとそこでアルバイトをしていたんだ。

年配の男：それで？

年下の男：お陰でみんなに可愛がられてね。そのうちに、脚本家のあの先生とも親しくなった。先生はずっとやもめだったけど、なぜか妹をひどく気に入ってくれてね。徐々に本気でつきあうようになったらしい。

年配の男：なんだと？　いったい幾つ離れてたんだ？　二回りは違うだろう？

年下の男：年齢のことはどうでもいい。二人は真剣だったが、あんたの姉は、そうは思わなかったようだ。
年配の男：そうは思わなかったというのは？
年下の男：うちの妹が、先生をたぶらかしたと考えたらしい。彼女は、実は若い頃からずっと先生のことを慕っていたようだし、いきなり小娘に横からさらわれるのが腹に据えかねたんだろう。
年配の男：まさか。
年下の男：妹も、彼女に憎まれていることは気がついていたらしい。よく妹のところにやってきて、ねちねち嫌味を言ったり、嫌がらせをしたりしたそうだ。あ、これはあとから劇団の連中に聞いたことで、妹はそんなこと俺には一言も言わなかったよ。妹は、本当は芝居の世界で生きていきたかったけれど、これでは先生にも迷惑が掛かると思い、あきらめて、就職活動を始めたんだ。
年配の男：（低く）それで。
年下の男：妹は心臓が弱くてね。いつも薬を持ち歩いていた。黄色い錠剤だ。苦しくなった時にはそれを飲まなきゃならない。すぐに飲まないと、命に関わる。あんたの姉は、そのことをちゃんと知っていた。妹は、劇団の手伝いをしながら、合間に会社訪問をしていたが、誰かが妹のバッグをいじって、薬をただの栄養剤とすりかえた。

年配の男：嘘だ。

年下の男：そんなことができたのはあんたの姉だけだ。

年配の男：嘘だ。そんな証拠がどこにある？

年下の男：妹は死んだ。会社訪問が続いて気分が悪くなって、いつも持ち歩いていた薬を飲んだのに、それはいつもの薬じゃなかったからだ。

二人、憎悪《ぞうお》と猜疑心《さいぎしん》に満ちた目でにらみ合う。

年配の男：だからおまえは、復讐《ふくしゅう》に俺の姉を殺したのか？

年下の男：（せせら笑って）おや、語るに落ちたな。とうとう認めたな、あんたの姉のせいだということを。

年配の男：そうとは言ってない。答えろ。俺の姉がおまえの妹を殺したと思っていたから、姉を殺したのか。

年下の男：違う。あれは事故だ。
年配の男：まだしらばっくれるか。毒を飲ませておいて、事故だと言い張るのか。
年下の男：そうだ。確かに、俺はあんたの姉をつけ回していた。復讐の機会を狙《ねら》っていたことは認める。だが、あれは俺のせいじゃない。あんたの姉が勘違いしたんだ。
年配の男：勘違いだと？
年下の男：そうだ。あんたの姉は、栄養剤を飲む習慣があった。疲れた時、肌に張りがない時。白い錠剤だ。それを飲むところを何度も見た。
年配の男：白い錠剤。
年下の男：恐らく、あんたの姉は、妹の薬をすりかえた時、処分せずに自分のバッグに入れていたんだ。
年配の男：そんな馬鹿な話があるか。姉の薬は白い錠剤だったんだろう。
年下の男：そうだ。あの打ち合わせの時、あんたの姉は、妹の薬をすりかえた時のバッグを持ってきたに違いない。だから勘違いしたんだ。
年配の男：色が違うだろう。幾らなんでもそんな軽卒なことをするはずがない。姉貴は、とてもしっかりした女なんだ。

年下の男：あの日、あんたの姉さんは、サングラスをしていた。
年配の男：サングラス。
年下の男：そうだ。前日、撮影が長引いて、ひどく疲れていた。女優だし、肌には敏感だ。やつれているところ、張りのないところを他人に見せたくなかったろう。相手は、今乗っている、実力派の中堅の女優。ベテランとしては、戦う前からくたびれたところは見せたくないさ。会う直前に栄養剤を飲もうと考えても不思議じゃない。
年配の男：そんな。まさか。
年下の男：あんたの姉さんはサングラスをしていたんだ。濃い色が入っていた。あのサングラス越しに見た黄色い錠剤が、自分が常用している栄養剤だと見間違えても無理はない。そして、あの薬は、妹の心臓にはカンフル剤になるが、健康な人間の心臓にはとんでもない劇薬になる。
年配の男：嘘だ。人殺しめ。
年下の男：人殺しはそっちだ。
年配の男：嘘だ。嘘だ。

二人は中庭を駆け出していく。さっきの男が中央に進み出、両手を広げる。

男：その瞬間、二人は見ました。黒いベールをかぶった人物が、二人の目の前を、暗い劇場の真ん中を笑いながら駆け抜けていくところを。二人はあっけに取られ、そのあとで我に返って、慌《あわ》ててその黒いベールの人物を追いかけて外に出て行きました。

しかし、そこで彼らを包んだのはミルク色の深い霧だけです。

あの人物は何だったのでしょうか。劇場に棲《す》む幽霊だったのか、それとも、ある種の人々が見る、死や憎悪の使いだったのでしょうか。

地獄耳の私も、さすがにそこまでは分かりません。

黒いベールの人物を追いかけていった二人はどうなったのか？

果たして、二人の話は真実だったのか？

私にこの話を教えてくれた人は、数日後、冬に備えて劇場を閉じに行った時、真ん中の通路に彼岸花が二本落ちていたのを見たそうです。

これが、私の聞いた話の全《すべ》てです。

男、ゆっくりとお辞儀をする。

周囲から拍手が湧《わ》き、中庭の通路から、少し前に出て行った男二人、女優三人など、大勢の男女やボーイたちが拍手をしながら中庭に集まる。

女優1：ハラハラしたけど、やっと全部繋《つな》がりましたね。

女優2：どうなることかと思ったわ。聞いてないキャストまで出てくるんだもの。

女優3：あんまり複雑な構造にするからよ。

女優2：あの人、そういうの、好きだもんね。

女優1：結局、劇場を横切る黒い人物は何だったの？

女優2：オペラ座の怪人だったのよ。

女優1：歌は歌ってなかったみたいですけど。

女優3：今日び、謎《なぞ》を残したまんまで、全部説明しないのが流行《はや》ってるから、聞かないでおきましょ。また思いつめて、給湯室で弁当箱洗い始めたり、犬に残飯やりに消えられたら困るわ。

女優2：（チラリと楠巴を見る）あたしは、あの人の旦那さんが存在するのかどうかが気になるんだけど。

女優3：あたしは、あれね。アパートの隣の女の子の部屋にあった黒いゴミ袋の中身を教えてほしいわ。気になって、夜も眠れやしない。
女優1：あたしもそれ、知りたい。たまに思い出して、なんだか気になってたまらないってタイプの謎ですよね。
女優2：そうそう、あの男、喋《しゃべ》りまくるばっかりで肝心のことをなかなか言わないから、すっごくイライラさせられたわ。
女優3：でも、あの役、台詞《せりふ》はやたらと多いけど、おいしい役じゃない？　結局、あの男が主役みたいなものだもの。
女優2：そうね、終わってみれば、あたしたち、彼の引き立て役って感じ。
楠巴、その友人細渕も椅子《いす》から立ち上がり、拍手をしてみんなと合流する。
細渕：どうだった？
楠巴：いいんじゃない？
細渕：あとは決定稿を書いて、上演するだけさ。
楠巴：（後ろを振り返る）あら、あたしたち、今、どの中庭にいるのかしら？

細渕：さあね。それを決めるのは観客だ。
女優2：ねえ、あなたの旦那様は？　獄中？　それとも宇宙？
楠巴：内緒よ。コロンボのかみさんだって、出てこないでしょ。
女優3：あなたも大変ねえ、この人につきあわされて、アイデア吐き出させられて。
楠巴：いいんです、結構楽しんだから。
女優1：ねえ、細渕さん、これ主役はあの刑事さんなんですか？　あの役、誰がやるんです？
細渕：いや、全員が主役だよ。俺の中じゃあ、全員均等に割り振ったつもりなんだけど。いろいろ古典の台詞も入れたし。あそこは、あれだけじゃもったいなかったな。せっかく実力派揃《ぞろ》いなんだから、もっと長くやってほしかったんだけど、なにしろ全体が長いから。
女優2：台詞入れるの苦労したわ。
楠巴：あたしは、皆さんが『真夏の夜の夢』をやってるところが好きだったな。
女優1：さしずめ、あなたが妖精《ようせい》パックだったのかしら。
楠巴：（慌てて）とんでもない。
細渕：いやいや、確かに言われてみれば、おまえがパックだよ。さあ、パック、ついでに口上を頼む。

楠巴、二人を囲んで拍手をする人々をぐるりと見回し、あなたに向かって両手を広げてみせる。彼女はあなたを見ている。細渕も、周囲の人々も、あなたを見ている。今、あなたを。この虚構のお芝居の観客である、あなたを。


楠巴：さて、長らくおつきあいいただきましたこの奇妙なお芝居もいよいよ終わりを迎えようとしております。

　お楽しみいただけましたでしょうか？

　あなたは私どものお芝居の観客でありました。

　いいえ、あなたはいつだって、世界という劇場の中で、孤独に一つの客席を埋める観客なのであります。何かを鑑賞する時、人は限りなく孤独です。あなたは自分でどんな観客になるか決めなければなりませんし、拍手をするか、席を蹴《け》って帰るかを判断しなければなりません。

　同時に、あなたは役者でもあるのです。あなたは鑑賞することで鑑賞され、あなた自身を、目の前の役者たちの中にまざまざと見ることになります。そして、あなたは劇場を出て、今度は外で自分を演じなければならない。見ることと見られることは裏返しであり、あなたもあたしも、世界という劇場の中では、常にほんの少しのところで逆転する立場にあるのであります。次にお目に掛かる時、あなたは観客でしょうか、あたしは役者でしょうか。それともその逆でありましょうか？

ともあれ、その日を楽しみに、本日はお暇《いとま》することといたしましょう。

またどこかの中庭で、どこかの劇場でお会いいたしましょう。

（深くお辞儀し、こっそりと）

細渕：どう？　こんなもんでいいかしら？

楠巴：いいんじゃないか？

細渕：しつこいようだけど、これ、あんたの話の中じゃ、いったいどの中庭なの？

楠巴：よく分からないけど、これから考える。いろいろ場所を広げすぎたからなあ。

細渕：あんたの話の中でも、随分複雑なほうじゃない？

楠巴：解釈によるよ。

細渕：またあの喫茶店で考えるの？

楠巴：きっと、ビルの谷間を見ながらね。

女優3：さあ、カーテンコールよ。前に出て。

女優1：長すぎるアンコールはみっともないですよね。

女優2：観客は、いつだって役者よりも忙しいんだから。

全員、深くお辞儀をする。

――幕

「『中庭の出来事』9」で上演される各戯曲の台詞は、左記書籍より使わせていただきました。

『ロミオとジュリエット』ウィリアム・シェイクスピア著　小田島雄志訳（白水Uブックス　六八頁〜六九頁）
『奇跡の人』ウィリアム・ギブソン著　額田やえ子訳（劇書房　一一二頁〜一一四頁）
『桜の園』アントン・チェーホフ著　小田島雄志訳（白水Uブックス　一一〇頁〜一一二頁）
『夏の夜の夢』ウィリアム・シェイクスピア著　小田島雄志訳（白水Uブックス　二〇頁、四二頁〜四六頁）

解説、に代えて

小田島雄志

突然、文庫版の解説を、という依頼状が舞いこんで、最初の数行を読みかけたときにはもう、おことわりの返信文が頭に浮かんでいた——「ぼくは、いっしょに飲んだことのある作家から贈られた本は目を通しますが、恩田陸さんにはお会いしたこともないし、作品を読んだこともないので、解説なんて……」とんでもない！と声にまで出して言いそうになったところで、思考に急ブレーキがかかった。「この作品の中で、三人の女優は、小田島先生の訳されたシェイクスピア作品を上演しています」という文章が手裏剣のように飛んできて、目の奥に突き刺さったのである。それならば読んでみなければ。そして手にとった『中庭の出来事』の世界に、ぼくはつんのめるように溺《おぼ》れていった——というわけで、以下は、解説に代えて、遅れてきた恩田ファンの読後感想メモにすぎない。

*

実は、ちょうど半分ほど読み進んだあたりでやっと、ぼくの単純な頭脳ではこの作品の魅力を隅々まで味わいつくすのは不可能、と気がついた。そこで、青と赤のボールペンと黒の鉛筆を手もとに置いて、冒頭からもう一度読みなおし始めた、「中庭にて」の章は青で、「旅人たち」の章は赤で、「『中庭の出来事』」の章は黒で、メモをとりながら。たとえば青で、「ソバージュの髪の女。コートの三番目のボタンを落とす。ホテルの中庭でサングラスの女と再会」というように。そのようにして、人物、小道具、場所、鍵《キー》になりそうなセリフなどを、色分けして並べていくと、ぼくにも少しずつ作品の姿が整理されて見えてくるような気がした。

まず、人物――最初、「女」とか「男」としか記されていなかった人物たちに、やがて甲斐崎圭子《かいざきけいこ》とか昌夫《あきお》とか名前が与えられると、シルエットにピンライトが当てられたかのように顔が見えてくる。最終章「中庭にて、旅人たちと共に」で、ある舞台に「常に全部の登場人物がいて、顔を隠した布を上げることで登場したことにする」演出が語られているが、この作品で人物に名前を与えることが黒いベールを上げることと同じ効果だ、と思った。つまり、劇的な効果だと。

次に、小道具――この小説には、ボタン、サングラス、各種の花、紅茶のスプーン、猫の写真、その他数多くの小道具が出てくるが、その中に事件の謎《なぞ》を解くヒントになるものもならないものもある。たとえばボタンも、ぼくはあとで読んで知ったのだが、『ロミオとロミオは永遠に』の中では、いきなりむしり取られた制服の第二ボタンに盗聴器が仕掛けられていたりするから、油断はできない。

さらに、場所――ここでは、ホテルの中庭、高層ビルの地下街の中庭、廃線の霧深い駅舎、と三つの舞台が設定されている。そこで演じられる劇（事件）は、小説内の現実、『中庭の出来事』という劇中劇、『告白』という劇中劇中劇、と三層の構造をもつ。そしてシェイクスピアの『夏の夜の夢』で、貴族・紳士界、妖精《ようせい》界、職人界、という三つの別々の世界が、次第に触れあい、絡《から》みあい、浸食しあっていって、ついには一つの劇世界が構築されるように、この三層の舞台も、かさなりあい、ぶつかりあい、最終章までくるとどうやら溶けあって一つの劇場となり、空中楼閣のように浮かび上がるかのようである。と言ってもぼくなどは、三枚の鏡を内側に向けて三角塔の形に立て、そのど真ん中に身を置くような、虚像と実像が反映しあって乱舞するカオスにほうりこまれた感じになるのであるが。

そして、テーマ、というか、ぼくに見えてきたものはなにか、というと――

それは、二人の女がいて「Aが、この世で一番憎んでいるBの罪をかばうために偽証する」（旅人たち 2）とすれば、それはなぜか、という問いかけに始まる。そしてそれは、嘘《うそ》と真実、演技と素《す》の自分の間を揺れ動く「心」に光を当てることになる。

「世の中には不思議な話がいっぱいあるもんです。

けれど、もっと不思議なものがあります。

例えば、女心とかね」

（『中庭の出来事』 6）

つまり、ここで提示されるのは、「心理」分析のリポートではなく、不思議な魅力をたたえた「女心」の丸ごとの生きた立体映像なのである。

そのほんの一例にすぎないが、『夏の夜の夢』で、ヘレナが追い求めていたディミートリアスと最後にめでたく結ばれたとき、「その時の彼女があまり嬉《うれ》しくなさそうに見えるんです……ヘレナは、決して自分には振り向かないディミートリアスを求めていた時の方が幸せだったのではないか。あの、胸を焦《こ》がす、報われない思いに苦しんでいた時の方が、遥《はる》かに恋愛の快楽に浸っていたのではないか……」（『中庭の出来事』9)とあるが、これは、シェイクスピア(一五六四―一六一六)がちょうど四百年後に生まれた恩田陸さん(一九六四―)の口を借りて、女心を語っているようにも聞こえる。シェイクスピア自身、『ヴェニスの商人』のグラシアーノに、「世にあるものはすべて、手に入れてからより追いかけているうちが花なのだ」と言わせているのだから。

こうして、「美しい女は、女優であろうとなかろうと、常に念入りな演技をしているものだ」(中庭にて 9)から、「自分を演じていない人間はこの世にいない」(『中庭の出来事』10)まできて、恩田さんの「演技論・女性論・人間論」の三位一体像は完成する、ように思う。

最後に、作者の絵解き、いや、立体的だから「芝居解き」と言いたくなるが、井上ひさし的どんでん返しをくり返し、

楠巴《くすのきともえ》:あら、あたしたち、今、どの中庭にいるのかしら?

細渕《ほそぶち》:さあね。それを決めるのは観客だ。

(中庭にて、旅人たちと共に)

とこっちに笑顔を向けて幕をおろす……。

＊

以下は、蛇足である。

恩田さんはこのあと、ますます演劇に傾斜しておられるらしい。芝居をテーマにした演劇小説『チョコレートコスモス』では、演劇集団キャラメルボックスの稽古場《けいこば》に取材に行かれたそうだが、五百余ページのうち百ページがオーディション・シーンに占められ、テネシー・ウィリアムズの『欲望という名の電車』（拙訳）の一場面が圧倒的な迫力をもってくり返し描かれている。キャラメルボックスは、さらに恩田さんに初戯曲『猫と針』を書かせて、上演（二〇〇七年）しているのである。

以下は、蛇足の爪の垢《あか》である。

『猫と針』の公演パンフレットやその単行本（二〇〇八年）で、恩田さんはこの芝居ができ上がる前に題名が決まっていたと打ち明け、猫は若干関係があるけれど、「針ってなんなんだろう。答えはまだ出ていない」と針をふくんだ言いかたをされている。だがもちろん、恩田流「韜晦《とうかい》の術」が施されてはいるけれど、「針」はちゃんと出ているのである。ヤマダが、「今はハリーとアイクがいる」と言い、それはサボテンと

金魚の名前だ、と説明する。そして、
サトウ：ハリーはどっちだ？
ヤマダ：サボテンのほう。
と続く。ハリーという名のサボテンとは、まさに「針」そのものではないか。

（二〇〇九年六月、演劇評論家）

この作品は平成十八年十一月新潮社より刊行された。

恩田陸著

六番目の小夜子

ツムラサヨコ。奇妙なゲームが受け継がれる高校に、謎めいた生徒が転校してきた。青春のきらめきを放つ、伝説のモダン・ホラー。

恩田陸著

不安な童話

遠い昔、海辺で起きた惨劇。私を襲う他人の記憶は、果たして殺された彼女のものなのか。知らなければよかった現実、新たな悲劇。

恩田陸著

ライオンハート

17世紀のロンドン、19世紀のシェルブール、20世紀のパナマ、フロリダ……。時空を越えて邂逅する男と女。異色のラブストーリー。

恩田陸著

図書室の海

学校に代々伝わる〈サヨコ〉伝説。女子高生は伝説に関わる秘密の使命を託された——。恩田ワールドの魅力満載。全10話の短篇玉手箱。

恩田陸著

夜のピクニック

吉川英治文学新人賞・本屋大賞受賞

小さな賭けを胸に秘め、貴子は高校生活最後のイベント歩行祭にのぞむ。誰にも言えない秘密を清算するために。永遠普遍の青春小説。

恩田陸著

朝日のようにさわやかに

ある共通イメージが連鎖して、意識の底にある謎めいた記憶を呼び覚ます奇妙な味わいの表題作など14編。多彩な物語を紡ぐ短編集。

新潮文庫最新刊

中《なか》庭《にわ》の出《で》来《き》事《ごと》

新潮文庫　お - 48 - 8

平成二十一年八月一日発行
令和元年六月五日七刷

著者　恩《おん》田《だ》陸《りく》
発行者　佐藤隆信
発行所　株式会社　新潮社
郵便番号　一六二―八七一一
東京都新宿区矢来町七一
電話　編集部（〇三）三二六六―五四四〇
読者係（〇三）三二六六―五一一一
http://www.shinchosha.co.jp

価格はカバーに表示してあります。

乱丁・落丁本は、ご面倒ですが小社読者係宛ご送付ください。送料小社負担にてお取替えいたします。

印刷・錦明印刷株式会社　製本・錦明印刷株式会社

ISBN978-4-10-123419-9 C0193